O NATURALISTA

ANDREW
MAYNE

Tradução
Gabriel H. B. Coutini

ÚNICA
editora

Diretora
Rosely Boschini

Gerente Editorial
Carolina Rocha

Assistente Editorial
Franciane Batagin Ribeiro

Controle de Produção
Fábio Esteves

Preparação
Luiza Del Monaco

Projeto gráfico e diagramação
Vanessa Lima

Capa
Thiago de Barros

Revisão
Andréa Bruno e Mariane Genaro

Impressão
Gráfica Eskenazi

Única é um selo da Editora Gente

Titulo original: The naturalist
Publicado mediante acordo
com a Trident Media Group

Rua Wisard, 305, sala 53
São Paulo, SP – CEP 05434-080
Telefone: (11) 3670-2500
Site: http://www.editoragente.com.br
E-mail: gente@editoragente.com.br

Dados Internacionais de Catálogo na Publicação (CIP)
Angélica Ilacqua CRB-8/7057

Mayne, Andrew
O naturalista / Andrew Mayne ; tradução de Gabriel Henrique. – São Paulo : Única, 2019.
384 p.

ISBN 978-85-9490-044-9

1. Ficção norte-americana I. Título II. H. B. Coutini, Gabriel

19-0162 CDD 813.6

Índices para catálogo sistemático:
1. Ficção norte-americana

Para meu amigo Gerry Ohrstrom,
por seu apoio contagiante
e entusiasmo pela ciência.

Para entrar no clima desse thriller incrível
e acompanhar Theo em suas descobertas,
preparamos uma playlist para você:
https://spoti.fi/2KoSdfG.
Acesse o link e faça parte dessa história!

Capítulo 1

1989

Algo no bosque não parecia certo. Isso era tudo que Kelsie podia dizer. Algo simplesmente não estava certo. Ela olhou na direção em que Trevor havia ido, sem saber se deveria ir atrás dele ou permanecer junto da pequena barraca vermelha e esperar que ele retornasse de sua ida ao banheiro.

Ele zombaria dela se soubesse que estava assustada. Kelsie vasculhou sua mochila à procura do rolo de papel higiênico que pegara emprestado do banheiro da estação Conoco, cinquenta quilômetros atrás, e o encontrou embrulhado nos fios de seu *walkman*, sobre as fitas que Trevor tinha gravado para ela quando ainda estudavam na Universidade de Boston.

Na época, Trevor era um estudante de jornalismo magricela, com uma cabeleira preta que vivia caindo na frente dos olhos. Eles tinham se conhecido em uma festa fora do campus e, em poucos minutos de conversa, descobriram interesses em comum: rock progressivo e jogos de tabuleiro. Na primeira noite que passaram juntos no dormitório dele, escutaram "Tubular Bells", jogaram Combate e beberam vinho barato. Ela já sabia que estava apaixonada, mas esperou dois meses até se abrir com ele.

Os pais dela o odiavam. O pai, um banqueiro, não conseguia superar a expressão "estudante de jornalismo", e a mãe ainda não tinha superado seu próprio casamento anterior, que aconteceu quando ela ainda estava na faculdade.

Para eles, Trevor era apenas uma paquera. Tão insignificante quanto o par de Kelsie no baile de formatura da escola.

Os pais de Trevor eram divorciados e moravam no exterior e eles mal se falavam. Pouco depois, Kelsie passou a fazer o mesmo com os próprios pais. Quando Trevor sugeriu fazer uma trilha pelo país durante as férias de verão, ela aceitou sem hesitar. Para se afastar ainda mais de seus pais, ela apenas disse que não retornaria para casa durante as férias e ignorou todas as mensagens telefônicas deixadas em seu dormitório. *Danem-se.*

Isso foi há duas semanas e mil e seiscentos quilômetros atrás. Enquanto olhava para o interior da floresta tingida por uma espécie de azul muito escuro, Kelsie só pensava em como poderia ter sido melhor ter voltado para casa e tentado convencer seus pais a aceitar Trevor. Na maior parte do tempo, a viagem estava sendo divertida, mas ela notou que Trevor tinha algumas alterações de humor, o que a deixava apavorada de fazer qualquer coisa que pudesse aborrecê-lo e lembrá-lo do quão ignorante ela era em relação às mais básicas habilidades de trilha e acampamento.

— Trev? — Kelsie chamou no momento em que começava a avançar pelo caminho que o viu seguir.

Nenhuma resposta.

— Você trouxe papel higiênico, amor? Eu peguei um rolo pra você...

Ela andou mais ou menos dez metros, olhou para trás para garantir que ainda podia ver a barraca e então avançou um pouco mais.

O bosque mudava completamente do dia para a noite. Grilos cricrilavam, e um pássaro enorme, sombrio – uma coruja? –, voou por cima de sua cabeça, retornando ao ninho ou indo a algum lugar qualquer.

Kelsie ainda ficava arrepiada só de lembrar de quando viu um bando de pássaros negros, na trilha do Caminho dos Apalaches, e chamou Trevor para observá-los também, conforme voavam pelo céu escuro. Havia tantos deles. Ela olhava para cima com aflição à medida que o enxame passava pelos dois.

— São morcegos, amor — ele explicou.

— Morcegos?

— Sim. Deve ter alguma grande caverna aqui por perto.

— Legal — ela respondeu, esforçando-se para fingir alguma naturalidade. Ela não pregou o olho naquela noite. A qualquer oscilação de sombra na parede da barraca, ela era tomada por um arrepio na espinha.

Pensando melhor, aquilo não era nada comparado ao que ela estava passando agora.

Finalmente, Kelsie chegou ao local onde Trevor deveria estar. Era um ponto onde alguns troncos estavam posicionados em V, formando uma espécie de barreira natural onde até mesmo ela, de certa forma, se sentia confortável.

Mas ele não estava lá.

Será que ele voltou por outro caminho?

Ela já estava prestes a voltar para a barraca quando viu a bota de Trevor, com seu couro desbotado. Ajoelhou-se e percebeu que a bota estava presa embaixo da raiz de uma árvore, como se ele tivesse tropeçado e o calçado, escapado de seus pés. Mas ele não estava deitado ali na frente. Ele não estava em lugar algum.

— Trev? — ela chamou, hesitante, sem muita coragem de aumentar o tom de voz.

As árvores estavam ficando cada vez mais escuras e o crepúsculo ia desaparecendo. Kelsie decidiu voltar à barraca mesmo assim e tentou visualizar Trevor esperando por ela, sorrindo. Pegou a bota e saiu em direção ao acampamento.

Entrou em pânico por um momento, quando a barraca ainda não estava visível, mas, assim que se aproximou um pouco mais, conseguiu avistar o tecido vermelho na luz fraca. No entanto, não havia ali qualquer sinal de seu namorado.

— Amor? — chamou.

Ele já havia pregado uma peça nela antes e, como punição, ela negou sexo naquela noite. Ela tinha certeza de que ele havia entendido o recado, ainda que esperasse que aquilo fosse apenas mais uma brincadeira de mau gosto.

Kelsie colocou a bota na frente da barraca e tentou decidir se deveria entrar e esperar ou tentar fazer uma fogueira. Por fim, optou pela fogueira.

No entanto, quando se ajoelhou no pequeno círculo de pedras para acender as folhas secas, notou a presença de um toco de árvore que não estava ali antes. Com metade da altura de um homem e tão escuro quanto a noite, preenchia um espaço entre duas árvores que ela podia jurar que estava vazio alguns segundos antes.

Sua respiração congelou em seus pulmões. Kelsie rapidamente olhou para os lados para se certificar de que não estava enganada, mas quando seu olhar retornou para o toco ele havia sumido.

O bosque estava se movendo.

Houve uma explosão de movimento, como se uma sombra tivesse saltado de dentro dela.

De repente, ela foi lançada de costas no chão, com sua respiração congelada presa embaixo do enorme peso daquela coisa que estava sobre seu peito.

Seus dedos sentiram pelos grossos, ásperos, como um dos pincéis de sua mãe. O cheiro era acobreado e rançoso.

Ela viu garras de relance, mas não entendeu o que estava acontecendo até sentir o sangue morno escorrer sobre a pele fria de sua barriga.

Trevor realmente tinha dito que havia ursos e pumas naquele bosque. Kelsie não fazia ideia do bicho que a atacara. Tudo que ela sabia enquanto estava paralisada, sangrando, era que nunca tinha ouvido falar de um animal que fere e então apenas aguarda, assistindo à morte de sua presa.

Capítulo 2

MÁQUINA DE GELO

"Um homem da ciência não deve ter desejos nem afeições, somente um mero coração de pedra."

—Charles Darwin

As luzes azuis e vermelhas das viaturas policiais mancham as letras lascadas e cromadas que diziam "MÁQUINA DE GELO". Estou parado em frente à máquina de vendas automáticas da pousada com meu balde de plástico na mão, perdido em meus pensamentos: *De onde será que vem a água dessa máquina? De algum riacho local, talvez? Será que é filtrada? Será que é mantida dentro de um reservatório interno antes de ser congelada em cubos?*

Acabei de ler um artigo que descrevia uma nova bactéria encontrada dentro de cavernas de gelo. Ela evoluiu da fotossíntese para quimiossíntese – literalmente, passou a comer pedras para sobreviver. Também podia se alimentar do carvão usado na maioria dos filtros com a mesma facilidade que nós tomamos um sorvete de creme.

Até o momento, não demonstrou ser nociva aos humanos, o que me faz pensar que talvez possa ser útil para dissolver o acúmulo mineral das pedras nos rins. As dúvidas em minha cabeça são tantas que mal percebo o barulho dos pneus de um carro freando bem atrás de mim.

Eu viro e me deparo com uma van blindada, e só depois noto que o estacionamento está repleto de viaturas, cada uma com um par de policiais atrás dos vidros, com armas em punho e espingardas pressionadas contra os ombros. Todos os olhos e armas apontados para os quartos do lado oposto ao que eu estou.

— Abaixe-se — alguém sussurra rudemente.

Um homem de calças pretas e gravata, protegido por um colete à prova de balas, está se escondendo atrás da porta do motorista de um Ford Bronco, estacionado bem ao meu lado. Consigo ver seu distintivo em um pingente, mas sua arma não está à vista.

Ele olha para mim e faz um gesto para eu me afastar.

— Volte para o seu quarto.

Tudo parece acontecer em câmera lenta, mas eu simplesmente não consigo me mexer. O máximo que faço é me agachar e passar a assistir a tudo de trás de seu para-choque traseiro.

Quatro homens com uniformes táticos e com máscaras de metal saltam de trás da van e correm em direção ao corredor de quartos um pouco adiante. Um deles carrega consigo um grosso cilindro de metal. Ele logo bate o objeto contra a fechadura e, então, a porta se abre bruscamente. Com as armas apontadas para dentro do quarto, uma dupla entra e a outra segue logo atrás, oferecendo cobertura.

Enquanto isso, o ambiente é dominado por um tenso silêncio.

De dentro, alguém grita:

— Está limpo!

Um dos homens logo reaparece, fazendo um gesto com as mãos e balançando a cabeça.

Em seguida, saem os outros, permitindo assim a entrada de três policiais, seguidos por uma mulher alta, que veste uma jaqueta e um chapéu de caubói. Ela tem pele bronzeada, como couro, com marcas e rugas que eu podia ver do outro lado do estacionamento.

Depois de investigar o interior do quarto, ela volta ao estacionamento e analisa os carros estacionados ali. Aponta para um deles, e logo um policial repassa o número da placa pelo rádio. Um silêncio toma conta do local enquanto a voz dele ecoa.

O homem que ordenou que eu me abaixasse relaxa e levanta de trás de sua porta. Só então percebe meu reflexo no retrovisor e se vira para me encarar.

— Eu não pedi para você voltar ao seu quarto?

— Eu... não tenho como — disse, olhando para os homens que ainda estavam parados na porta do quarto invadido. — Acho que eles não vão deixar.

O policial leva um momento para entender. Na realidade, eu também ainda estou processando o que acabou de acontecer.

— Meu Deus. — Ele estreita os olhos. — Você é o doutor Cray?

— Sim, Theo Cray. O que está acontecendo?

Ele leva a mão até o coldre, em sua cintura, onde uma arma descansava até aquele momento. Não a saca, mas mantém a mão no cabo.

A voz do homem é baixa e ponderada.

— Doutor Cray, para sua segurança, posso pedir que você abaixe lentamente o balde de gelo e coloque as mãos pra cima, para que eu possa vê-las?

Eu não penso, apenas sigo as instruções.

— Agora, poderia ficar de joelhos?

Estou de shorts, então quando me abaixo os cascalhos machucam meus joelhos. No entanto, estou atordoado demais para sentir qualquer dor.

Ele se aproxima, sem tirar a mão do revólver.

— Vou ficar atrás de você para garantir que não está armado.

Ele, então, sai do meu campo de visão e sua mão livre vai à cintura.

— Posso algemá-lo, para minha própria segurança?

— Ok.

Ele tem uma arma, então acho que não estou em posição de recusar. Além disso, estou muito assustado para perguntar por que ele sente a necessidade de tudo isso.

Depois que o metal gelado foi rapidamente, mas sem muita pressão, preso em meus pulsos, ele me pergunta:

— Tudo bem se eu levantar sua camisa?

— Claro — respondo, com a voz um pouco falha.

Sinto o ar gelado de Montana contra minhas costas suadas.

— Agora, vou apalpar seus bolsos.

— Ok.

Ele põe uma mão no meu ombro para me imobilizar enquanto apalpa meus bolsos.

— O que tem aqui dentro?

Entro em pânico quando me dá um branco.

— Hum... a chave do quarto, minha carteira e... meu celular.

— Algo mais?

Eu penso por um momento, com medo de errar a resposta.

— E... um canivete suíço.

Eu sinto o aroma de látex quando ele puxa um par de luvas.

— Posso retirá-los de seu bolso?

— Sim... é claro que sim.

Nos filmes sempre há muita gritaria quando isso acontece, mas esse homem fala comigo como se fosse um médico. Nunca aumenta o tom de voz, nunca me ameaça.

Ele tira tudo dos meus bolsos e coloca todos os itens alguns metros longe de mim. Perto, mas fora do meu alcance.

— Preciso que aguarde aqui por um momento enquanto esclarecemos tudo isso.

— Esclarecemos o quê?

Ele não responde. Em vez disso, leva os dedos à boca e emite um alto assobio. A mulher do chapéu de caubói olha para ver quem produziu o som.

Seus olhos se fixam em mim.

— Cray? — ela grita.

O homem balança a cabeça positivamente. Estupidamente, eu faço o mesmo.

Tudo até agora aconteceu com a calma – um pouco desorientadora – de um exame médico. Mas agora as coisas aceleram, e toda energia e atenção, que antes estavam direcionadas ao meu quarto, voltam-se para mim, como a mira de um canhão.

Sinto vários olhos me encarando.

Alguns deles zangados.

Estou sendo analisado. Julgado.

Não faço ideia do porquê.

— O que está acontecendo? — pergunto novamente.

A mulher do chapéu de caubói se aproxima a passos largos. Ela vai ficando cada vez mais imponente à medida que me encara como se eu fosse uma das amostras do meu laboratório. Eu vejo de relance uma lâmina em seu cinto.

— Ele tentou fugir? — ela pergunta de maneira levemente arrastada, sem perder o contato visual comigo.

— Ele está sendo muito cooperativo.

— Ótimo. Doutor Cray, se puder continuar cooperando, tudo isso acabará em alguns instantes.

Não há absolutamente nada de tranquilizador na maneira como ela diz aquilo.

Capítulo 3

AMOSTRA

Sou um cientista. Observo. Analiso. Dou palpites. Faço testes. Posso ser inteligente, mas nunca vivo o momento de fato.

Quando lia histórias em quadrinhos na minha infância, queria ser o Batman, detetive Cavaleiro das Trevas, mas o personagem com quem eu mais me assemelhava era o Observador, o ser careca, de túnica, que aparecia nos quadrinhos da Marvel e apenas... observava.

Nesse instante estou observando minha vida como o fluxo variável de uma sequência de números na tela do meu computador, enquanto busco por uma correlação.

À minha frente está sentado o detetive Glenn, o homem que me encontrou na pousada. Nós estamos tendo uma conversa perfeitamente ordinária. Evitamos as perguntas óbvias, como o motivo de haver sacolas plásticas cobrindo minhas mãos.

Tecnicamente, não acho que eu tenha sido preso. Tanto quanto posso dizer, eu concordei com tudo isso. Não tudo de uma vez, mas aos poucos. Acho que é isso que significa quando dizem que alguém foi detido para interrogatório. As algemas foram retiradas assim que Glenn me sentou na mesa de conferência, mas as sacolas permanecem adesivadas aos meus pulsos. Eu claramente sou um espécime.

Glenn é muito calmo e convincente. De tempos em tempos, esqueço-me de como cheguei até aqui: algemada no banco traseiro de uma viatura policial. As armas apontadas em minha direção. Os olhares zangados e revoltados para os quais não tenho explicação alguma.

Estudo Glenn à medida que ele me observa durante conversas cordiais acerca do clima em Montana e os invernos no Texas. Ele possui espessos cabelos loiros e olhos vigilantes em um rosto desgastado, como um arremessador de beisebol já idoso que tenta adivinhar como o batedor vai responder ao seu próximo arremesso. Apesar de seu último nome ser escocês, ele se assemelha muito aos holandeses.

Tento perguntar novamente sobre o que é tudo isso, mas sua única resposta é: "Nós vamos chegar lá. Temos que esclarecer algumas coisas".

Eu me ofereço para esclarecer tudo o que puder naquele instante, mas ele ignora, demonstrando desinteresse em qualquer coisa que eu tenha a dizer. Dado os vinte e quatro agentes da lei que invadiram meu quarto e a atual situação das minhas mãos e pés, suspeito que estejam muito interessados em mim.

Uma mulher de cabelos negros vestindo um jaleco de laboratório bate na porta da sala de conferência. Glenn acena para que entre.

Ela coloca uma caixa de ferramentas sobre o balcão. Em seguida, veste uma máscara que lhe cobre a boca e o nariz.

— Está gravando? — ela pergunta, apontando para uma câmera de vídeo no canto da sala que eu não havia notado antes.

— Sim — responde Glenn.

— Ótimo. — Ela se vira na minha direção e remove as sacolas das minhas mãos.

As sacolas obviamente estavam lá para preservar evidência de quando eles... me detiveram até agora. *Evidência de quê?*

— Sr. Cray, vou coletar algumas amostras. — Sua voz é alta, suponho que é para que o microfone consiga captá-la. Ela examina minhas unhas e as aponta para Glenn.

Ele se estica e encara minhas cutículas.

— Você as corta bem curtas. Tem algum motivo?

— Quitridiomicose — explico.

— Qui...? — Ele desiste de pronunciar. — O que é isso? Uma doença?

— Sim. Uma doença fúngica.

A técnica solta minha mão.

— Contagiosa?

— Sim — respondo, surpreso com a reação dela. — Se você for um anfíbio. Eu não tenho essa doença, ou ao menos acho que não. Mas passo muito tempo estudando sapos em diferentes ambientes e preciso ter cuidado para que ela não se espalhe.

Glenn faz uma anotação em seu bloquinho.

— É por isso que você comprou suas botas três dias atrás?

Eu não questiono como ele sabe disso.

— Isso. Destruo e substituo tudo aquilo que não consigo esterilizar. Pode ser que eu seja prudente demais, mas algumas pessoas acham que o declínio da população anfíbia esteja acontecendo justamente porque pesquisadores têm espalhado essa doença involuntariamente.

— Então você viaja bastante? — pergunta Glenn.

— Constantemente. — *Estaria falando mais do que deveria?*

— Estudando sapos?

— Às vezes... — Não tenho certeza do quanto devo oferecer. Ele não demonstrou interesse até esse ponto, mas isso poderia ser apenas uma tentativa de me deixar mais ansioso para falar.

Glenn retira uma pasta de seu portfólio e navega por algumas folhas impressas. Eu tento não demonstrar que consigo ver através do papel. São pesquisas de internet sobre mim: páginas de faculdade, artigos de pesquisa, entrevistas.

A técnica utiliza um pequeno palito e um cotonete para alcançar embaixo de minhas unhas. Ela é muito gentil. O fato de ela não saber o que é quitridiomicose me surpreende, mas acho que não deveria ficar surpreso. Mesmo estando vestida como uma cientista, ela é uma técnica especializada em coletar amostras forenses, não em examiná-las.

Após virar algumas páginas, Glenn me encara com uma expressão confusa.

— Bioinformática? Você é biólogo?

— Não exatamente. É uma mistura de ciência da computação e biologia.

Embora esteja tentando fazer com que suas perguntas tenham uma aparência geral e demonstrem ignorância, posso afirmar que Glenn é inteligente e está escutando o que digo e o que não digo. Já que não faço ideia de onde quer chegar com isso, continuo respondendo com seriedade.

— Nós aplicamos as ferramentas da ciência computacional na biologia. Na genética, em grande parte. O DNA, por exemplo, é tão complexo que para tentar entendê-lo é preciso utilizar computadores.

Ele balança a cabeça.

— Então é como se você fosse um geneticista?

— Não. De tempos em tempos eu estudo o DNA, mas essa não é a minha área. Atualmente, estudo a plasticidade fenotípica.

Ele olha para a técnica, que está balançando a cabeça, e então levanta uma sobrancelha.

— Vou arriscar e dizer que isso não tem nada a ver com plástico.

— Não mesmo. — Busco em minha mente uma de minhas explicações pré-prontas e lembro o quanto odeio explicar meu trabalho para não cientistas. — Você praticava esportes no ensino médio?

— Futebol.

— Você aumentou sua massa para isso?

— Nove quilos de músculos que eu gostaria de ter mantido. — Ele dá um sorriso forçado e inseguro à técnica.

Desconfio que, quando não estão interrogando suspeitos e procurando por evidências embaixo de unhas, eles são como quaisquer outros colegas de trabalho, com suas próprias piadas internas.

— Ganhar músculos é algo que os mamíferos conseguem fazer e os répteis, não — prossigo. — Temos a capacidade de mudar radicalmente nossa massa muscular. Quando um gorila consegue mais comida, sua testosterona aumenta e ele literalmente ganha músculos maiores... — Eu pauso. — Não tenho a intenção de entediá-lo.

Glenn sacode a cabeça.

— Não, professor. Por favor, continue. Eu acho esse tipo de coisa fascinante.

— Bom, fenótipo significa, basicamente, o código do DNA em nossa composição. Plasticidade aplica-se ao modo como ele pode variar. Por exemplo, crianças chinesas estão ficando muito mais altas que os pais. O DNA delas não mudou. Ele já possuía um código embutido para se adaptar a maiores quantidades de proteína, maior tamanho de útero, e assim por diante. Obesidade é outro exemplo. Nós evoluímos de um ambiente em que as calorias eram escassas; então, se não formos cuidadosos, podemos triplicar nossa massa corporal. Essa é uma desvantagem da plasticidade fenotípica.

— Então você procura por animais que podem alterar sua estrutura corporal?

— Basicamente. Em particular, "eram-fíbios". — Dou uma fraca risada da piada infame que já havia feito centenas de vezes para alunos levemente entretidos.

Glenn e a técnica não entenderam minha piada.

— Eram-fíbios? — pergunta Glenn.

— Eram-sapos, ou girinos, para ser mais exato — continuo, um tanto quanto constrangido. — Os girinos de rã-da-floresta são um tanto quanto interessantes. Se você colocar muitos deles em um tanque, um ou mais de um sofrem uma mudança. Suas mandíbulas e caudas ficam maiores e eles passam de herbívoros para canibais. Eles se assemelham a minipiranhas e começam a comer outros girinos. Quando os números se reduzem novamente, suas mandíbulas e caudas voltam ao normal e eles voltam a ser como qualquer outro girino, pequeno e feliz, aguardando para tornar-se um sapo.

Leva alguns instantes para que Glenn absorva essa informação.

— Interessante. Eram-sapos. Entendi. E você está procurando por eles?

— Não exatamente. Estou estudando o ambiente que os cria. Eu não acho que esse comportamento seja exclusivo dos girinos. Pode ocorrer numa escala de microrganismo menor, ou tamanho humano.

Glenn curva uma sobrancelha.

— Humanos?

— Sim. Isso pode ser observado no útero, onde um embrião absorve nutrientes de outro, fazendo com que o peso dos bebês no nascimento seja variável.

Provavelmente uma em cada dez gravidezes da síndrome do gêmeo desaparecido resultam em um gêmeo, mas um é absorvido pelo outro. A mãe causou isso? O gêmeo malvado? Se for, o gêmeo malvado sempre vence. — Eu continuo: — Dentro de um ambiente contido, como um tanque, um organismo regula a população de forma espontânea e depois volta ao normal. Os animais dominantes no topo da cadeia alimentar, chamados superpredadores, serão emergentes quando a população chegar a um certo tamanho. Você vê isso em ratos canibais, em aranhas e até mesmo em programas de computador.

— Uma ovelha se transformando num lobo? — pergunta Glenn.

Eu penso por um momento.

— Talvez. É um pouco difícil encontrar esses comportamentos em populações domesticadas. Elas são extremamente homogêneas e intencionalmente abatidas. Mas, se animais domesticados, como os suínos, forem devolvidos à natureza, é possível vê-los revertendo a diferentes formas. Acontece em matilhas de cães também.

— Hum. Bom, isso é muito interessante, doutor Cray. — Ele se vira para a técnica. — Caroline, você tem tudo de que precisa?

— Um segundo. — Ela cutuca em volta do meu polegar e coloca a ponta do cotonete em um saco plástico marcado POLEGAR DIREITO. — Isso vai bastar. — Ela coloca todas as amostras em uma bolsa, fechando-a com selo inviolável e mostrando-a para a câmera antes de se retirar.

Eu olho a câmera apontada para mim e me pergunto quem estará do outro lado, interpretando o Observador.

Glenn levanta-se.

— Doutor Cray, se tiver um instante, eu gostaria da sua opinião profissional sobre algo. Veremos se conseguimos encontrar calçados para você.

Embora eu esteja aliviado por minhas mãos não estarem mais em algemas nem sacolas plásticas, estou preocupado em como as orelhas do detetive Glenn se animaram quando mencionei uma palavra específica.

Predadores.

Capítulo 4

AUTOINCRIMINAÇÃO

O detetive Glenn continua cordial, tratando-me como um convidado ao me guiar por um corredor.

— Agradeço sua cooperação, doutor Cray.

Passamos por escritórios abertos e, ao ver as pessoas me olharem de suas mesas, percebo que estou sendo analisado, e não casualmente.

Claramente, sou um suspeito, ou uma pessoa de interesse, como dizem as notícias. Mas não me falam do quê.

Eu deveria estar mais tenso a essa altura, mas o fato de ser mantido no escuro torna a situação mais fácil de se lidar. Não é como aguardar os resultados de um exame de um câncer agressivo. Não saber o quanto há em jogo é, de certa forma, delirante e surreal.

Glenn destranca uma sala com vários ficheiros alinhados e uma grande mesa no centro.

— Sente-se, doutor Cray.

— Pode me chamar de Theo — digo enquanto sento. Normalmente corrijo as pessoas mais cedo, mas estava preocupado demais para isso. — Prefiro reservar "doutor" para o ramo da medicina. — Resolvi poupá-lo da minha crítica sobre pessoas com fracos doutorados em educação e psicologia que encontrei no meio acadêmico e que não conseguiam passar em uma prova de ciências do sexto ano, todas insistindo que fossem tratadas com a mesma reverência que o chefe de oncologia de um hospital de pesquisas.

— Só Theo? — O detetive Glenn navega por alguns ficheiros atrás de mim, recolhendo pastas. — Você não é um gênio ou algo do tipo?

— Está se referindo ao prêmio? Aquele era o MacArthur. Eu ganhei um prêmio Brilliance, que é um pouco diferente. O nome é horrível, não costumo usá-lo na minha biografia.

Glenn coloca as pastas na mesa e senta em uma cadeira na minha frente.

— Vamos lá. Obviamente você é algum tipo de gênio. Admita, você é um cara realmente inteligente.

Ele está apelando para o meu ego, tentando me manipular. Mas para qual fim?

— Não sou inteligente o suficiente para conseguir entender por que estou aqui.

Ele balança as mãos no ar.

— É apenas um procedimento sem sentido. Vamos acabar logo.

O que poderia significar ter as algemas novamente em meu pulso.

— Como um biólogo... perdão, um bioinformático... Que nome você dá para sua profissão?

— Muda a cada conferência. Eu apenas digo biólogo computacional.

— Certo. Quero te mostrar umas fotos de alguns casos. Você é um cara inteligente, estou curioso para saber quais são as suas percepções.

— Percepções? Eu não sou espírita.

— Má escolha de palavras. Apenas estou curioso para ver as coisas através dos seus olhos. Colabore comigo.

Eu quero dizer que estive colaborando pelas últimas duas horas, mas não consigo. Não gosto de conflitos.

Ele empurra uma pasta em minha direção. As bordas estão gastas e a etiqueta, desbotada. Ao abri-la, deparo-me com a cabeça aberta de um homem. Um de seus olhos encara a câmera, e o resto do seu rosto não está lá. O sangue se espalha, cobrindo o azulejo abaixo de sua cabeça. Eu fecho a pasta e a empurro.

— Já ouviu falar em gatilhos de trauma?

— Quê? — Glenn pega a pasta de volta e olha seu conteúdo. — Jesus. Me desculpe por isso. Era isto que eu queria te dar. — Ele empurra uma pasta diferente pela mesa. — O que acha disso?

É a imagem de uma vaca com marcas de sangue em volta do pescoço e o abdômen aberto.

— Quer minha opinião profissional?

— Sim.

— Isso é uma vaca morta.

— Sim. Mas como?

— Isso é um teste?

— Não. Tem sido um mistério por aqui. Mais uma piada, na verdade. O fazendeiro diz que foi um chupa-cabra. Outros dizem alienígenas. Definitivamente parece que seu estômago foi roído por coiotes, mas as marcas no pescoço são um mistério.

— Sério? — Eu examino novamente os ferimentos.

— Totalmente.

Eu examino o trauma e tento me lembrar tudo o que sei sobre vacas, o que, embora não seja muito, é o suficiente para ter uma noção do que aconteceu. Eu jogo a foto de volta na mesa, incerto se estou sendo testado. Parece óbvio agora.
— Você quer minha resposta ou o caminho para a resposta?

— O caminho?

— Sim. Como cheguei ao meu palpite.

Ele sorri.

— Ok, professor, mostre-me o caminho.

— Como disse anteriormente, eu estudo sistemas. Um sistema pode ser o DNA. Uma célula. Um corpo. Um tanque. Um planeta. Todos nós funcionamos em diferentes sistemas. Que sistema vemos aqui? — Eu empurro a foto na direção dele.

— Bom, de acordo com a mordida dos coiotes, sabemos onde a vaca se encontra na cadeia alimentar.

— Claro. Mas qual outro sistema? — Eu aponto para as marcas sangrentas no pescoço. — O que poderia causar isso? Você encontrou essas marcas em outros animais?

— Sim...

Eu interrompo.

— Em ovelhas, presumo. Mas não em porcos ou cavalos. Correto?

— Está correto — Glenn afirma.

— Bom, a resposta deveria ser óbvia.

— Obviamente... e qual seria?

— Coiotes.

— Ok, mas e quanto às marcas no pescoço?

— Todos esses animais que citei compartilham um sistema. Qual é?

— Uma fazenda — responde Glenn.

— Sejamos mais precisos.

— Um rancho?

— Sim. E o que faz com que um rancho seja um rancho?

Ele balança a cabeça conforme começa a entender.

— Geralmente uma cerca.

— Uma cerca de arame farpado. É assim que contemos o sistema. Funciona bem para vacas e ovelhas, mas é muito baixa para cavalos, e os porcos têm a habilidade de cavar por baixo. As únicas coisas que estão sendo mortas aqui são os animais que a cerca de arame farpado detém. Ovelhas e vacas.

— Quer dizer que eles ficam presos na cerca, os coiotes os encontram e os arrastam para longe?

— Possivelmente. Eu imagino que os coiotes tenham aprendido a persegui-los em direção à cerca. A vaca se corta, mas não fica presa, e continua correndo até sangrar, talvez a quilômetros de distância de onde atingiu a cerca.

— Impressionante. Bom, você é um gênio para mim. — Tem algo em seu elogio que soa exagerado. Ele descansa as mãos nas pastas remanescentes. —

Essas são um pouco ilustradas. Casos aleatórios. Gostaria que você desse uma olhada e veja se possuem alguma ciência.

Ele desliza a pilha para mim, mas eu não a toco.

— É para isso que estou aqui?

— Apenas colabore comigo novamente, professor. Confie em mim, ninguém aqui é tão encantador quanto eu para se lidar.

Decido que não quero descobrir o que ele quis dizer com isso. Até onde sei, não há nada que possa ser usado contra mim e, portanto, fazer observações não deve ser um problema. Qualquer coisa que me faça sair daqui o mais cedo possível.

Há duas dúzias de fotografias de corpos, sangue em formato de mãos e itens aleatórios. As fotos são de pelo menos três pessoas diferentes: uma idosa que parece ter sido espancada até a morte, um homem com cortes e feridas de faca e uma jovem ensanguentada cujo rosto é impossível de ser visualizado em todas as imagens.

Também há fotos de roupas manchadas de sangue, celulares, dinheiro e troncos de árvores, além de alguns outros itens preservados.

Estudo as figuras enquanto me perco em pensamentos. O detetive Glenn está a milhões de quilômetros de distância para mim. Assim como a câmera no canto da sala que ainda está ligada. E, teoricamente, o Observador ainda assiste a mim.

Reúno as fotos em quatro pilhas e as examino uma a uma. Vejo picadas de inseto, alergias de plantas venenosas, uma mão repousando em uma pinha fechada. Não sei o que concluir a respeito disso. Havia sido mais fácil com a vaca, pois tinha apenas uma foto.

Após alguns minutos, olho para Glenn em busca de alguma orientação e percebo que o sorriso educado havia sumido de seu rosto.

Ele está encarando a pilha do meio. Por um breve segundo, seus olhos oscilam na direção da câmera; então olha para mim, recuperando sua compostura.

— Doutor... Theo, por que você colocou essas fotos aí?

Sinto meu estômago apertar. Alguma coisa aconteceu. Algo que causou uma impressão negativa.

Rapidamente espalho as fotos daquela pilha, tentando explicar minhas ações.

— Esses parecem diferentes ângulos da mesma vítima.

Ele puxa a foto da pinha ensanguentada e outra de uma bolsa em um tronco.

— Não há ninguém nessas fotos, mas, ainda assim, você as colocou na mesma pilha. — Ele joga as fotos de volta à pilha bagunçada. — Por quê?

— Ah. — Eu recolho as fotos e as examino novamente. — Eu realmente não estava prestando atenção. Foi aleatório, eu acho.

— Há vinte e quatro fotos aqui. Você separou as seis que eram do mesmo caso. Quais são as chances de isso acontecer?

— Altas. Então acho que não foi aleatório... — Eu tento entender meu próprio raciocínio.

— Não. Parece que não.

Eu aponto os números no canto inferior das fotos.

— Acredito que esses sejam números dos casos. Todos correspondem, ou ao menos a maioria. Parece um código para uma data.

Glenn pega as fotos e estuda os números.

— Isso não deveria estar aqui. — Ele lança um olhar de incômodo à câmera. Seus ombros caem. — Então você estava olhando apenas os números? Foi por isso que colocou todas nesta pilha. — Ele faz um gesto de desdém e levanta suas palmas ao ar, frustrado. — Acho que isso faz sentido.

Eu deveria manter minha boca fechada. Não consigo. Meu desejo por uma explicação lógica é uma compulsão. Nesse caso, perigosa.

— Não. Não foi assim que eu soube.

Os tendões do antebraço de Glenn se enrijecem. Toda sua postura fica rígida. Sua voz é calma e controlada enquanto pergunta:

— Então como soube que todas essas fotos eram da mesma cena de crime?

Capítulo 5

ÍNDICE

Posso afirmar que o detetive Glenn passou horas trabalhando em como ficar calmo e sereno em situações extremas. Suspeito que nada até agora tenha acontecido por acaso. A "acidental" foto da cabeça aberta foi apenas um teste para ver como eu reagiria.

Sua compostura fraquejou ao me ver empilhando todas as fotografias. Foi pego de surpresa. Acho que, até então, ele esteve apenas alimentando suas suspeitas de modo casual. A falta de agressividade era um recurso. Se eu tivesse percebido isso, provavelmente teria entendido antes o que estava acontecendo.

Há um motivo para eu não ter visto a delegada, a mulher do estacionamento, por horas. Ela tem o pavio curto. Glenn surfa em um mar de tranquilidade. Imagino que tenha sido ela quem deu a ordem para que a SWAT derrubasse a minha porta, enquanto a aproximação sutil de Glenn fez com que eu entrasse em seu carro por vontade própria, como uma criança perdida.

— Por que você agrupou essas fotos? — ele questiona novamente.

Eu as viro em minha direção.

— Foi o subconsciente. — Sua voz torna-se cordial novamente.

— Há algo que queira me dizer, Theo?

— Sim. Sou péssimo em botânica. Nunca consegui lembrar todos os nomes. — Aponto para uma pequena planta espinhosa. — Não é um cardo de leite, mas é alguma planta familiar a essa. — Aponto para as plantas das outras fotos. — Estão somente nas que coloquei aqui. O que significa que foram tiradas na mesma época do ano.

Ele pega uma foto e a encara.

— Plantas?

— Sim, plantas. — Eu indico as outras fotos. — Organizei as outras por diferentes motivos. — Aponto para as fotos da idosa e para as que pensei estarem relacionadas. — Há distorção na lente. É possível perceber isso observando o canto inferior, onde estão estas linhas retas. — Toco outro monte. — Estas claramente são películas de filme digitalizadas com um escâner. Provavelmente dos anos 1990.

— Provavelmente — Glenn repete ao balançar a cabeça.

Há uma batida na porta, e alguém pede que Glenn junte-se a ele no hall.

— Com licença — diz antes de se retirar.

Posso ouvi-los conversando, embora não consiga distinguir o que está sendo falado. Estou curioso, mas tento não parecer muito interessado, pois a câmera ainda me observa.

Detetive Glenn retorna e se senta, de certa forma relaxado.

— Posso te dar um conselho, doutor Cray?

— Com certeza seria útil.

— Se algum dia, e que Deus me livre, você se encontrar em uma situação como esta novamente, não diga nada antes de falar com um advogado. — Ele bate levemente na pilha de fotos. — São coisas assustadoras. Incriminatórias, eu diria.

— Apenas fui sincero.

— Percebi. Quase que para sua própria desvantagem. Falando nisso, estou curioso sobre o motivo de você ter se demorado enquanto analisava a cabeça aberta.

— Então foi planejado?

— Ah, sim — concorda. — Queria ver se teria a reação comum de repugnância ou se começaria a se masturbar.

— E eu demorei...

— Sim. Policiais e médicos também demoram.

— Eu era paramédico.

Glenn levanta uma sobrancelha.

— Sério?

— Sim. Mas não foi por isso que demorei. Estava olhando como o sangue escorreu através do reboco branco por entre os azulejos. Me fez pensar no osso.

Glenn pisca um olho.

— Osso? Você é estranho. Não sei se consegue perceber o quanto é estranho. — Ele passa a mão sobre as fotos. — Quer saber o que achei mais interessante?

— Por favor.

— Você não mencionou os corpos uma vez sequer. Percebeu tudo, exceto eles.

Até mesmo eu devo admitir que isso soa um pouco peculiar.

— Acho que pessoas não são a minha especialidade...

Ele solta uma pequena risada.

— Estou notando isso.

— Então... estou livre?

— Você esteve livre o tempo todo. Tecnicamente, nunca o prendemos.

Olho duvidosamente para a porta.

— Ao falar que estou livre — eu digo —, estou *livre* livre? Ou é o tipo de coisa em que vai me perseguir por... sei lá o quê?

— Está livre. Você não é o sujeito que procuramos.

— Sujeito? Agora pode me dizer sobre o que é isso?

— Sim, professor. Por um breve momento você foi o suspeito número um em uma investigação de assassinato. O procurador já estava decidindo qual gravata usar para sua injeção letal. — Ele olha para a câmera novamente, então abaixa a voz. — Eles ficam um pouco nervosos com esse tipo de coisa. Estavam ansiosos para pegá-lo a fim de preservar evidências da culpa.

Sinto-me um pouco atordoado.

— Eu? Por quê? — As fotos, obviamente. Às vezes fico tão distante que passo dos limites.

— Tá brincando? Você é o suspeito dos sonhos. Cientista gênio e solitário. Você chega falando sobre superpredadores. Isso seria bom demais.

Sinto uma espécie de queimação na pele ao processar a informação. Embora Glenn permaneça relaxado, ainda temo que seja uma farsa.

Ele nota meu desconforto.

— Sério — diz, movendo-se até a porta. — Você pode ir agora.

Viro a cabeça em direção à porta, na expectativa de ver guardas armados esperando para me levar.

— Se isso é um jogo, não sei o que devo fazer. Não sei o que espera que eu diga.

— Me desculpe, doutor Cray. Sei que parece loucura.

Por um instante, tento imaginar como deve estar minha aparência. Quando era paramédico, via pessoas em choque o tempo todo. É exatamente o que sinto nesse momento.

Meu olhar recai para a foto do topo. Uma mão feminina, suave, quase elegante em sua forma, acena no retrato, e respingos vermelhos escorrem das pontas de seus dedos. As palmas cobertas de sujeira e sangue.

Espalho as outras fotos sobre a mesa e observo cada uma novamente.

O detetive Glenn comentou que percebi tudo nas fotos, exceto as pessoas.

Estou percebendo nesse instante.

Não há fotos do rosto dela.

Tudo faz sentido agora. Sei por que estou aqui.

Um tipo de peso cai sobre meus ombros. Após uma longa pausa, meus olhos sobem para Glenn. Ele observa atentamente.

Encontro forças para dizer o que não queria.

— Eu a conheço...

Capítulo 6

TRABALHO DE CAMPO

Detetive Glenn aguarda minha reação ao falar o nome.

— Juniper Parsons.

Não reajo, o que, de certa forma, é também uma reação.

Meu maior medo era ouvir o nome de alguém próximo. São poucas as opções. A mão na imagem poderia pertencer a meia dúzia de mulheres com quem trabalhei ou à filha de algum conhecido.

A única mulher com quem me envolvi recentemente, e dizer isso é forçar um pouco as coisas, chama-se Allison. Acho que reconheceria sua mão imediatamente. Havia passado longas noites acariciando seus pulsos e entrelaçando nossos dedos enquanto conversávamos sobre tudo, de série antigas a cheiros do deserto de Gobi.

Se fosse ela nas fotos, meu corpo seria o primeiro a responder com algum tipo de reação fisiológica primitiva, dilatação dos vasos sanguíneos, arrepios, um nó no estômago.

Nesse instante, sinto uma espécie de alívio passageiro ao não reconhecer o nome. Passageiro, pois uma emoção maior, do tipo que nosso cérebro sugere sentir baseado em experiências internas, não externas, diz que deveria me sentir culpado. Culpado como um cão castigado no canto da sala, não por saber que pegar comida da mesa é errado, mas por ter feito algo inapropriado que não é capaz de entender.

O detetive Glenn observa minha falta de reação. Enquanto sustenta minha inocência, provavelmente reforça sua percepção de que sou mais distante das pessoas ao meu redor que o normal. Um retrato do cientista solitário.

Sou ruim com nomes. Eu passo Juniper pela minha cabeça de novo e de novo. *Será que quis dizer June?*

June não é uma memória clara. Era uma aluna de seis anos atrás, quando passei a lecionar em tempo integral. Minha idade era próxima à de quase todos da turma, o que tornou difícil gerenciar a necessidade de ser profissional com o desejo de ser aceito ao que parecia ser também meu grupo de colegas.

Ela cursava zoologia e cogitava especializar-se em etologia, o estudo dos animais em seus hábitats. Eu ensinava minha abordagem sobre sistemas. Esqueça os nomes e as convenções com que estamos acostumados: invente seus próprios. Nem todo animal com o nome idêntico comporta-se da mesma maneira em um ecossistema diferente. Um esquimó que sobrevive caçando baleias que pesam toneladas tem um estilo de vida completamente diferente de um vegano de São Francisco que nunca come nada que não seja proveniente da terra.

Conversávamos muito depois das aulas. Acho que fomos a uma pizzaria com outros alunos algumas vezes, após algumas palestras. Ela nunca trabalhou em meu laboratório, e, até onde sei, nunca trocamos mensagens ou falamos ao telefone.

Após o que pareceu ter sido um longo momento, olho para Glenn.

— O que houve com ela?

— Você se lembra dela?

— Acredito que sim. Seu apelido era June. Talvez sentiu que Juniper fosse um pouco demais.

— Recebemos uma ligação da mãe dela cerca de três dias atrás. Juniper estava fazendo pesquisas por aqui e não havia dado notícias. Enviamos alguém para o quarto onde estava hospedada. Fazia algum tempo que ela não aparecia por lá, e tudo estava intacto. A única coisa faltando era seu carro, que encontramos em uma oficina, para reparar o sistema de transmissão. — Ele continua:

— Na manhã de hoje, dois alpinistas encontraram seu corpo. O caso evoluiu de desaparecimento para assassinato em potencial. A primeira coisa que fazemos nessa situação é identificar qualquer um que possa conhecer a vítima. Seu nome surgiu. — Glenn não entra em detalhes, mantendo seus segredos policiais para si ao esperar que eu questione algo.

Devo me manifestar ou ficar quieto?

Após uma breve pausa, ele prossegue:

— Dois cientistas que se conheciam fazendo pesquisa na mesma área...

Acho que é minha vez de responder.

— Eu não fazia ideia de que ela estava aqui. Não falo com ela há anos.

Glenn dá de ombros.

— Ela tinha seu livro no iPad, e algumas de suas pesquisas também, o que nos levou de volta a você. Um pouco *CSI*, eu sei. Mas às vezes isso acontece na vida real.

— Mas agora sabe que não fui eu? — Tento fazer uma afirmação, mas o desespero produz uma pergunta.

— Acho que podemos riscá-lo da lista; caso isso faça você se sentir melhor, nós também trouxemos o mecânico da oficina, e a polícia local interrogou o ex-namorado. Você não era nosso único suspeito... apenas o mais interessante.

— O que mudou durante a última hora? — Estou com medo de fazer perguntas demais. Tão rápido quanto fui inocentado, posso ser acusado novamente.

— Nosso médico legista foi capaz de conduzir um exame mais detalhado. Definitivamente podemos desconsiderar você como suspeito.

Meus olhos miram a foto de sua mão balançando em aflição.

— Certo, mas quem fez isso a ela?

— Não quem, doutor Cray. O quê.

Capítulo 7

ILHAS

— Como você com certeza percebeu, os ferimentos foram graves — o detetive Glenn começa a dizer. — De imediato pareciam ter sido feitos com algum tipo de golpe de faca. Um braço foi quase arrancado e a cabeça, quase decepada. Encontramos pegadas e marcas de sangue estendendo-se por quase noventa metros. Ela foi atacada e perseguida, possivelmente repetidas vezes. Então, foi arrastada para baixo de um tronco. Aconteceu a menos de oitocentos metros da rodovia interestadual. Não era exatamente mata fechada, mas esse tipo de coisa pode acontecer em qualquer lugar. Agora que já sabe, nossa política é coletar o máximo de evidências possível antes que esfriem.

— Esse tipo de coisa? — Tento não focar as imagens gráficas.

— Ataque de urso. Não tínhamos certeza disso, a princípio. — Sua voz diminui e some por um instante. — Temos diversos registros a cada ano, que resultam, em média, em uma fatalidade. — Ele aponta para mim. — Metade desses números é de cientistas. Um segundo colocado próximo são autodidatas especializados em ursos. Parece que Juniper estava no lugar errado, na hora errada. Encontramos a digital parcial de uma pata e o que parece ser pelo de urso em algumas de suas feridas. O Departamento de Vida Silvestre confirmou que os ferimentos equivalem ao massacre de um urso.

— Um urso. — Deixo digerir. Pesquisando em Montana e Wyoming, você está constantemente atento a eles. Levo um spray contra urso na bolsa sempre que piso nesses territórios. Já vi centenas deles, até mesmo os pardos. Eu os evito e eles fazem o mesmo.

Não fiz nenhuma pesquisa de campo com Juniper, então não tenho ideia do quão treinada era. Mas nunca tive a impressão de que fosse uma garota estúpida.

Ainda assim, ataques de urso são excessivamente raros. O que é surpreendente quando você percebe o quão próximo chegamos deles quando estamos na floresta.

Se você colocar uma câmera no seu acampamento durante a noite, vai se surpreender e possivelmente se assustar com a quantidade de seres que passa e rasteja por perto.

Você pode encontrar ursos famintos próximos às rodovias por onde passam carros automáticos e onde crianças se sentam no fundo de trailers, obviamente assistindo a *Star Wars* em uma TV gigante enquanto estouram pipoca.

A natureza está lá, mesmo que você não a reconheça.

— Dois dias atrás um alpinista registrou que tinha ouvido o grito de uma mulher não muito longe de onde eventualmente encontramos Juniper. Disse que ele e os amigos foram investigar, mas não viram nada. — Glenn solta um pequeno suspiro. — É fácil de entender. Uma vez estava em cima do para-choque de um Cadillac que havia sido coberto com lama e arbustos, enquanto procurava exatamente por aquele carro. Levei uma bronca das grandes.

Não é minha vez de falar. Digo a mim mesmo por conta do foco intenso.

— Tem alguma ideia do motivo pelo qual ela estava aqui? Não estava pesquisando ursos, espero.

Ele vira algumas páginas de seu bloco.

— Análogos insulares biogeográficos?

— Ilhas — respondo. — Ela procurava por ilhas.

— Ilhas? Aqui?

— É assim que eu as chamo. Genericamente falando, são ecossistemas isolados do exterior. As ilhas são separadas pelo oceano. No deserto é possível achar um oásis. Até mesmo na selva densa é possível encontrar cavernas com vida isolada. Lembra-se do que mencionei sobre animais executando diferentes papéis em um ecossistema? Girinos tornando-se predadores? Parece que Juniper estava procurando por pequenos ecossistemas mais isolados do que aparentam. — Continuo minha explicação: — Você pode encontrá-los em lugares incomuns. Cavernas, como eu disse, ou ao lado de penhascos. Eles podem estar até mesmo em ambientes criados pelo homem, como um navio cruzeiro ou o topo de um prédio. O grau de isolamento varia. Mas, quanto mais remotos, maior a chance de uma espécie se adaptar para executar os papéis de um sistema maior. — Percebo que novamente estou sendo desinteressante.

— Continue.

— Bom, do ponto de vista bioinformático, fica interessante quando você não se limita às taxonomias tradicionais. Sociólogos enxergam estruturas emergentes em tudo, de prisões a computadores jogando pôquer.

Percebo uma conexão entre a pesquisa de Juniper e o que lecionei e sinto uma pontada de culpa.

— Eu costumava dizer aos meus alunos que modelos computacionais são informativos, mas que apenas podem nos dizer algumas coisas sobre sistemas externos. Devemos comparar e contrastar. Devemos ir lá fora. Explorar o inexplorado...

Detetive Glenn nota minhas mãos. Tenho a mania de flexioná-las e apertá-las quando estou estressado. Nesse instante, a falta de sangue faz com que meus dedos se tornem brancos.

— Você está bem, doutor Cray?

Balanço a cabeça.

— Não. Acabo de lembrar uma conversa que tive com June... Juniper. Ela me pediu um conselho.

A lembrança se torna mais vívida. Estávamos na pizzaria próxima ao campus com um grupo de alunos. Ela deslizou pelo banco próximo a mim. Tinha brilhantes olhos castanhos. Jogou os cabelos para trás e me deu um sorriso forçado.

— Então, professor Theo, qual conselho daria a uma aspirante à cientista? — Ela apoiou os cotovelos no topo do banco. Recuei para dar a ela um pouco mais de espaço. Isso resultou em um novo sorriso forçado.

Eu me lembro de ter muito medo de me passar por um daqueles professores pervertidos que encurralam jovens alunas como um lobo desesperado e então fingem estar surpresos quando ouvem que sua área está muito longe de ser receptiva às mulheres.

Sua linguagem corporal me confundia. Talvez tenha sido um gesto de paquera que algumas garotas aprendem que possa ser eficaz contra homens que, caso contrário, as dispensariam. Não sei. Tudo que vi foi a pergunta.

Dei uma resposta sincera. Ela recuou do meu espaço apenas para escorar a cabeça em sua mão e me ouvir atentamente, apoiando os cotovelos na mesa.

Pensei que ela estivesse me admirando enquanto eu falava. Agora sei que não estava. Ela levou cada palavra muito a sério.

Essas palavras, minhas palavras, a mataram.

Capítulo 8

FRONTEIRAS

Desde Plínio, o Velho, que morreu às margens de Pompeia após a erupção do vulcão Vesúvio, até os tempos modernos, ser um cientista pode ser perigoso. Especialistas em patologia morreram na tentativa de combater doenças. Perdemos astronautas durante a reentrada no planeta e exploradores do oceano para o fundo dos mares.

Até mesmo um laboratório pode se constituir uma fronteira perigosa. Madame Curie foi morta pelos elementos enquanto ajudava a humanidade a compreendê-los. Caçadores de vírus perderam a vida quando, em instalações de confinamento de alto nível, onde cada molécula de ar está infectada, um minúsculo alfinete furou a ponta de uma luva.

Às vezes a culpa é da falta de cuidado. Em outras, pode acontecer apenas pelo fato de desconhecermos a natureza do que tentamos estudar. Ou pode ser por darmos o azar de estar no lugar errado, na hora errada.

Ao dizer aos meus alunos para descobrir o mundo, revirar pedras e xeretar lugares esquecidos, talvez tenha achado óbvio que tomariam cuidado. Ou talvez eu seja culpado por minimizar os perigos imprevisíveis.

Embora eu tenha passado boa parte de minha juventude na floresta, agora, com meus óculos e cabelo penteado, tenho certeza de que, para meus alunos, não pareço ser muito diferente dos professores ingleses agorafóbicos e dos ratos de laboratório que apenas veem a luz do dia a caminho da cantina do centro estudantil.

Sem dúvidas não sou um sobrevivente. Meu limite para exploração externa se estende de acordo com a quantidade de água fresca e barras de granola em minha mochila. Em diversas situações, minha compreensão da floresta é mais abstrata e teórica do que prática.

Ainda assim, aprendi algumas coisas sobre o exterior com meu padrasto e tive um pouco de senso comum empurrado para dentro pelos meus instrutores do Corpo de Treinamento de Oficiais da Reserva que, na maioria das situações, ressaltavam minha curiosidade intelectual como uma deficiência no campo de batalha.

E, independentemente de saber pouco acerca do acontecido, talvez eu tenha sido o responsável por guiar Juniper até seu destino fatal.

Detetive Glenn atende uma ligação, e eu sento olhando a mão estendida da pobre garota.

Seus dedos enrolaram de agonia quando o corpo parou de produzir as coenzimas que previnem o enrijecimento dos músculos, a chamada rigidez cadavérica.

Temos poucas horas durante o semestre para transmitir aos alunos o que é importante. Eu planejei incontáveis aulas tentando sintetizar o que julgo ser absolutamente essencial. De alguma forma, arrumei tempo para deixá-los jogar videogames no projetor do hall de palestras, maneira que encontrei para demonstrar o quanto eu poderia ser moderno ao mesmo tempo que mostrava como até um ecossistema digital pode seguir regras emergentes.

Agora me arrependo de perder tanto tempo com essa bobagem ou dos dias de filme em que assistiríamos a algo como *Avatar* e tentaríamos racionalizar um ciclo de vida alienígena.

Deveria tê-los ensinado a sobreviver.

Os jogos e filmes são uma indulgência egoísta. Nunca fui o professor popular, bom em fazer piadas ou em interagir com meus alunos. Estou frequentemente desconectado e isolado. Essas chamadas ferramentas de ensino divertidas são minhas tentativas de mostrar-lhes que existe uma conexão entre coisas legais na vida deles e o mundo em que vivo.

Olhando as fotos da pobre Juniper, me sinto tão idiota quanto um professor de história desfilando pela sala de aula com uma fantasia de Capitão América.

Deveria ter ensinado a ela e aos seus colegas a se manterem seguros em vez de tentar fazer com que gostassem de mim.

Juniper não deveria ter ido lá sozinha. Alguém deveria saber onde estava. Deveria estar carregando uma arma. Fazendo todas as coisas que eu não faço...

Impulsiva, curiosa e desatenta, talvez tenha aprendido comigo mais do que deveria.

— Doutor Cray? Tudo bem com você? — Glenn pergunta.

Percebo que reuni as seis fotos de Juniper em uma pilha e as apertei contra mim. Sem graça, eu as devolvo para a mesa.

— Me desculpe. — Empurro minha cadeira para trás. — Acho melhor ir embora. Tudo bem se eu for?

— Sim. Claro. — Glenn levanta-se e vai até a porta para abri-la. Ele para antes de girar a maçaneta. — Eu estava no telefone com o Departamento de Vida Silvestre. Eles enviaram seu melhor rastreador. Se servir de consolo, saiba que vamos pegar esse animal.

Dou um fraco sorriso.

— Ambos sabemos que não serve. O urso estava apenas sendo um urso. — Trago ar aos meus pulmões, que se recusam a se mover. — Ela deveria saber disso.

— Não a culpe — Glenn retruca.

Olho para cima. Minhas palavras são sucintas e recheadas de autoaversão. — Não é a ela que estou culpando.

Capítulo 9

MEIA-NOITE

No fim da tarde, um policial me deixa no estacionamento da pousada com uma caixa de papelão contendo meus sapatos, meu computador e outras coisas que foram retiradas do meu quarto e do meu Ford Explorer.

A porta do quarto ainda está estilhaçada por conta da invasão da unidade tática. Eu deveria ir à recepção pedir para trocar de quarto, mas não me importo.

Fecho a porta atrás de mim e uso a trava para mantê-la dessa forma. A cama ainda está desfeita, mas parece que os travesseiros foram movidos. Se tivesse que adivinhar, diria que alguém usou um rolo removedor sobre eles para coletar fios de cabelo. Suspeito que não procuravam apenas pelo sangue de Juniper, mas também por qualquer outro indício dela.

Enquanto eu e o detetive Glenn conversávamos, um técnico fazia um exame superficial de tudo o que foi encontrado.

Se um fio de cabelo longo e castanho tivesse sido descoberto nos meus lençóis ou no ralo do chuveiro, posso apostar que Glenn inocentemente perguntaria se eu estava aqui sozinho ou acompanhado. Esse seria o primeiro passo para definir se eu era um mentiroso e um assassino.

Até o momento em que deixei o escritório da delegada, dava para perceber que Glenn me analisava cuidadosamente. Ele encontrou centenas, talvez milhares, de pessoas culpadas. Tenho certeza de que possui seus próprios padrões para averiguar. Cada pessoa é única, mas, ainda assim, todos coincidimos na forma como reagimos.

Seria fácil dizer que sou insensível. E talvez eu seja, se usar a definição literal da palavra.

Quando meu pai morreu, fui de garoto descontraído, senão extrovertido, para totalmente introvertido. Minha mãe me fez passar por diversos psicólogos. Se preocupava por achar que eu não estava lidando com o luto de forma apropriada.

Sentado em seus consultórios, eu conseguia apenas articular meus sentimentos com respostas vagas: um sim ou um não. Quando recebi um questionário escrito pelo terapeuta dr. Blakely, que levantava questões específicas sobre o que sentia, ficou claro o que se passava em minha cabeça, ao menos para Blakely e para mim.

Blakely sentou minha mãe em uma cadeira próxima a mim e, de modo muito franco, disse que eu estava lidando com isso da melhor forma que se poderia esperar. Eu não era um sociopata ou insensível; apenas não expressava ou até mesmo não reconhecia como me sentia da mesma maneira ou no mesmo tempo que outras pessoas o faziam.

O problema é que esperamos a parte *emotiva* da emoção. Humanos são primatas sociais, e, para serem reconhecidas pelos outros, nossas experiências devem ser exteriorizadas.

Minha mãe nunca me viu chorar. Eu costumava pensar que era isso que a incomodava e o motivo de ela ter me mandado a diferentes terapeutas. Quando fiquei um pouco mais velho, o benefício da perspectiva somado à percepção de seu segundo marido, Davis, finalmente me fizeram entender o motivo da sua necessidade constante de uma segunda opinião.

Ela nunca chorava.

Minha mãe não era capaz de aceitar a própria culpa ao não expressar as emoções que devemos quando perdemos um ente querido.

Não tenho dúvidas de que ela sentiu profundamente a morte do meu pai. Sei que ela o amava muito. Todos amavam. Ele era um ser altruísta que morreu tentando ajudar os outros.

Nunca usei o modo como minha mãe agia para julgar seu sentimento de perda. Era claro como uma equação. Quando meu pai morreu, os ecos turbulentos de sua gargalhada e a luz que ele parecia emitir pela nossa casa desapareceram. Alguém que fosse estranho ao nosso lar seria capaz de notar que algo faltava.

Em retrospecto, me lembra das histórias que meu padrasto contou sobre pegar o trem da Alemanha Ocidental à Oriental quando estava situado em Berlim. Davis disse que era como ir de um filme colorido a um preto e branco.

Quando meu pai estava vivo, o mundo era repleto de cores. Posteriormente, as cores só existiam como números em uma lista de tonalidades. Tudo parecia mudo.

Minha reação à morte de Juniper era como uma queimação lenta. Pode ser que Glenn agora acredite que não a matei, mas, enquanto estou deitado na cama encarando o teto, penso se ele acha que sou o tipo de homem que faria tal coisa.

O que deveria ter feito quando ele mencionou seu nome? Que expressão meu rosto deveria adotar? Não sei. Tenho certeza de que a reação correta era não fazer nada e encarar o vazio como uma estátua grega.

Ao fim da entrevista, quando Glenn me disse que eles pegariam o urso, deu-me uma segunda chance de reagir como um ser humano normal, capaz de ter sentimentos. Minha reação foi a de um cientista, não a de um homem que deveria estar motivado pela vingança de tal injustiça.

Que fique claro: eu odeio aquele maldito urso.

Pode ser que ele tenha agido conforme sua natureza, mas assim o fazem também o vírus Ebola e a cólera. E, se pudesse, eu sumiria com eles.

Ursos são animais fascinantes que compartilham mais similaridades conosco do que imaginamos. Eles se adaptaram a tantos ambientes quanto nós. São mamíferos extremamente bem-sucedidos e inteligentes. Eles merecem nossa proteção.

Mas não esse. Ele é estúpido o suficiente para não perceber que aquela garota inofensiva não representava nenhum tipo de ameaça. Ele tem que morrer.

Nesse momento eu queria estar lá fora com os caçadores, tentando rastreá-lo.

Era isso que deveria ter dito ao Glenn. A reação correta seria raiva e desejo de fazer algo.

Ele provavelmente acha que sou algo pior que apenas um insensível.

Um covarde.

Homens de verdade, homens que nunca conheceram Juniper ou estiveram em posições de autoridade sobre ela, estão lá na floresta, em busca de seu assassino.

Enquanto isso, eu estou em um quarto de temperatura controlada, atrás de uma porta trancada, sofrendo pela minha incapacidade de mostrar às pessoas o quão furioso estou.

Nenhuma forma de julgamento que viesse de Glenn seria dura o suficiente para mim.

Sou patético.

Incapaz de expressar minha frustração. Sou ainda pior do que patético: sou inútil.

Permaneço deitado, inerte, até que meu celular toca.

É o detetive Glenn.

— Nós o pegamos — diz, entusiasmado.

— Onde? Quero vê-lo.

Capítulo 10

A FERA

Embico meu Explorer em uma vaga no Departamento de Estradas à beira da floresta, onde eles mantêm equipamentos para limpeza de neve em um galpão. Uma multidão de homens cerca algo sob a solitária luz de um poste.

Ao menos vinte pessoas estão ali, em pé, formando um círculo. Caminhões com suportes para armas bloqueiam parcialmente minha visão deles e do que estão cercando. A maioria dos veículos é do governo local e estadual.

Estaciono e saio. A distância entre mim e a coisa sob a luz parece um campo de futebol. Tenho consciência de cada passo, mas sinto que não me aproximo.

Os flashes das câmeras no centro do círculo iluminam os altos pinheiros como silenciosos relâmpagos. O aroma de café quente e o som de risadas preenchem o ar gelado.

Tirando os caminhões, os iPhones, a caixa de rosquinhas e os rifles, isso poderia ser uma cena de Lascaux, onde, vinte mil anos atrás, homens se reuniam para celebrar suas vitórias na caçada.

Sou o intruso e eles são os heróis que vão atrás dos monstros que matam as belas donzelas. Sou o espectador que veio ver a face do monstro, mas não possui o direito de participar dos apertos de mão e congratulações.

— Doutor Cray! — grita o detetive Glenn. Ele desvia de um homem com o uniforme do Serviço Florestal e se aproxima de mim.

Uma parte de mim espera que ele pergunte o que estou fazendo aqui, embora tenha sido ele a me convidar.

Ele aperta minha mão. Há um sorriso forçado em seu rosto. Ele conheceu apenas o cadáver de Juniper. Para ele, a história dela começou quando foi encontrada morta na floresta e, com a derrota do monstro, teve um final feliz.

O mesmo para os outros homens.

O personagem principal da história deles é o urso. Cada homem é um protagonista e o animal é o antagonista. A pobre Juniper é apenas um evento de impacto. Nada além de um nome e uma causa para eles.

Não estou bravo com isso. Pelo menos fizeram algo enquanto eu encarava meu umbigo.

Glenn me apresenta a um homem com barba salpicada e uma jaqueta do Departamento de Vida Silvestre. Ele veste shorts e tem um revólver preso em sua cintura.

— Este é Kevin Richards. Foi ele quem rastreou e matou o animal.

Eu aperto sua mão.

— Sinto muito pela sua perda. — Richards me lança um olhar solene. Percebo que ele é o tipo de caçador que não sente prazer em ver a morte de nenhum tipo de criatura.

Não consigo pensar em nada para falar. Apenas aceno com a cabeça, muito envergonhado para admitir que a maior perda que tive foi a da minha sensação de orgulho.

Vejo um vislumbre de pelos marrons através de uma brecha na multidão.

Richards aperta meu ombro.

— Deixe-me mostrá-lo.

O gesto, que deveria ser reconfortante é, na verdade, enfraquecedor. Tenho que resistir ao impulso de empurrá-lo.

Ele é o cavaleiro triunfante mostrando o dragão morto ao vilarejo – quase como se dissesse "não sintam medo, eu estou aqui, meus pequenos".

A multidão percebe a aproximação de Richards e Glenn e se divide para que possamos ver a coisa.

Uma grande lona azul está jogada pelo cascalho. Uma montanha de pelos, coberta por algumas folhas e galhos, encontra-se no meio.

Posso ver o vermelho-escuro do sangue no cadáver, mas as feridas não aparentam ter sido feitas por balas.

Na verdade, há apenas um ferimento visível no animal: uma marca de entrada em sua têmpora direita, logo atrás do olho. Foi um tiro de mestre e uma morte rápida.

Os olhos do urso ainda estão abertos. As mandíbulas formam um rugido que deixa seus afiados caninos à mostra. As garras da criatura saem das patas como facas de bife.

Esse é o monstro que matou Juniper.

Esse é o pesadelo que tirou a sua vida.

É grande, até mesmo para um pardo.

Ao encará-lo, deveria sentir ódio.

Algum instinto deveria fazer com que eu quisesse pegar um machado para picar a fera, demonstrando minha raiva. Não consigo nem ao menos reunir o ódio para cuspir ou balançar a cabeça.

Eu o vejo e tudo que enxergo é um urso.

Apenas um urso.

O rugido em seu rosto foi provavelmente fruto de um espasmo após ter sido baleado. Quando Richards puxou o gatilho, o animal provavelmente estava com a cabeça abaixada como se estivesse tentando farejar se havia algo para comer embaixo de um tronco.

Foi morto em um momento de paz, não no meio de uma batalha épica. Morreu em silêncio e desprevenido, como deveria ser.

Como Juniper deveria, após envelhecer.

Tenho pena do urso. Seu caminho jamais deveria ter se cruzado com o de Juniper. Se ela estivesse a dez metros a favor do vento, nesse momento o urso estaria aninhado em sua toca e Juniper estaria comprando uma fatia de pizza e uma taça de vinho em algum lugar na próxima cidade. Ambos estariam felizes e contentes.

Em vez disso, temos uma garota morta no necrotério e um urso morto esparramado pelo chão, sendo alvo de ódio e zombaria.

Eu olho para Richards e ofereço meu fraco elogio.

— Bom trabalho.

Ele acena positivamente com a cabeça, incerto do que estou pensando, e sai andando com Glenn.

Permaneço próximo ao urso e o encaro, sem, de fato, olhá-lo.

— Com licença — alguém diz atrás de mim.

Eu viro e vejo uma jovem mulher em um uniforme policial. Ela segura um grosso envelope.

— Você é o biólogo?

— Sim.

— Me pediram para trazer isto aqui. — Ela me entrega o envelope. — Meu marido tem que sair para trabalhar, então tenho que voltar. — Ela olha para o urso. — Meu Deus, que monstro é esse? — grita, e então corre de volta para seu carro.

Levo alguns instantes para perceber que estou segurando o envelope. Os olhos do urso parecem me encarar.

Deslizo minhas mãos para dentro do envelope e toco diversos frascos de vidro. A princípio penso que são amostras que retiraram do meu kit de campo. Puxo um e leio a etiqueta.

PARSONS, JUNIPER 8.04.17-H.C.M.E.

O material escuro dentro do vidro é inconfundível. Sangue. Escuro e coagulado. Foi retirado de uma ferida. Eu examino diversos outros frascos. Todos têm a mesma identificação.

Estou segurando o sangue dela.

Isso aqui dentro é seu DNA. A receita para fazer uma Juniper Parsons está em meus dedos.

É claro que, se eu pudesse converter o material genético em um ovo e fazê-lo chocar, mesmo esquecendo as informações perdidas por não saber a metilação do DNA, não seria a Juniper.

O mundo ao seu redor a afetou do ato da fertilização até o momento em que ela deslizou próxima a mim no restaurante anos atrás, moldando-a na Juniper da qual me lembro. Aquela garota se foi, e eu nunca realmente a conheci. Seu DNA é tão Juniper quanto sua foto.

Leio a etiqueta no envelope.

PARA: DR. LIAM GOODSON, DEPARTAMENTO DE VIDA SILVESTRE

Isso explica o porquê de eu ter recebido diversos frascos de sangue. Aceno ao Richards. Ele está em reunião com Glenn e diversos outros homens.

— Com licença. Uma policial acabou de me dar isto. — Passo o envelope para Richards.

Ele olha dentro e mexe a cabeça positivamente; então, entrega o objeto a um homem mais velho, com um cavanhaque e grossos óculos marrons.

— Goodson, acho que isto é para você.

Dr. Goodson pega o envelope e verifica o conteúdo, então sorri brandamente a mim.

— Doutor Cray? Usaremos isso para confirmar se esse é o urso correto — ele explica como forma de cortesia profissional.

Presumo que vão procurar por sangue dela nos pelos e no estômago.

Eu concordo e começo a me afastar. Então, paro e me viro para perguntar algo ao dr. Goodson.

— O que fez você chegar à conclusão de que foi um urso?

— Encontramos sangue nas garras e pelos — ele responde, apontando para uma caixa de ferramentas, não muito diferente da que uso, na traseira de uma caminhonete. — Fiz os testes. Você tem familiaridade com kits portáteis de hemoglobina?

— Sim, tenho. — Ele se refere aos pequenos frascos contendo agentes que mudam de cor na presença de sangue humano. É um jeito rápido de dizer se uma amostra sanguínea é humana ou de algum outro animal. Provavelmente possui diversos outros em seu kit para diferentes tipos de sangue. É uma forma de prender caçadores ilegais.

Retorno para minha SUV e fico ali durante alguns minutos encarando a multidão que ainda está ao redor do cadáver do urso.

Estou tentando processar tudo que aconteceu.

Quando acordei na manhã de hoje e fui até a máquina de gelo, a última coisa que esperava era ser parte de um drama envolvendo uma garota morta e a caçada a um urso assassino.

Está tudo acabado, mas ainda me sinto tonto e confuso.

Tonto por conta do ocorrido e confuso pelas minhas próprias ações.

Solto os dedos da minha mão direita de um rigoroso aperto e encaro o que estou segurando. Olhá-lo não me fornece nenhuma resposta. Apenas perguntas.

Entre elas, a principal é: por que senti a necessidade de roubar uma amostra do sangue de Juniper?

Capítulo 11

O FILANTROPO

Quando acordo, o frasco de sangue está no criado-mudo, ao lado de três latas de cerveja vazias. Sei que deveria devolvê-lo. Apesar de não possuir nenhum número de série ou uma lista que identifique o conteúdo do envelope, alguém poderia notar que algo está faltando.

Tenho certeza de que isso conta como alteração de provas, mesmo que não haja mais uma investigação de assassinato.

Por que peguei?

Gostaria de pensar que foi porque coletar amostras é uma segunda natureza para mim. Ensino uma turma inteira a improvisar kits de campo com fita adesiva, tampas de caneta e qualquer coisa que se possa encontrar por aí.

Meu laboratório é uma coleção de itens aleatórios. Alguns mostram sua importância de imediato, outros se fazem perceber somente depois.

Buracos curiosos que encontrei em um casulo de lagarta ajudaram a explicar por que uma flor crescia em um ambiente, mas não a algumas centenas de metros de distância, sobre uma colina. Um colega entomologista reconheceu os buracos como furos de cupins. Embora esses dois não sejam exatamente inimigos naturais, sempre que uma lagarta tentava se desenvolver em um galho de árvore nessas condições, essa espécie de cupim rasgava a pequena casa, permitindo a entrada de parasitas nocivos. A lagarta morria, nunca chegando ao próximo estágio no qual poderia bater suas asas, espalhando pólen.

Distração é a mais inocente explicação para as minhas ações. Biocleptomania é, ao menos, uma explicação compreensível. O resto é um pouco repulsivo.

Um erro cometido com frequência na ciência é pensar que ter um nome para algo significa compreendê-lo. Um esqueleto em um museu ou uma gota de sangue são apenas partes de um todo. O sangue de Juniper é apenas isso, um pixel da imagem.

Provavelmente um fio dental usado por ela diria mais. Ao menos seria possível saber o que ela comeu no jantar, conhecer sua saúde dental e possivelmente o DNA da última pessoa que a beijou.

Deixo as motivações de lado e me levanto para ir ao banheiro. Em meio a isso, meu celular toca.

Lavo minhas mãos de maneira simbólica e checo a identificação.

É Julian Stein, filantropo por trás da fundação que me concedeu financiamento. Apesar de, na ocasião, minha inscrição ter sido incompleta, foi ele quem a levou para a frente, como já havia feito por mim no passado.

Julian é brilhante. Foi uma criança engenhosa que vendeu sua primeira empresa de tecnologia aos dezessete anos. Avançou até se tornar um investidor e ficar rico.

Para um cara que tem uma casa com vista para a Golden Gate Bridge, coberturas em Nova York e que já andou no tapete vermelho nas estreias dos filmes independentes que ajudou a produzir, não consigo contar o número de vezes que ele disse o quanto me invejava.

É engraçado. Quando estou preocupado se a universidade vai renovar meu contrato ou sobre como farei para pagar o próximo aluguel, parece ridículo pensar que um cara que já levou presidentes em seu avião particular me olharia com inveja.

Mas, quando estou em campo, ou até mesmo no computador, e descubro algo interessante porque tive tempo para isso, eu compreendo.

Chamei a atenção dele quando a revista *WIRED* publicou uma história sobre uma excêntrica descoberta minha. Eu havia descoberto uma maneira de usar uma lista telefônica local ou mala direta para antecipar quais cidades teriam surtos de gripe primeiro. Fiz uma lista de predições baseada em alguns fatores. O maior deles era o número de pessoas em uma cidade que possuía o mesmo sobrenome.

Pessoas que compartilham o mesmo sobrenome tendem a ser da mesma família e se reunir durante as refeições com uma frequência maior, sendo menos cautelosos quanto a comer no prato do outro e trocar germes. Isso cria picos de infecção aos fins de semana que logo se estendem para a escola e o trabalho. A presença de centros de convenções também é adicionada ao cálculo.

Não era uma regra rígida, mas tinha forte poder explicativo. Resta saber se era apenas uma teoria que se encaixava nos dados disponíveis.

Julian me ligou após ler o artigo e me encorajou a fazer mais pesquisas naquela área.

Não diria que somos amigos. Ele vive a vida em parcelas de cinco minutos, e você está profundamente ciente de que, assim que essa conversa acabar, ele vai para o próximo nome em uma longa lista de pessoas com quem conversa.

Atendo o celular com a voz levemente grogue.

— Oi, Julian.

Sua voz é sombria.

— Theo. Fiquei sabendo do que aconteceu. Como você está?

Hesito em perguntar o que ele ficou sabendo. Sobre eu ter sido preso – bom, não fui realmente preso – ou sobre Juniper. Quando se trata de Julian, não há sentido em perguntar como ele descobriu tão rápido.

Decido dizer a coisa que alguém sem interesse próprio diria.

— Pobre garota.

— Você a conhecia bem?

— Na verdade, não. Há anos não falava com ela. Nem mesmo sabia que estava trabalhando aqui por perto.

Será que tentei provar minha inocência de maneira forçada?

— Eu a financiei um tempo atrás.

— Financiou? — Para ser honesto, fora uma conferência ocasional do Julian da qual participo, não faço ideia de quem ele financia.

— Não foi um financiamento muito grande, mas dei um sim automático quando soube que ela havia sido sua aluna. Ela chegou a mencionar seu nome algumas vezes.

Droga, ela se sairia melhor se nunca tivesse me conhecido.

— Não fazia ideia. Só a conhecia como uma graduanda.

— Estou olhando a página dela no Facebook neste momento. Muita lamentação por ela. Devia ser uma pessoa muito especial.

Gostaria de saber. Coloco Julian no viva-voz para que eu possa achá-la em meu laptop. O primeiro link é seu perfil do Twitter. Uma foto aparece assim que clico.

É ela. Está sorrindo.

Faz anos que não vejo esse rosto ou esse sorriso, e ele retorna vívido em minha memória.

Era uma menina linda, embora não de maneira convencional. Acho que me lembro agora. Seu pai era irlandês e a mãe, do Haiti. Poderia se passar por brasileira ou qualquer outra bela mistura. Ela era única.

Lanço um olhar de culpa ao frasco com o sangue dela. *Pelo menos ainda temos seu DNA...*

Mesmo para um biólogo, esse é um pensamento perverso.

— Ouvi que pegaram o urso.

— Sim. Eu o vi na noite passada.

— Acho que isso é bom.

— Você acha?

— Eles me interrogaram — digo, confessando.

— Isso não me surpreende.

— Talvez não. Mas por um breve momento pensaram que fui eu quem a matou.

— Isso é muito assustador.

— Nem brinca.

— Ainda bem que tudo foi resolvido rapidamente.

— É... — respondo lentamente.

— É? Você não está transmitindo confiança.

— Quê? Eu não a matei.

— Nunca duvidei de você — ele diz de forma pungente.

— É que... sabe aquela coisa sobre primeiras impressões? Geralmente elas são um elemento exato e preciso.

— Theo, você tá me confundindo aqui. O que isso quer dizer?

— Não sei. É que... Bom, é sobre o único detetive com quem estive. Ele é inteligente. Do tipo que entende o mundo e diferentes situações. Não acho que seja do tipo que se confunde em seu próprio pensamento.

— Mas perceberam que era um urso e o encontraram.

— Sim, sim.

Pego o frasco e o giro sob o raio de sol que entra pela fresta da porta. Algo reflete de volta.

— Já falou com os pais? — pergunta Julian.

Eu pisco e vejo um fio. É curto, cerda lisa, algo que não se vê em humanos; ao menos não em humanos saudáveis.

— Theo?

— Julian, você conhece algum especialista em ursos?

— Financiamos um projeto de diversidade ursina. Quer falar com eles?

Não sei o que pedir.

— Não. Bem... tenho uma amostra do sangue dela que talvez contenha um pelo do urso.

— Você coletou isso?

— Não. Não exatamente. Ah, esquece isso.

Coloco o frasco de volta à mesinha.

— Quer que alguém dê uma olhada?

— Não... o Departamento de Vida Silvestre está no caso. Acho que estou apenas sendo mórbido.

— Está sendo um cientista. Se quiser, podemos aguardar para ver o que eles vão dizer... apesar de que não tenho certeza se farão muito além de confirmar o urso. Eu ficaria curioso para saber se havia algo de errado com ele ou se algo relacionado à Juniper o motivou a atacá-la. Aquele lance que a TPM atrai ursos é um mito, né?

— Para ser honesto, não sei se existem dados suficientes. De qualquer forma, entrar nisso provavelmente ultrapassa um limite.

— Talvez — Julian diz. — Mas deixe-me perguntar algo. Se fosse a Juniper que tivesse um frasco com o seu sangue e pelo de urso, você gostaria que ela levasse para alguém dar uma olhada?

— Sim. Mas não a conheço bem o suficiente para saber se ela gostaria disso...

— Confie em mim. Ela gostaria. Pode me enviar o frasco.

— Certo.

Qualquer coisa para me livrar disso.

— Já falou com a mãe dela? — ele pergunta novamente.

Há algo na maneira como ele diz *já*. Como se isso fosse um dever que eu tenha que cumprir.

Merda. Claro que eu deveria ligar. Sou um babaca. A coisa mais humana e normal a se fazer em um momento desses é ligar e dizer a eles que sinto muito.

Eu hesito.

— Não. Estava tentando conseguir o número.

— A polícia não deu a você?

Nem pensei em pedir.

— Eu... quase cheguei a pedir.

— Vou te enviar por mensagem. Ligarei depois. Seria bom você fazer isso mais cedo do que tarde. Por ser o professor favorito dela e tudo o mais.

Favorito?

— Claro. Farei isso agora.

— Certo. Vou enviar um motoboy para buscar a amostra. Tenho um laboratório que dará um retorno rápido. Te contarei sobre isso depois.

Detalhado demais, Julian.

Nos despedimos e encaro o número da mãe de Juniper.

Como é possível colocar em palavras como você se sente sobre isso? Como começar a explicar o porquê de a culpa ser sua?

Sei que sentar aqui no escuro não me aproxima de uma resposta. Apenas disco o número e espero que, pela primeira vez na vida, eu saiba dizer a coisa certa na hora certa.

Capítulo 12

BORBOLETAS

— Alô? — A voz da mãe de Juniper soa um pouco forçada, embora ainda forte. Para ela, o pesadelo começou quando Juniper desapareceu alguns dias antes. Acredito que tenha tido certo tempo para se adaptar.

— Oi, aqui é o Theo Cray. Fui professor da sua filha uns anos atrás. Queria ligar para lhe dar minhas condolências.

— *Condolências.* Que maneira sem sentido de dizer que não faço ideia do que falar.

— Professor Theo? — Sua voz aumenta. — Obrigada por ligar. Significa muito para mim.

— Não sei se te disseram, mas estou na mesma área. — *Vamos ignorar a parte em que, por um momento, eles pensaram que eu assassinei brutalmente sua filha.*

— Sim. Eu sei. Juniper havia comentado.

— Ela comentou?

— Ah, sim. Ela acompanhou sua pesquisa. Não preciso lhe dizer o quanto você a inspirava.

Eu?

— Ela era uma aluna encantadora.

— Ela já te contou que foi você quem a impediu de abandonar a faculdade?

— Hum... não.

Ela, na realidade, nunca me disse nada, porque nunca me dei ao trabalho de tratá-la como qualquer coisa além de um nome na minha lista de chamada.

— Ela estava passando por uma fase difícil. Problemas com garotos, e um ano antes o pai dela morreu. Foi um período estressante. Ela disse que foi você quem lhe deu esperanças novamente. Queria ser como você.

Ser como eu? Um espectador antissocial para o mundo?

— Obrigado. Não escuto isso com frequência. — "Nunca escuto isso" talvez fosse mais verdadeiro.

— Tenho certeza de que está sendo modesto. Fico feliz que tenha ligado.

Ela deveria estar gritando comigo.

— Eu só queria... desculpe-me. — Minha voz falha. — Eu queria ter sido um professor melhor. Queria poder ter aconselhado que ela fosse mais cautelosa. Me desculpe, senhora Parsons, não deveria estar dizendo isso a você.

— Tudo bem. Ainda estou tentando lidar. — Consigo ouvir o som dela segurando as lágrimas. — Era minha garotinha. Agora ela se foi.

— Eu sinto muito. — Dou uma pausa e enxugo meu nariz.

— Doutor Theo, por que ela estava sozinha lá? — Sua voz vai de cordial e controlada para distante.

— Eu não sei. Não sei nem o que ela estava fazendo aqui. Gostaria de ter passado mais tempo dizendo a ela como tomar mais cuidado. — Sinto remorso de culpá-la e imediatamente tento retroceder. — Digo... eu apenas...

— Ela era sempre cuidadosa. Passou diversos verões em Yellowstone, trabalhando com o serviço florestal. Ela já havia encontrado diversos ursos e sempre soube manter distância. Mas... acho que sempre chega a vez em que você não está prestando atenção o suficiente.

Essa é a primeira vez que ouço que ela havia trabalhado com o serviço florestal. Era mais treinada do que imaginei.

Agora sinto ainda mais remorso por atribuir sua morte ao seu descuido. É, de certa forma, confortável colocar a culpa do infortúnio dos outros em suas próprias ações. Mas isso também é errado.

Ela provavelmente possuía mais habilidades externas do que eu. O que torna a maneira como morreu ainda mais sem sentido.

É a hora errada de perguntar, mas tenho que saber.

— O que Juniper fazia aqui?

— Algo relacionado à genética de peixes, eu acho.

O mapa onde encontraram o corpo não estava nem um pouco próximo a um lago ou rio. Mas pode ser que ela estivesse fazendo a trilha por pura diversão.

Ainda assim, como um colega cientista, sem contar um antigo professor dela, eu deveria ao menos descobrir um pouco mais sobre o que estava pesquisando. É vergonhoso que tenha sido necessária a morte dela para eu ficar ciente de que um dos meus alunos havia partido para fazer suas próprias coisas interessantes.

— Você o viu? — ela pergunta.

Levo um momento para entender o que quis dizer. O urso. O monstro que matou seu bebê.

— Sim, eu o vi na noite passada. Nós o pegamos ontem.

Que grande mentira da minha parte dizer *nós*.

— Obrigada por ajudar a pegá-lo. Me sinto melhor ao saber que ele não vai machucar mais ninguém. É claro que Juniper não gostaria que ele sofresse. Ela era assim.

Claro que era.

— Foi uma morte rápida. O caçador o pegou com um único tiro.

— Ótimo. Juniper ficaria chateada comigo, mas fico contente que conseguiram pegar aquele maldito. — Ela pausa. — Me desculpe.

— Não há nada com que se desculpar.

— Você tem certeza de que o pegou?

Por um instante acho que ela está contestando minha versão da história na qual *nós* pegamos o urso. Estou prestes a confessar; então, percebo que ela está perguntando se pegamos o urso certo.

— Eles acham que sim. Existem testes para descobrir esse tipo de coisa.

O frasco do sangue de Juniper e o pelo do urso repousam em meu criado-mudo. Me sinto melhor em ter aceitado a oferta de Julian para analisá-los.

— Vou checar novamente — digo, fingindo autoridade. — Tenho alguns amigos que podem testar por conta própria.

— Obrigada. Obrigada, doutor Theo, isso significa muito para mim. Fico feliz que esteja aí.

Sinto algum alívio por ter meu delito justificado pela mãe dela.

— Claro — digo generosamente e cheio de falsidade. — Por favor, me chame de Theo. E, caso haja algo que eu possa fazer por você, me avise.

— O carro dela estava numa oficina. Não quero incomodar. A polícia pode me enviar as coisas dela, mas...

— Cuidarei disso. Apenas me dê o nome da oficina e onde estava hospedada. Deixe o resto comigo.

Nos despedimos. Anoto mentalmente que devo ligar para ela dentro de alguns dias. Não posso tratar isso como mandar um cartão obrigatório de Dia das Mães.

Essa mulher perdeu tudo que era importante para ela. Até onde ela sabe, eu era importante para sua filha. A coisa mais simples que posso fazer é respeitar isso e visitá-la de tempos em tempos. Tenho certeza de que seria a vontade de Juniper.

Juniper. Quanto mais ouço sobre você, mais interessante você se torna.

O que você estava fazendo aqui?

Capítulo 13
CAMINHADA

A Oficina do Bryson fica em um trecho de cascalho junto à estrada, situada entre grandes tiras de pasto perto de onde as altas árvores da floresta começam. Por baixo do capô de um Subaru Outback, seu dono, aos cinquenta e poucos e vestindo um traje manchado de graxa, me observa conforme me aproximo.

Detecto o que parece ser o jipe de Juniper repousando no sol do meio-dia na ponta do terreno, próximo a uma picape e um Toyota Camry que está sem o capô e o para-lama.

Bryson caminha até minha SUV para me cumprimentar.

— Então você é o outro? — ele pergunta assim que eu saio do carro.

— O outro?

— O outro cara que interrogaram.

Ah, entendi. Claro. Glenn havia mencionado que eles tinham outro suspeito antes de perceberem que um urso a matou.

Ele é alguns centímetros menor do que eu, mas possui uma forma espessa. Vejo apenas um macaco hidráulico e um pequeno guincho e concluo que sua forma provavelmente vem do fato de ficar o dia inteiro arrastando peças pesadas pela oficina.

— Sim — eu respondo. — Parece que eles estavam atrás de alguém que anda em quatro patas.

— Eu imagino — ele responde.

Aponto para o carro de Juniper.

— A mãe dela pediu que eu lidasse com isso. Ela vive na Carolina do Norte. Alguma ideia de como posso levá-lo até lá?

— A empresa de reboque que o trouxe só trabalha dentro do estado, mas sei de um serviço que vai custar por volta de oitocentos. Se tiver algumas semanas, você pode anunciar no Craiglist e ver se alguém que está trabalhando aqui durante a época quer levá-lo de volta.

— Acha que isso funcionaria?

Bryson dá de ombros.

— Sei não. Mas se você tiver tempo...

— Na verdade, tenho que voltar para Austin em uma semana. As aulas de outono estão começando. Talvez eu tente o anúncio durante alguns dias.

Eu odiaria pedir à mãe de Juniper que pagasse por isso. No pior dos casos, passarei no cartão de crédito e depois resolverei como lidar com o gasto.

Bryson olha meu Explorer por cima dos meus ombros.

— Está pensando em pegar novos pneus em breve?

Estou prestes a dispensá-lo como um oportunista quando olho os pneus e vejo que os frontais estão quase carecas.

Ele percebe minha hesitação.

— Não estou tentando me aproveitar de você. Posso trocar os frontais com um desconto. Os traseiros ainda vão durar um pouco. Vai te custar apenas cento e cinquenta.

— Cada?

Ele solta uma leve risada.

— Parceiro, eu te pegaria desprevenido se fosse roubar você. Cento e cinquenta pelos dois e ainda troco o seu óleo.

— Provavelmente seria uma boa ideia.

— Tenho um lounge com Wi-Fi se quiser esperar. É claro que não há muito mais a fazer. — Ele acena com a cabeça em direção à floresta. — Por mais que tenham pegado a coisa, eu não andaria por ali.

— Está certo.

Ele aponta para o campo de grama próximo ao prédio de metal.

— Foi como um filme de Hollywood. Pousaram o helicóptero de busca bem ali.

— Aqui? — Eu me viro para a floresta. — Espera, Juniper foi encontrada aqui?

— Cinco quilômetros mais adiante. No caminho para a pousada Mountain Cloud.

A pousada Mountain Cloud era onde estava Juniper.

Entrego minhas chaves ao Bryson.

— Acho que, no fim das contas, vou encarar a caminhada.

Retiro minha mochila do banco de trás e a prendo na cintura. Não tenho intenção de entrar na floresta, apenas desejo seguir um pouco pela estrada.

Pelo menos é o que eu acho. Para ser sincero, não tenho exatamente um plano.

A estrada corta a floresta como um fino desfiladeiro. Permaneço no caminho de cascalhos caso um motorista distraído resolva descê-la em alta velocidade.

É uma estranha mudança dos pastos para a mata fechada. Entre ambos há pedaços altos de grama selvagem – um ecótono. As árvores e a pradaria travam uma batalha pelo território. A grama selvagem estende-se pelo meio, onde a planície rochosa dá lugar ao suave solo da floresta.

O asfalto está rachado no canto da estrada, e margaridas e ervas daninhas saltam para fora como minúsculas ilhas. Ecótonos em miniatura. Se eu estivesse procurando por bactérias que poderiam comer óleo, estaria coletando amostras de sujeira do meio de rodovias movimentadas. Não sei se encontraria alguma, mas tenho certeza de que descobriria algo interessante.

Levanto o olhar da estrada para a floresta ao redor e tento procurar o que Juniper buscava aqui.

O mais inteligente a fazer seria buscar suas pesquisas mais recentes ou, no mínimo, ler o seu blog. Mas os últimos eventos ainda me espantam de tal forma que não consigo nem mesmo passar um tempo em sua página do Facebook.

Seu rosto continua aparecendo, assombrando-me.

O primeiro quilômetro que ando é um declive gradual à medida que a estrada continua sua traiçoeira jornada em direção às montanhas. O segundo se torna mais íngreme ainda.

Mantenho meus olhos nas árvores em busca de qualquer indício de onde Juniper foi encontrada. Não há dúvidas de que a polícia usou algum tipo de marcador.

Vejo alguns marcadores florestais laranja desbotado, mas nada além disso. Até onde sei, eles não divulgaram nada além da descrição geral da área ao público.

A conexão entre essa floresta e o mapa que vi no escritório do Glenn não é óbvia para mim, e eu passo os dias olhando mapas de paisagens reais e artificiais.

Um trator passa por mim e lança uma rajada de vento contra meu corpo.

Eu deveria ter perguntado quando Juniper levou o carro até a oficina. *Ela teve que andar muito?*

Decido esperar mais dez minutos e então voltar. Não faço ideia do que estou procurando, muito menos do que Juniper poderia estar fazendo aqui, além de andando da pousada à oficina ou vice-versa.

As colinas em ambos os lados da rodovia são muito íngremes para formar um lago ou qualquer outro corpo aquático maior do que um tronco de árvore. Os únicos peixes aqui seriam os que possivelmente caíssem da boca de um pássaro.

Quando estou considerando dar meia-volta, percebo um laço azul amarrado a uma árvore. Parece novo. Dez metros a fundo na mata, antes de ficar muito densa, há um laço amarelo ainda mais grosso, exatamente o tipo de fita que se vê na cena de crime de um filme.

Esse é o lugar. Ou melhor, o lugar na estrada que dá na trilha que leva ao lugar onde aconteceu.

Eu realmente deveria voltar à oficina agora. Isso não é da minha conta.

Ainda assim, eu caminho floresta adentro para encontrar o lugar onde ela foi morta.

Capítulo 14

LINHA AMARELA

Os gregos antigos acreditavam que o mundo originou-se do caos, de um vazio sem forma. A partir dessa pilha desfigurada emergiram os Titãs e os deuses que deram origem ao homem. Em sua forma mais evoluída, que os filósofos enxergavam como a imagem e semelhança divina, ele tentou colocar ordem ao caos, buscando simetrias e regras para o universo.

Foi essa busca por regras que criou a ideia da filosofia e, muito tempo depois, da ciência.

Um cientista é alguém que tenta ver ordem no caos. Às vezes isso simplesmente não pode ser feito, conforme a ciência nos diz por meio da mecânica quântica e da teoria do caos. Uma coisa pode ser de um jeito ou de outro sem nenhuma forma de prever o porquê disso.

Estou seguindo esta trilha colina acima porque desejo achar sentido no caos. Temos um evento: a morte de Juniper. Temos uma causa: o urso. Não tenho um porquê, e a polícia não divulgou o que levou a esse encontro.

O primeiro laço amarelo era apenas um indicador, como suspeitei. Nove metros de distância o separam do próximo.

Encontro cinco laços amarelos que levam a uma pequena área de terreno nivelado.

Aqui vejo o primeiro laço vermelho.

Está amarrado em volta de um tronco. Abaixo, na casca, há uma mancha.

Sangue.

Sendo ainda mais exato, vejo a impressão parcial de uma palma ensanguentada.

Enquanto estava morrendo, Juniper tocou essa árvore.

Detecto outras quatro fitas vermelhas nessa pequena clareira e três bandeiras vermelhas no chão.

Algumas das fitas marcam as regiões em que partes da árvore foram cuidadosamente removidas para serem levadas ao médico-legista. Alguns dos pontos no chão são simplesmente buracos de onde sujeira e sangue foram retirados.

Os buracos são pequenos. Não exatamente o que se espera encontrar ao ver o local em que um adulto sangrou até a morte.

Ajoelho para inspecionar uma das manchas. O solo parece ceroso como argila. Gotas de umidade aparecem na superfície conforme os minerais comportam-se hidrofobicamente.

Partes do solo em que a sujeira se torna mais evidente repelem a umidade. Em outras partes, como no solo de deserto ressecado, ela é absorvida ganânciosamente.

Seria necessário escavar para saber quanto sangue foi derramado. Não parece muito em uma análise inicial; pode ser que ela já tivesse tido a hemorragia quando chegou aqui para jazer.

Limpo as mãos nos shorts e vejo a segunda fileira de laços amarelos. Eles levam a uma parte mais alta na colina.

O padrão está ficando mais claro. Ainda estou cercado de caos, mas estou chegando a algum lugar.

Subo a colina e percebo que meus passos estão um pouco instáveis conforme pequenas pedras deslizam sob mim. Só consigo imaginar como foi para Juniper cambalear por entre os arbustos.

Duas bandeiras vermelhas marcam onde gotas do sangue dela espirraram em plantas.

A trilha amarela acaba em outra árvore onde Juniper encostou a mão.

Curiosamente, a marca está no lado da árvore virado para a estrada, e não no que segue em direção ao fundo da floresta, onde presumo que ela tenha se deparado com o urso pela primeira vez.

Há um caminho muito mais longo de laços amarelos levando ainda mais acima. Eu subo a trilha, tomando cuidado para não pisar em nenhuma das bandeiras vermelhas cuidadosamente escondidas atrás de troncos ou arbustos.

Conforme coloco meu pé direito no chão, congelo. Não é um som que me faz parar; ou, ao menos, não é um som do qual eu tenha consciência.

É a parte mais antiga do cérebro que está conectada a órgãos de sentido extintos ou atrofiados.

Já tive essa sensação antes.

A primeira vez foi quando tinha catorze anos e meu padrasto me levou para uma trilha no oeste do Texas. Eu parava de tempos em tempos, inseguro a respeito de algo. Davis permanecia em silêncio.

Quando voltamos ao acampamento, ele me perguntou se a trilha pareceu estranha. Eu disse a ele que sim, embora não soubesse explicar por quê.

Ele acenou positivamente com a cabeça. Então, pegou seu rifle na caminhonete.

— Siga-me.

Voltamos um quilômetro e paramos no primeiro ponto onde tive a sensação estranha. Observei enquanto ele sondava os arredores. Sua atenção virou-se a uma grande rocha.

Eu o segui até o outro lado. Davis agachou-se e fez sinal para que eu fizesse o mesmo. Então, ele apontou para um pequeno pedaço de lama.

Uma pata maior que meu punho havia passado por ali. Reconheci de um guia de caça. Pertencia a um leão da montanha.

Era isso que ambos havíamos sentido.

— Como sabíamos? — perguntei.

— Talvez sentimos o cheiro de outro carnívoro. Talvez o ouvimos. Apenas lembre-se de que ele esteve ciente da nossa presença muito antes que estivéssemos cientes da presença dele.

Foi um sério lembrete que seria ilustrado a mim de novo e de novo.

Sinto que há algo aqui comigo nesse momento. Correr apenas estabeleceria que sou uma presa assustada. Agir descaradamente pode indicar que estou brigando por território.

A melhor estratégia é a cautela. Deslizo a mão até meu cinto e pego o spray de pimenta.

Há mais uma trilha de laços amarelos para seguir, e fazê-lo poderia significar chegar ao local onde Juniper foi atacada pelo urso pela primeira vez.

Ter visto um urso morto não significa que aquele fosse de fato o urso que a matou. Ursos e relâmpagos agem como querem e podem atacar no mesmo lugar quantas vezes tiverem vontade, não importa o que os especialistas digam.

Eu deveria cuidadosamente fazer meu caminho de volta à estrada.

Mas ainda tenho caos.

Quero ordem.

Bastão na mão, continuo a subida.

Qualquer som, qualquer silêncio prolongado me faz parar e medir meus arredores.

Não vejo nenhum predador espreitando por trás das árvores. Mas isso não significa que não estejam lá.

Chego à última bandeira amarela e vejo uma vermelha enterrada no chão.

Embora o chão da floresta esteja coberto com agulhas de pinheiro, consigo notar que o solo é diferente aqui.

Está cheio de sangue.

Capítulo 15
LUGAR DE DESCANSO

Uma mórbida imagem vem à minha mente conforme observo a mancha escura no chão. As conexões típicas do teste de Rorschach feitas pelo nosso cérebro fazem com que eu pense em um anjo de neve.

Juniper lutou aqui no chão. Seus braços balançaram conforme o sangue se espalhava ao seu redor.

Estava lutando com o urso? Tentando sair debaixo dele?

O fato de que teve força para manter-se em pé e descer a colina me deixa pasmo.

Como eu teria reagido? Teria entrado em pânico e em um estado de choque?

Juniper era uma guerreira. Uma corajosa garota que não desistiu até que seu corpo fisicamente não pudesse ir mais longe.

Como paramédico, eu ouvia histórias de pessoas que morriam dos ferimentos mais simples. Outras sobreviviam a acidentes que seriam fatais aos demais. Órgãos vitais e artérias importam, mas a vontade de viver também.

Algo se agita nas árvores. Levanto e me viro lentamente enquanto olho para a floresta.

A parte da minha visão que busca por padrões não é capaz de encontrar nenhum.

Poderia haver dúzias de animais, com tamanhos variando de ursos a camundongos, dentro de um raio de dezoito metros de mim, e mesmo assim eu não os veria.

Atento, mas ainda extasiado pelo círculo de sangue, ajoelho novamente e tento achar sentido nas coisas.

O que trouxe Juniper e o urso a este lugar?

Estava perseguindo-a?

Ela o surpreendeu?

Estaria ela estupidamente perseguindo o urso? Por mais tosco que possa parecer, mais de um idiota já foi morto fazendo isso.

Levanto novamente e olho abaixo da colina. Vi diversas bandeiras vermelhas e amarelas, mas nenhuma outra cor.

E a mochila e os sapatos dela? A polícia tem alguma fita especial para onde encontram os pertences da pessoa?

Não sou capaz de imaginar que Juniper tenha vindo tão longe na floresta sem trazer ao menos uma garrafa d'água consigo, mesmo que estivesse apenas fazendo uma trilha entre a oficina e a pousada.

E ainda não consigo entender o que a traria aqui em cima. Não há nenhuma lagoa ou lago. A maior piscina de líquido é a mancha de seu sangue.

Não há nem mesmo troncos apodrecidos onde um urso encontraria algo decente para comer.

A presença de Juniper e do urso aqui é completamente aleatória.

Ursos podem ter territórios bastante amplos. Acho que é possível que estivesse fazendo um passeio por conta própria.

Para ser sincero, não sei muito sobre eles. Estou na floresta especulando sobre o comportamento de duas criaturas que são alienígenas para mim.

Minha orelha se contrai ao som de um galho quebrando. Eu me volto na direção da floresta vazia.

Seguro minha respiração e congelo, esperando que se mova novamente.

Sei que estou olhando na direção certa, mas não consigo ver o que fez o barulho.

Toda minha atenção está focada em uma pequena área onde duas árvores estão a poucos metros de distância uma da outra.

Há algo ali.

Decido que o melhor plano de ação é uma retirada cautelosa. Spray de pimenta a postos em minha cintura, e sem desviar o olhar dou um passo para trás. Depois outro.

Algo espeta meu tornozelo. Por reflexo, eu o sacudo e, então, caio.

Minhas costas batem contra o chão e o ar é arrancado de meus pulmões. Minha cabeça bate em uma pedra, e o canto da minha visão começa a desaparecer como em uma televisão antiga.

Reluto a desmaiar.

Galhos quebram conforme algo corre pela floresta.

Corre em minha direção...

Tento levantar o spray de pimenta, mas minha mão sobe vazia.

O esforço usa muito sangue, e os dedos negros da inconsciência me agarram.

O cheiro de sangue é uma das minhas últimas sensações.

Tenho consciência das gotas mornas na minha nuca, mas o sangue que estou sentindo não é o meu.

Eu me transformo no anjo da neve de Juniper.

Uma sombra me cobre enquanto desmaio.

Capítulo 16

ATIRADOR DE ELITE

Quando me recupero, estou encostado contra um tronco de árvore. A parte de trás do meu shorts e da minha blusa está encharcada de sangue. A princípio acho que é meu; então, percebo que caí na poça de sangue da Juniper.

A imagem da sombra que me cobriu antes que eu perdesse a consciência retorna à minha mente. Eu me sacudo de medo e tento ficar de pé, mas meus joelhos estão muito fracos.

Algo avança pelo arbusto. Eu levanto as mãos como uma criança assustada.

— Vai com calma — diz uma voz masculina à minha esquerda.

O detetive Glenn se aproxima e se inclina em minha direção, uma das mãos em seu celular e a outra segurando um tecido ensanguentado. Ele o encosta na minha nuca. Tento não me contrair.

— A boa notícia é que a maior parte do sangue não é seu. A má notícia é que você profanou uma cena de homicídio.

— Me desculpe. — Olho as manchas em meus dedos. Estou coberto pelo sangue de Juniper.

— Choveu ontem à noite e a poça aumentou. — Ele levanta um dedo em frente aos meus olhos. — Borrado?

— Não.

— Bom, mais uma boa notícia. Não vamos precisar de um helicóptero para te tirar daqui.

— Estou bem. Me dê apenas um segundo.

Minha nuca arde, mas isso em breve deve passar. Não tem cheiro estranho, e não me sinto tonto, o que significa que provavelmente não tenho uma concussão. Provavelmente.

— Você acertou a pedra ali com perfeição. Certeiro.

— Eu estava... assustado.

— Não brinca... — Glenn procura por um ponto seco e se senta. — Que diabos estava fazendo aqui em cima?

— Pensei que seria um ótimo lugar para cair de bunda. — Eu olho a poça de sangue de Juniper e, então, chacoalho a cabeça. — Jesus Cristo.

— De fato, não foi um momento nada elegante. Mas você ainda não respondeu à minha pergunta. Por que está aqui em cima?

— A senhora Parsons, a mãe de Juniper, me pediu para cuidar do carro da filha.

Glenn inclina a cabeça.

— Aqui em cima? Acho que não tem muita vaga. Tem certeza de que está bem?

— Lá na oficina. Qual era o nome? Bryson. Ele está trocando meus pneus. Pensei em dar uma caminhada.

— E veio parar aqui? — Glenn questiona, desconfiado.

— Eu vi os laços e fiquei curioso. O que você está fazendo aqui?

— Não preciso de um motivo para estar aqui, mas, se você quer mesmo saber, estou amarrando algumas pontas soltas.

Volto a pensar na sensação de não estar sozinho.

— Estava me observando.

— Sim. Desde que chegou aqui.

— E não falou nada?

Glenn olha para o lado conforme tenta se lembrar de algo.

— Como eles chamam? O paradoxo do observador? — Ele encolhe os ombros. — Achei que seria mais interessante ver o que faria se pensasse que estava sozinho.

— Mas eu sabia que não estava sozinho.

— Talvez. Mas aposto que pensou que era um urso ou um puma que o perseguia.

Ele está certo.

— Poderia realmente ser. Você foi silencioso. Militar, certo? O que fez durante o serviço?

— Observador.

O observador é um soldado que acompanha um atirador de elite para ajudá-lo a identificar alvos.

— Claro. Acho que eu já estaria morto se você fosse um atirador de elite.

— Acho que você fez um bom trabalho em se retirar do campo de batalha.

Eu recuo e sinto o tronco. Usando-o como apoio, lentamente começo a me levantar.

— Você está bem?

— Sim. Acho que sim. — Limpo as folhas presas à minha roupa. — Como Juniper foi parar tão longe colina abaixo após perder tanto sangue aqui em cima?

Glenn se levanta e ergue uma de suas sobrancelhas.

— O que o faz pensar que a encontramos lá embaixo?

— Ali é mais próximo da estrada. Presumi que ela tivesse encontrado o urso no fundo da floresta e tenha tentado correr em direção à estrada.

Ele sacode a cabeça.

— Não. Ela morreu bem aqui, exatamente onde você caiu.

— Ela correu aqui para cima?

— Já foi atacado por um urso?

— Cinco minutos atrás eu achava que a resposta seria sim.

— Bom, eu nunca. Mas imagino que meu único instinto seria correr para qualquer lugar que pudesse.

— Sim. Você está certo. Acho que é mais fácil analisar as coisas quando não se está prestes a morrer. Ainda assim, me parece contraintuitivo.

Glenn dobra os braços e olha em volta.

— Certo. Como um cientista, pode me dizer o que ela poderia estar procurando aqui em cima?

— Não tenho pistas. A mãe comentou algo sobre peixes, mas obviamente não há nenhum por aqui.

— O lago mais próximo fica após a Passagem de Brookman, que ficou coberta por um deslizamento de lama no mês passado. O único trajeto daqui até lá é uma caminhada de dois dias. Metade disso através de pastos. — Ele aponta para a estrada. — Existem alguns lagos do lado de lá, mas não dá para chegar lá daqui, como dizem.

— Interessante. Vou mais a fundo para descobrir sobre a pesquisa dela.

— Me avise. Também é possível que estivesse procurando por um atalho.

— Acho que era mais inteligente que isso.

Glenn age como se estivesse tentando não dizer algo. Ele balança a cabeça.

— Se o professor dela for o exemplo...

— Não a julgue — respondo friamente. — Posso ser desastrado, mas, pelo que aparenta, ela caiu após uma luta muito mais dura do que a minha.

— Não. Você está certo. Passei dos limites — ele responde em tom grave. — Garota durona.

— Queria tê-la conhecido melhor.

Glenn abaixa a voz.

— Vamos lá. Podemos conversar de igual para igual agora que você já não está mais sob pressão. Você a conhecia muito bem, não? Quem sabe não houve um pequeno reencontro na cidade?

Eu o socaria se ele não estivesse armado e eu não fosse um covarde.

Não consigo responder com mais do que um olhar de mágoa. Mágoa por ele pensar isso de mim. Mágoa por ele pensar isso de Juniper.

— Não seja um babaca.

Ele levanta as mãos em rendição.

— Desculpe. É meu lado detetive, sabe? Estou sempre cutucando. Queria ver qual seria a sua reação.

— Que diferença faz agora? Ela está morta e você pegou o urso.

— Verdade. Acho que é como pesquisa. Se eu conhecer alguém como você novamente, quero saber o que se passa na cabeça dele.

Estou inseguro quanto à ideia de ele ainda estar sondando meus motivos.

— Você já conheceu alguém como eu?

— Na verdade, eu pensava que já até o momento em que te encontrei pela primeira vez.

— Era um pateta desastrado como eu?

Glenn me estuda por um instante.

— Não. Ele era um assassino. Um homem tão frio quanto você pudesse imaginar.

— Um assassino? — Meu estômago se agita.

— Catorze mortes confirmadas, para ser mais exato.

Minha pele fica gélida com a comparação.

— Um assassino em série?

— Não o chamaria disso.

A observação de Glenn não é divertida.

— Então o quê? Um terrorista?

— Não. Um atirador de elite. Eu era seu observador.

Não sei o que extrair dessa comparação e, por isso, acabo apenas resmungando:

— Sou um perigo apenas para mim mesmo.

— Talvez. Mas ainda tenho a sensação de que não gostaria de vê-lo nervoso.

Capítulo 17

GENBANK

Quando volto ao meu quarto, percebo que Julian me deixou uma mensagem de voz.

— Me ligue...

— O que houve? — pergunto um minuto depois.

— Estou prestes a te enviar um grande arquivo. Recebemos o DNA de volta.

— Rápido assim? — Verifico meu relógio. Fazia menos de doze horas desde que seu motoboy viera para pegar os itens.

— Tenho uma startup de testes rápidos de DNA, Xelullar. Com X.

— Claro. Aposto que foi você quem escolheu o nome. Acho que não fiquei sabendo dela. — Era esse o laboratório a que se referia. Claro que era dele.

— Sim. E você provavelmente não ficaria sabendo. Ela não está no meio acadêmico. Nosso principal cliente é a CIA. Eles nos usam para identificar terroristas para depois descobrir quem devem atingir com um ataque de drone. Dinheiro não é obstáculo, então estavam dispostos a pagar as contas em testes rápidos. O lado bom é que em breve seremos capazes de torná-lo comercialmente disponível.

— Parece bom, embora eu não sabia o que esperar do DNA de Juniper. Se houvesse algum tipo de coisa relacionada a hormônios ou feromônios, estaria no plasma sanguíneo.

— Não, Theo — ele me corrige —, esse é o DNA do urso.

— Do urso? Não percebi que havia um folículo na amostra. Parecia ser apenas um fio curto.

— Não havia. Nós extraímos do fio.

— Não sabia que isso era possível.

A sabedoria comum diz que o pelo contém apenas o DNA mitocondrial, ou mtDNA, que é passado das mães aos filhos e sofre apenas pequenas alterações. Homens não o passam. Mudanças no mtDNA são tão lentas, principalmente devido às mutações randômicas, que pelos e cabelos podem ser usados como uma espécie de relógio genético para verificar quando populações se dividem. Quando se trata de identificar indivíduos, é bem inútil. O seu mtDNA e de todos os primos maternais são efetivamente o mesmo.

DNA nuclear, ou nuDNA, é o DNA que contém as combinações de DNA de sua mãe e de seu pai e é o responsável pela sua descrição. É assim que se diferencia um indivíduo de outro. É assim que você tentaria clonar alguém ou identificar seu envolvimento em um crime.

Enquanto células de sangue e de pele contêm nuDNA e mtDNA, o pelo, a parte que cresce acima do fio, é feito de células mortas que, supostamente, não contêm nenhum DNA nuclear.

— Olha só, algo que Theo Cray não sabe — Julian diz em tom de zombaria. — Eles acharam que você não encontrou nenhum nuDNA por conta do processo de queratinização. Conforme as células capilares morreram e enrijeceram, acreditava-se que haviam sido destruídas. Já que estamos encontrando material genético em fósseis muito depois que a meia-vida do DNA deveria tê-lo destruído por completo, não é irracional suspeitar que seria viável encontrar DNA no pelo. O verdadeiro desafio foi se livrar do resto das coisas. Alguns anos atrás, pesquisadores chineses descobriram como usar sabão em pó para fazer isso. Com base nisso, estamos desenvolvendo enzimas personalizadas para limpeza de microchips. Descobrimos uma forma ainda mais eficaz de encontrar DNA.

— Isso é ótimo. E como vai seu parque de dinossauros?

— Vai ser uma merda conseguir o seguro. De qualquer forma, achei que seria interessante comparar o urso que matou Juniper com outros ursos que também estão envolvidos em ataques. Vai saber. Talvez estejam suscetíveis a algum tipo de raiva ursina.

Assim como eu, Julian busca uma explicação racional.

— Não sei se seríamos melhores em prever comportamentos criminais em ursos mais do que o fazemos com pessoas.

Ele tosse desconfortavelmente.

— Algum dia teremos uma conversa confidencial e politicamente incorreta sobre isso, quando eu souber que não estou sendo gravado. Francis Galton estava chegando a algumas conclusões.

— Galton era um racista — respondo.

— Não me refiro a essa parte. De qualquer maneira, vou enviar o arquivo de DNA para você. Ainda não tive a chance de fazer upload ao GenBank e descobrir qual é a subespécie. Tenho certeza de que o Departamento de Vida Silvestre já sabe tudo isso, incluindo o que ele comeu no café da manhã. O que sei sobre ursos é o que aprendi vendo *Muppets*.

Julian sabe que essa é a forma perfeita de me manter ocupado, um jeito de fazer com que eu possa lidar com a situação em meus próprios termos. Eu o agradeço e desligo.

O e-mail com o arquivo compactado surge logo em seguida. O DNA em formato de software é apenas um arquivo de texto com uma lista de números de localização, seguidos por sequências como acaagatgcc attgtccccc ggcctcctgc tgctgctgct ctccggggcc acggccaccg.

Surpreendentemente, é possível pegar essa informação, que serve para descrever a ordem das ligações de guanina, adenina, timina e citosina a um grupo de açúcar e fosfato, e ligá-la a uma máquina que recriará o DNA através do gotejamento de base nitrogenada em uma solução, uma a uma.

Pesquisadores enviaram e-mails com arquivos de texto pela internet, fizeram upload deles a replicadores de DNA e, então, jogaram a cópia do DNA em células "nulas", que foram então iniciadas e se tornaram versões idênticas do organismo original.

Ainda me impressiona o fato de se poder enviar vida por e-mail da mesma forma que as pessoas encaminham fotos de gatos. Qualquer dia ainda leremos sobre pesquisadores que enviaram o próprio gato pela internet.

O arquivo de texto por si só é bem inútil para quem não está familiarizado com sequências específicas e suas localizações. Para ter um sentido, é preciso carregá-lo em um programa chamado visualizador, por meio do qual é possível entender com mais facilidade o que está procurando.

A busca pelas origens genéticas de doenças envolve olhar regiões específicas e tentar identificar suas diferenças. Pensávamos que, uma vez que pudéssemos sequenciar o genoma por completo, poderíamos acabar com o câncer e outras doenças. O problema era que, mesmo presumindo que a condição estava relacionada a apenas alguns genes, olhar a sequência não era suficiente para saber se ela estava ligada ou desligada no corpo. Mas estamos progredindo.

O GenBank é o maior repositório público de informação genética. Está repleto de amostras de DNA de cada animal do planeta que se aproximou de um kit de coleta de DNA.

O banco de dados original cabia dentro de alguns livros de capa dura. Eles não continham genes completos, apenas pares de base conhecidos. A versão mais recente possui cento e sessenta e cinco bilhões de pares de base que poderiam preencher sete milhões de livros.

Felizmente, está disponível em um banco de dados on-line.

Faço o upload do arquivo que Julian me enviou. Instantes depois, o resultado é cuspido: *Ursus arctos*.

Um urso-pardo. Na América do Norte, chamamos esses ursos de *grizzlies*. Exatamente como o que vi no galpão de limpa-neve.

O GenBank não me oferece nenhuma informação além daquela que diz que ele pertence a uma população na área de Wyoming e Yellowstone.

Acho que não deveria estar surpreso. Em seguida, faço uma busca por qualquer grupo que possua informações de DNA mais específicas sobre a população local de ursos e encontro um grupo de pesquisa chamado Ursa Major, que trabalha para a Universidade de Montana.

Por diversão, disco o número informado no site.

Uma mulher atende.

— Aqui é a doutora Kendall.

Certo, palavras...

— Olá. Hum, aqui é o doutor Theo Cray.

— Como posso ajudá-lo, doutor Cray? — Ela é educada, mas vai direto ao ponto.

Tenho certeza de que seu grupo está a par do ataque de Juniper. Estou muito envergonhado para dizer o verdadeiro motivo pelo qual estou ligando. Para ser sincero, acho que nem eu mesmo sei qual é o motivo.

— Doutora Kendall, estou na área para fazer algumas pesquisas sobre diferentes faunas e gostaria de saber se você possui um banco de dados sobre ursos que tenha identificado ou rastreado. — Estou incerto sobre como pedir diretamente pelo acesso.

— Sim. Me envie seu e-mail e lhe darei um login. Você trabalha em qual universidade?

— Texas. Mas, no momento, estou trabalhando com um financiamento Brilliant.

— Hum, que homem brilhante — ela zomba.

— Eu implorei para que mudassem o nome.

— Me envie um e-mail através do site pelo qual imagino que você tenha encontrado meu contato e eu o enviarei. E, se eu quiser um financiamento Brilliant, talvez você poderia mexer uns pauzinhos para mim?

— Com toda certeza.

A ciência pode ser assim. Dê os sinais certos e será aceito.

Cinco minutos depois, estou em seu banco de dados estudando cuidadosamente centenas de registros que descrevem os diferentes ursos-negros e pardos que contabilizaram.

Cada um tem um código, como UA20.22.06. Alguns também têm apelidos dados pelos pesquisadores de campo que estudaram seu comportamento: Pote de Mel, Paddington, Paddington 2, Ursinho Pooh, Catatau, Pintinho.

Os registros associados explicam como eles inventaram os nomes. Alguns são aleatórios. Pintinho, por exemplo, era um urso-negro que foi capaz de engravidar três fêmeas ao mesmo tempo.

Após certo tempo, consigo encontrar o banco de dados de DNA. Faço o upload do arquivo que Julian me enviou e rapidamente recebo uma combinação do pelo de urso das feridas de Juniper.

Abro o arquivo do animal, e seu nome me causa calafrios.

Estripador.

Capítulo 18

SUPER

Os arquivos do Estripador contêm informações coletadas de armadilhas de pelo, que são linhas de arame farpado usadas para prender folículos (a parte com nuDNA), fezes, impressão de patas e pontos de rastreio de quando um GPS foi colocado nele durante um ano.

É como um banco de dados da Agência de Segurança Nacional sobre o animal, que me diz, literalmente, o que ele comeu no café da manhã em algumas ocasiões. Alces. Muitos alces.

O Estripador ganhou esse nome por conta da forma como rasgava o estômago de suas presas. Ele preferia cortes longos.

Talvez para saborear os sucos do alce? Só consigo imaginar isso.

Há também uma linhagem mostrando seus parentes e crias. Sabe-se que ele tem um filhote sobrevivente, chamado apenas de UA.354.222. Presumo que isso signifique que ninguém nem sequer fez uma conexão entre o DNA de um urso observado e o de seus filhotes.

Os pontos de rastreio do GPS cobrem um mapa que mostra sua distância. Aparentemente, seu solo de caça se estende por dezesseis quilômetros daqui, mas não é incomum que um urso saia de seu território.

Infelizmente, as informações do GPS se encerraram no ano passado e, por isso, não há como dizer o quanto ele viajou antes de chegar até esse ponto da floresta.

Uma lista de armadilhas de pelo mostram um raio levemente maior. Parece que muitos dos dados foram coletados antes de o marcarem.

É estranho, provavelmente porque não o conheço melhor, que ele nunca tenha se arriscado cruzando suas fronteiras até agora.

Talvez tenha matado Juniper porque estava em território desconhecido? Detetive Glenn comentou algo sobre uma passagem bloqueada por um deslizamento de lama. O Estripador poderia estar caminhando quando descobriu que estava preso aqui.

É tudo especulação de minha parte.

As pessoas tendem a pensar que cientistas são experts em tudo, quando, na verdade, podemos ser tão especializados que sabemos menos que um leigo sobre muitos tópicos científicos, como o comportamento dos ursos.

No arquivo também encontro uma foto do Estripador, tirada quando ele estava tranquilizado para que a coleira de GPS pudesse ser colocada. Ele se parece muito com o que vi quando jazia morto na lona azul. Feroz e pacífico ao mesmo tempo. Aqui, uma das garras de sua pata dianteira esquerda está faltando.

Garras são basicamente unhas afiadas que crescem após certo tempo. Acho que tinha todas quando o vi. *Será que elas crescem anualmente?*

Mesmo assim, gostaria de comparar. Por mais que uma coletiva de imprensa não tenha sido feita até o momento, tem de haver alguma foto on-line.

Algumas buscas depois, encontro um artigo no *Crônica de Bozeman*. É um ameaçador retrato do Estripador, cujo focinho encara a câmera com os caninos expostos.

URSO ASSASSINO MORTO PELO DEPTO. DE VIDA SILVESTRE

BOZEMAN, Mont. Fontes confidenciais confirmaram que um caçador do Depto. de Vida Silvestre identificou e matou o urso-pardo, o qual acredita-se ser responsável pela morte de uma cientista que realizava pesquisa próximo ao Condado de Filmount. Um contato da Genética Selvagem Internacional disse que o DNA do pardo bate com um urso identificado como UA.223.334

A imprensa com certeza vai enlouquecer quando o apelido do urso for revelado.

Checo o arquivo do Estripador novamente para ver se alguém do Ursa Major atualizou o arquivo desde sua captura.

O registro mais recente foi feito no ano passado. Acredito que o universitário responsável por ele esteja um pouco sobrecarregado.

Conforme fecho a janela do navegador e o caso do Estripador, meu olhar capta algo de relance.

Atualizo a página para ver o que era.

Que estranho.

UA.221.999 / "Estripador"

O índice é diferente do que está no artigo.

Os ursos têm registros múltiplos?

Digito UA.223.334 no banco de dados para verificar se as referências se cruzam.

Um novo arquivo aparece na tela.

UA.223.334 / "Bart"

É a descrição de um urso completamente diferente.

Esse possui amostras de armadilhas muito mais próximas daqui. Abro uma foto. É uma imagem de longa distância em que ele aparece caminhando por um pasto.

Bart se parece muito com o Estripador, mas mesmo meu olhar não treinado é capaz de detectar que são ursos diferentes.

Sei que um urso pode ganhar centenas de quilos antes do inverno, e, para ser sincero, não tenho certeza de como posso diferenciá-los.

Baixo o arquivo de DNA do Bart e o carrego em um visualizador.

Curioso. Ele e o Estripador são parentes, mas há muitas sequências de genes diferentes. Algo esperado em primos distantes, mas que não seria encontrado no mesmo animal.

Verifico o artigo e o banco de dados novamente para me assegurar.

Sim, essas são duas amostras diferentes de DNA.

Um erro foi cometido por alguém em algum lugar.

Digito o mais rápido que posso para entrar no site da Genética Selvagem Internacional. Há um número. Eu disco, ainda mais perdido sobre o que dizer do que quando liguei para a Ursa Major.

Uma mulher atende.

— GSI, a quem devo direcionar sua ligação?

— Olá, você pode me conectar ao responsável pelo laboratório de sequenciação?

— Esse seria o doutor Whitcomb. Um segundo.

— Aqui é o Travis — diz um homem com uma voz juvenil.

— Doutor Whitcomb, peço desculpas pelo incômodo. Estou em campo e não consegui falar com ninguém no laboratório do médico-legista. Hum, você poderia me reenviar o arquivo do urso que mataram ontem?

— Reenviar? — Ele soa incomodado. — Ainda nem o enviei.

Droga. Penso em uma desculpa.

— Desculpe. Alguém me informou errado.

— Sem problemas. Está bem aqui. Para onde devo mandá-lo?

Na pressa, dou-lhe meu e-mail da universidade. Posteriormente terei que inventar um motivo de negação plausível, caso alguém resolva me perguntar.

Eu o agradeço.

— Só uma perguntinha rápida... Como sabiam que foi o UA.223.334 sem o DNA?

— Como sabiam que foi aquele urso? Sei lá. Para mim, todos parecem iguais. Eu perguntaria ao seu caçador.

Desligo e respiro fundo. Sou um péssimo mentiroso e não consigo lidar com o estresse.

E o que é pior: cruzei um limite ético. Não tenho certeza se infringi uma lei, mas isso poderia sair pela culatra.

O arquivo de Travis aparece no meu e-mail. Carrego-o no software visualizador de DNA.

A amostra que dizem ter vindo do urso que vi na lona é do DNA de Bart.

A explicação mais lógica é que o laboratório de Julian cometeu um erro. Eu disco seu número freneticamente.

— Que foi? — ele pergunta.

— Seu laboratório. Por acaso eles misturaram a amostra?

— Duvido.

— Tem certeza?

— Posso te prometer duas coisas: primeiro que aquele laboratório provavelmente nunca havia tocado em DNA de urso antes disso e, segundo, se cometêssemos esse tipo de erro, guerras poderiam estourar. Qual é o problema?

— Nada. Nada. Tenho certeza de que você está certo. — Alguém fez uma merda muito grande. — Tenho que correr. — Desligo rapidamente.

O artigo mencionava uma coletiva de imprensa que aconteceria dentro de algumas horas.

Estão prestes a dizer que pegaram o assassino de Juniper.

Não pegaram.

O DNA no pelo da ferida de Juniper veio de um urso diferente do que mataram.

Isso significa que seu assassino ainda está solto.

Capítulo 19

TUDO LIMPO

Na mesa de recepção do escritório da delegada, me apresento como dr. Theo Cray e sou levado a uma sala de reuniões. Finjo que deveria estar ali e um delegado carinhosamente me leva até onde o detetive Glenn, a delegada Tyson - a mulher de ombros largos que vi no estacionamento da pousada - e vários outros estão reunidos.

Quando entro, Glenn e Richards, o caçador do Departamento de Vida Silvestre, interrompem sua conversa e me olham.

— Doutor Cray? — diz Glenn. — Desculpe, alguém pediu que você viesse aqui?

Em uma situação como essa, mergulhar de cabeça é melhor do que tentar se explicar. Então, dirijo minha franca pergunta ao Richards.

— Como sabia que Bart era o urso que matou Juniper?

Ele olha na direção de Glenn e Tyson buscando uma explicação para a minha intrusão. Eles dão de ombros, então ele me compele.

— Encontramos sangue da vítima no pelo, e o DNA bateu com o urso que estávamos procurando.

— Sim. Mas como sabia que deveria atirar no Bart? Como sabia que aquele era o urso certo antes de matá-lo?

Glenn interrompe:

— Me desculpe, doutor Cray, por que está aqui?

— Estou aqui porque o pelo encontrado nos ferimentos de Juniper não corresponde ao DNA de Bart.

Há uma pausa silenciosa na sala. Após um momento de tensão, a delegada Tyson fala. Sua voz é baixa e mensurada.

— Como conseguiu o sangue de Juniper Parsons?

Apenas respondo o xis da questão.

— Um de seus delegados entregou para mim por acidente. Decidi enviar para análise.

— Você decidiu enviar para análise? — ela questiona. — Isso se chama roubar evidência.

Não gosto da ameaça em seu tom.

— Lidaremos com isso depois. O importante agora é que o urso que matou Juniper não é o urso que você matou. — Eu me viro para o Richards. — Sem ofender.

Com o rosto vermelho de fúria por conta da acusação, ele bate a mão na mesa.

— Encontramos o sangue dela no urso!

Não quero insultar o homem, mas fatos são fatos.

— Ainda assim, o DNA encontrado na amostra de sangue de Juniper está ligado a um urso diferente. Será que o Bart não tropeçou em seu corpo? — Eu encaro Glenn. — Céus, eu mesmo tropecei no sangue dela. Fiquei coberto de sangue. Você viu.

Tyson lança para ele um olhar de soslaio.

Glenn suspira e explica para a sala:

— O curioso doutor Cray decidiu visitar a cena do crime.

— E quem foi que contou onde era? — Tyson pergunta, aumentando o tom de voz.

— Encontrei por conta própria — intervenho. — As bandeirinhas na rodovia não são exatamente discretas quando se está procurando por elas.

— E por que estava procurando por elas?

Resolvo dar todos meus motivos de uma vez.

— Porque uma das minhas alunas foi morta. Provavelmente porque sou um professor terrível e me sinto um merda com isso. Queria dar respostas à mãe dela. Não sei. Apenas fui.

Uma mulher ruiva no outro lado da sala pergunta:

— Como conseguiu o DNA do urso no sangue de Juniper? — Ela parece ter trinta e poucos. Rosto bonito, sem muita maquiagem.

— A amostra que me deram veio de um ferimento de Juniper. Havia uma amostra de pelo dentro.

— Com folículo? — Ela se vira em direção a um homem à sua esquerda, que eu reconheço como sendo o médico-legista.

Ele sacode a cabeça.

— Não havia nenhum folículo nas amostras. Nós verificamos. Apenas fios.

A mulher vira-se novamente em minha direção com um olhar condescendente em seu rosto.

— Parece que seu laboratório procurava DNA mitocondrial. Talvez devessem voltar à escola.

Meu rosto ferve com o insulto, mas respondo friamente:

— Sei que as notícias não costumam chegar até aqui, mas, quando se sabe o que está fazendo, é possível extrair DNA nuclear de fios. — Bem arrogante para um cara que não sabia disso até aquela manhã.

— É verdade? — o legista a questiona.

Ela dá de ombros.

— Não sei. Tenho que perguntar por aí.

Tento me acalmar.

— Tenho acesso a recursos — digo, arrependendo-me do tom pomposo.

— Espero que tais recursos envolvam um bom advogado — diz a delegada Tyson sombriamente.

— Espera um segundo — Glenn intervém. — Vamos ouvi-lo antes de colocarmos as algemas de volta nele. Doutor Cray conhecia a vítima e está compreensivamente agitado pelo que aconteceu.

Tyson olha seu relógio de pulso.

— Seja rápido.

Ninguém me pede para sentar. Então, vou até o quadro branco e pego um canetão; rapidamente desenho um mapa da área e coloco um X onde Juniper foi encontrada.

— Foi daqui que veio a amostra que me deram. — Coloco outro X onde mataram Bart. — Foi aqui que Richards encontrou Bart. Perto o suficiente para fazer sentido. — Desenho um grande círculo. — De fato, de acordo com o banco de dados da Ursa Major, esse é o alcance do Bart e, como estão cientes, ele era um pardo conhecido. O suspeito lógico. No entanto, a amostra da cena de Juniper continha pelos que pertenciam a um urso que veio de muito mais longe. Poderia estar caminhando pelo território do Bart. Ela pode ter sido pega entre os dois. Vocês encontraram algum DNA do Bart no local da morte?

O médico-legista responde:

— Encontramos pelo que era consistente.

— Pelo de um pardo, certo? Mas sem DNA?

Ele chacoalha a cabeça.

Eu desenho um grande círculo em volta do X de Juniper.

— Então, não temos provas de que o Bart sequer esteve lá. Temos prova de outro urso.

— É o que você diz — a mulher responde. — Mas você é o único que possui a habilidade mágica de extrair DNA de fios de cabelos. Eu adoraria ter esse poder.

De repente, descubro quem ela é.

— Você é a doutora Kendall?

— Sim.

— Eu a ajudarei a verificar privadamente. — Tenho certeza de que Julian concederia acesso ao laboratório para eles. — O importante agora é que dar uma coletiva de imprensa dizendo que pegaram o urso seria irresponsável e inadequado. O pardo assassino ainda está à solta. Pior, nem sequer sabemos por que ele matou Juniper.

Delegada Tyson direciona o foco intenso de seu olhar a Richards.

— Isso é possível?

Ele respira fundo.

— Encontramos sangue dela no urso.

— Sim — ela diz —, mas ursos são conhecidos por xeretar o abate dos outros.

— Verdade. Isso é comum. — Richards inclina a cabeça em sinal de derrota. — É possível. Muito possível. Droga. Esperava que tivéssemos pegado o desgraçado. Isso é ruim. E o pior é que, talvez, eu tenha matado um urso inocente.

— Seria melhor cancelarmos a coletiva? — Glenn pergunta.

Tyson sacode a cabeça.

— Não. Estabelecemos como ela morreu. Podemos anunciar que essa parte da investigação está encerrada. Diremos às pessoas para tomarem cuidado. — Ela olha para mim. — É melhor que esteja certo sobre isso.

Sua intensidade me faz recuar, batendo no quadro branco.

— Fui bastante minucioso.

— Parece que ele usou e abusou do meu banco de dados — responde Kendall enquanto checa algo em seu celular, muito provavelmente o histórico de acessos. — Você encontrou uma correspondência?

— Sim... é o UA.221.999. — Espero um segundo antes de dizer seu apelido. — Também conhecido como Estripador.

— Senhor — Glenn murmura. — É tudo de que precisamos. Um pardo chamado Estripador à solta.

— Tem certeza de que foi esse que combinou? — Kendall pergunta.

— Completamente — digo com confiança. — Verifiquei diversas vezes.

Ela balança a cabeça.

— Então me parece que cometeu um erro.

— Um erro?

Kendall solta um suspiro de alívio.

— Doutor Cray, UA.221.999, também conhecido como Estripador, morreu no ano passado.

— Morreu? — Tento processar a palavra.

— Sim. Eu mesma inspecionei seu cadáver quando fomos retirar sua coleira GPS. O Estripador está bem morto. — Ela aponta para o quadro branco. — O que temos aí é provavelmente contaminação. Talvez Juniper tenha se esfregado em algum pelo antigo que estava em um tronco, ou quem sabe o Bart ainda tivesse um pouco do pelo do Estripador preso em seu próprio pelo. Não sei. O que sei é que ela não foi morta por um urso fantasma.

Consigo sentir os olhares de todos na sala em mim conforme percebem que foram plateia de um tolo.

Kendall dá uma pequena sacudida com a cabeça.

— Graças a Deus — Richards resmunga.

Meus membros ficam gelados. O canetão cai dos meus dedos e rola pelo chão.

— Doutor Cray, você poderia se retirar? — ordena a delegada Tyson. — Vou conversar com o detetive Glenn após a coletiva para decidir se você deve ser preso ou encaminhado a um psiquiatra.

As palavras dela não me intimidam à medida que a nova realidade se ajusta.

A revelação de Kendall não é o que ela pensa.

— Vocês não enxergam? — pergunto silenciosamente.

Eles me ignoram e retomam sua discussão sobre a coletiva.

Meu estômago começa a embrulhar.

Eles não entendem.

É tão óbvio.

É o motivo de eu ter sido preso inicialmente.

É o motivo de Juniper ter corrido na direção errada.

O padrão é claro.

— Vocês não enxergam?! — eu grito.

Todos os olhos se viram na minha direção.

— Delegado — Tyson abre a porta gritando —, poderia escoltar esse homem para fora daqui?

Eu a ignoro e bato minha mão contra o ponto no mapa onde Juniper foi encontrada.

— Será possível que vocês são tão burros assim? Não foi um urso que a matou! Ela foi morta por alguém que queria que parecesse isso!

A sala está em silêncio.

Entendo como estou soando. Mas sei que, se eu levar uma amostra de volta ao meu laboratório e descobrir que ela está contaminada e tiver a certeza de que essa contaminação não ocorreu dentro do laboratório, significa que deve ter acontecido em campo. A única forma do pelo de um urso morto ir parar no corpo de Juniper seria se alguém o colocasse lá.

Não consigo compreender como ou por quê, mas foi aqui que a razão me trouxe. Infelizmente, ninguém mais está vendo tão claro quanto eu.

Dois policiais parrudos avançam para dentro como reação à minha explosão. Sou jogado contra a parede, algemado e levado embora antes que pudesse explicar.

Capítulo 20

INCRIMINADO

Sou jogado dentro de uma pequena sala com uma porta de metal e uma estreita janela de vidro reforçado. Há um banco junto à parede de trás. É como se fosse uma cela, mas sem uma privada. Não é destinada a longas estadias, torço eu.

O teto é sólido e as paredes são concretas.

Puta merda, fui preso.

Jesus Cristo.

Eu desabo no banco. Parte de mim quer bater na porta e insistir que há algum tipo de erro. Mas sei que isso seria visto apenas como mais um comportamento maluco.

O olhar no rosto dos capangas da delegada Tyson enquanto me levavam...

Eles pensaram que eu estava delirando.

Estava furioso. Ainda estou. Furioso com eles por ignorarem o que está bem debaixo do nariz deles.

Eles me abordaram com uma festa de boas-vindas da SWAT porque algo sobre o assassinato de Juniper aparentava poder ter sido causado por um homem.

Não vi as fotos da autópsia, mas, para mim, parece óbvio que um ataque feito por um urso e um ataque feito por um humano devem parecer bem diferentes. Mas, por algum motivo, esse não pareceu, a princípio. Estavam procurando por um homem e me encontraram. Quando encontraram pelo de urso nos ferimentos de Juniper e tiveram a chance de examiná-la melhor, me liberaram.

O sangue dela no Bart encerrou o caso.

Abre, fecha.

Eles escolheram não ver o resto, talvez por julgarem que seja muito fantasioso. Mas se encaixa nas provas.

Juniper foi atacada perto da rodovia e, ainda assim, correu na direção oposta. Por quê?

A explicação mais simples é que ela deve ter sido levada vendada até a clareira e não fazia ideia de onde estava. Ela simplesmente correu.

O pelo do Estripador surgiu em seus ferimentos. O pelo estava preservado o suficiente para que pudéssemos extrair nuDNA dele, tarefa quase impossível sob as condições ideais, e que se torna praticamente impossível ao pensar que o pelo estivesse exposto ao ar livre durante um ano.

As chances de o pelo do Estripador surgirem nos ferimentos são astronômicas se você presumir uma explicação puramente natural. Seria mais provável encontrar o cabelo de Charles Manson.

Nada do Bart foi encontrado no local do assassinato. Se ele rolasse no sangue dela como eu fiz, deveria haver algum vestígio.

Ainda assim, milagrosamente, o sangue de Juniper apareceu no urso a quilômetros de distância.

Se os ursos fossem pessoas, isso seria chamado de incriminação.

Uma incriminação impõe um incriminador.

Alguém teve acesso ao corpo de Juniper e ao pelo do Estripador. Em seguida, atraíram Bart ao sangue dela.

Isso me leva a uma revelação paranoica: todos na coletiva poderiam ser suspeitos.

Richards é o maior deles, mas ele não se comportou como eu esperava que um culpado se comportaria. Suas reações foram naturais: ele queria pegar o urso que matou Juniper e se frustrou com o fato de que poderia ter matado o animal errado.

Se ele fosse o assassino de Juniper, o inteligente a se fazer seria seguir o clima da sala e apontar um dedo para mim, mas ele não o fez.

Quanto aos outros: a delegada Tyson é tão fria quanto gelo, e o detetive Glenn é um mistério para mim. No entanto, acho que ambos encontrariam maneiras melhores de encobrir um assassinato.

Não faz nenhum sentido, e não sou um bom juiz de caráter.

Provavelmente não é nenhum deles. Seria muito Agatha Christie.

Droga, talvez eu esteja iludido e sou exatamente o que dizem.

Ainda assim, minha intuição diz que não. Há um padrão aqui.

Com sorte eles estão, nesse momento, na sala de reuniões pensando sobre o que eu disse.

Kendall pareceu inteligente. Ela tem que estar incomodada com o fato de que o DNA de seu urso morto surgiu um ano depois e a quilômetros de distância. É simplesmente irracional.

Racional ou não, sou eu quem está preso.

Batuco a dobra dos dedos contra o banco de metal, desejando que isso fosse um sonho. Infelizmente, é muito real.

Sou tão idiota.

Estou aqui e o assassino está lá fora, desaparecido.

Ele enganou a todos. No fim do hall há uma sala cheia de policiais e especialistas em vida selvagem que nem mesmo acreditam que ele exista.

Jesus. É um pensamento assustador.

Uma coisa é matar alguém e não deixar provas ou, então, esconder o corpo de maneira que ele nunca seja encontrado. Mas ser capaz de assassinar alguém e fazer com que todos pensem que foi um acidente da natureza?

Isso é alguma forma de genialidade.

Um arrepio percorre minha espinha quando penso na implicação disso. Ou esse crime foi planejado durante muito tempo, ou foi cometido por alguém que é muito bom em matar. Talvez ambos.

A presença do pelo do Estripador sugere que o plano era fazer com que parecesse um ataque de urso. Apenas não esperavam que alguém seria capaz de conseguir DNA viável e descobrir que seu pardo genérico não era tão genérico.

Lembro-me de Glenn falando sobre alguns alpinistas ouvindo gritos e investigando. *O assassino foi pego desprevenido? Ele planejava levar o corpo dela a algum outro lugar, mas teve que fugir?*

Seria tão fácil enterrar o corpo onde ninguém o encontraria. É o que eu faria...

Será que esse era o plano e ele foi interrompido?

Ele deixou para trás o pelo do Estripador e levou consigo um pouco do sangue dela para deixar ao Bart.

Colocá-lo no Bart não teria sido tão difícil. Ursos são curiosos. Um balde de carne fresca seria o necessário para atraí-lo.

Talvez. Não sei.

Sacudo minha cabeça. Toda essa conjectura está me dando enxaqueca.

O som de chaves na fechadura faz com que eu levante o olhar. O detetive Glenn entra.

— Por favor, me escute — eu insisto.

Ele soca a ponta de uma pasta em minha direção.

— Não, doutor Cray, você vai sentar e calar a boca. — Ele acena com a cabeça para a delegada Tyson, que está no corredor, assistindo. — Se não puder fazer isso, vou seguir o conselho dela e encaminhá-lo a uma avaliação psiquiátrica. Entendeu?

Aceno positivamente com a cabeça e recuo.

Ele se inclina contra a porta e abre a pasta.

— Pesquisei um pouco mais a fundo. — Penso que ele vai falar sobre o caso. — Verifiquei o seu passado e parece que você tem uma reputação em causar problemas.

Porra. Lá vem.

Hora de atirar no mensageiro.

Capítulo 21

ENCRENQUEIRO

A delegada Tyson me assiste de perto enquanto o detetive Glenn lê marcações da pasta. Seu rosto é impenetrável. Ela é realmente intimidante.

— Você tem um arquivo juvenil encerrado no Texas — Glenn diz. — Mas encontrei uma citação sobre você ter sido preso por construir bombas na adolescência e uma criança ter se machucado. Se importa em explicar?

Eu encaro o chão.

— Não. Não mesmo.

Quando eu tinha treze anos e ainda estava lidando com a perda do meu pai, entrei nas aulas de química. Aprendi a fazer bombas a partir de substâncias químicas caseiras e costumava ir ao bosque explodir coisas.

Tudo teria corrido bem se um amigo - na verdade era mais um conhecido - não tivesse pegado meus ingredientes de bomba e tentado explodir um carro no estacionamento de um shopping.

O carro nem ao menos ficou danificado, mas seu irmão mais novo ficou com queimaduras no braço por causa de ácido. Os pais enlouqueceram.

A primeira coisa que ele disse à polícia foi que eu o persuadi a fazê-lo.

Contestar minha inocência foi difícil quando encontraram meu laboratório embaixo da minha cama.

Graças a um juiz muito compreensível, peguei apenas serviço comunitário.

Minha mãe obviamente ficou chocada.

Isso aconteceu pouco antes de ela se casar com Davis.

Eu nunca teria feito esse tipo de coisa com ele em casa. Com toda a certeza ele teria insistido que eu nunca deixasse meus amigos chegarem perto do meu equipamento de laboratório e que o mantivesse trancado em segurança.

Detetive Glenn ressalta em voz alta que fui demitido da minha primeira posição como docente.

Novamente foi culpa da minha teimosia.

Do ponto de vista dele, sem os detalhes, eu provavelmente pareço um metido sabe-tudo.

Eu poderia tentar explicar-lhe os detalhes, mas ele não está no clima de escutar. Está lendo o ato de rebeldia para mim na frente da delegada Tyson.

Talvez seja parte do espetáculo.

Não sei.

O melhor plano de ação é calar a boca. Tyson está preparada para me punir. Provavelmente eu consiga me safar do roubo da amostra de sangue, mas, ainda assim, isso significaria um julgamento e um advogado, e posso apostar que, com toda a certeza, ela se certificará de que eu passe algumas noites na cela antes de conversar com um juiz sobre fiança.

— Nós tivemos a coletiva de imprensa — diz Glenn. — Explicamos a possibilidade de outro urso.

Me abstenho de apontar que não faz sentido se o Estripador foi comer capim pela raiz.

Ele continua:

— Daremos outra olhada no laboratório para checar uma possível contaminação. Fora isso, estamos considerando o caso encerrado. — Ele fecha a pasta e a joga no banco ao meu lado. — Entende sua situação?

Aceno triste com a cabeça. Glenn dá um passo para o lado.

A delegada Tyson está no caminho.

— Você tem duas horas para sair do meu condado. Se começar a abrir a boca por aí, vamos colocá-lo novamente em uma cela por manipulação de provas. Além disso, se insistir que é uma investigação de assassinato, adivinha quem será preso primeiro.

Glenn me escolta para fora do prédio e até meu carro. Ninguém diz nada.

Não há nada a ser dito.

Ele claramente não acredita em mim. O único motivo de eu não estar na cela é porque ele ficou com pena e disse a Tyson que eu estava passando por algum tipo de luto.

Droga, talvez eu esteja vendo isso tudo errado.

Faço as malas na pousada, caio na interestadual e decido que posso lidar com o carro de Juniper depois.

Treze quilômetros depois, passo por uma placa que indica que saí do condado.

Alguns metros depois, vejo uma pousada.

A parte teimosa de mim, a mesma que fez com que eu fosse demitido, faz com que eu ligue a seta e encoste no estacionamento.

Capítulo 22

O DIAGRAMA

Isso é loucura. Arremesso a chave do quarto na cômoda e me jogo na cama. Eu deveria estar trabalhando na minha pesquisa. Tenho amostras de campo suficientes. A coisa mais inteligente a ser feita é dirigir de volta a Austin e concluir o máximo que conseguir antes que o semestre comece.

Essa é a forma lógica e racional de pensar. *Ou não?*

Quando o corpo de Juniper foi encontrado, os caçadores foram atrás de seu assassino. Os homens da tribo, destemidos, partiram para defender sua espécie. Mesmo que não a tenham conhecido, ela ainda era parte da raça humana.

Nenhum outro animal impõe limites tão extremos quanto nós quando se trata de proteger outros membros do grupo.

Meus instintos dizem que Juniper foi morta por um homem – ou uma mulher, para não ser presumível.

É o que se encaixa nos fatos.

Então por que as pessoas que são especialistas nesse tipo de coisa não enxergam?

O que eu sei que eles não sabem?

O médico-legista deles parece ser competente o suficiente. Richards e Kendall sabem mais sobre ursos do que eu jamais saberei. E o detetive Glenn não é tolo. Ele ainda estava no caso depois que o animal foi encontrado.

Se esse fosse o primeiro ato de um filme, estaria apontando o dedo na direção dele. Não sou muito bom em ler pessoas, mas, em todas minhas interações com ele, suas suspeitas sempre foram direcionadas a mim.

Não posso descartar nada, com exceção de um fato: não sou o tipo de pessoa que poderia falar com alguém durante uma hora e, de um jeito ou de outro, ter ideia se a pessoa é culpada ou não.

Coletivamente, todas aquelas pessoas sabem mais do que eu. Ainda assim, aqui estou eu, encarando o teto, convencido de que o assassino de Juniper anda com dois pés.

Por quê?

O que eu sei que eles não sabem?

Não pode ser algo específico. Minha expertise em campo não é aprofundada. Meus trabalhos, minha pesquisa e minha vida têm sido dedicados a desenhar conexões em campos muito diferentes. Meu domínio é como as coisas se relacionam.

Eu traço ciclos de vida. Olho fluxos de genes. Construo modelos de computador e busco por análogos do mundo real.

Vou atrás de sistemas e circuitos. Seja o nitrogênio de nosso corpo que veio de plantas fertilizadas ou nosso gene para codificar proteínas específicas que evoluíram bilhões de anos atrás.

Sistemas podem ir lateralmente pelo espaço. Outros movem-se linearmente pelo tempo.

Levanto da cama, tiro alguns mapas da mochila e os prendo na parede com cola.

Não sou detetive. Não sou especialista forense.

Sou biólogo e programador. Essas são minhas áreas de expertise.

Grudo um círculo vermelho onde Juniper foi encontrada. Próximo a ele coloco um verde para representar que ela esteve ali fisicamente. Coloco outro na oficina e outro na pousada.

Esses são os lugares que sabemos onde Juniper esteve enquanto estava viva. É parte de seu diagrama. Coloco outro círculo no local em que ela estava trabalhando em sua pós-graduação, na Universidade da Flórida, e ainda outro onde ela morava, na Carolina do Norte. O último círculo que coloco é em Austin, onde ela estava na minha turma.

Esses são pontos em seu diagrama de vida. Eu poderia criar uma versão computadorizada que mostrasse isso com o tempo, mas agora é simples o suficiente para que eu possa ver.

Essa é a história de Juniper.

Sua vida começou em uma sala de parto em Raleigh. Acabou em uma floresta em Montana.

O que a levou àquele ponto?

A vida é decidida por milhares de forças externas e internas.

Sua morte poderia ter sido um evento aleatório, iniciado por alguém que a viu de relance ao passar por ela na rodovia.

Poderia ser alguém que ela tenha conhecido durante anos, desde a época em que morava na Carolina do Norte.

Talvez alguém do FBI pudesse olhar os ferimentos e dizer se foi pessoal ou não. Eu não saberia. E, já que os especialistas acham que foi um urso, não sei qual credibilidade os daria nesse momento.

Coloco um círculo preto ao lado dos dois próximos ao seu corpo. Esse é o assassino. Sabemos que ele esteve no mesmo local que ela em algum momento.

Coloco outro onde Bart foi morto. Nosso assassino também esteve naquela área a certo ponto.

Para ser sincero, não sei dizer se o assassino realmente esteve lá. Pode ter sido um cúmplice. Diagramas nem sempre mostram a localização real dos organismos; às vezes apenas mapeiam sua influência. Por enquanto, usarei os círculos pretos para o diagrama de influência do assassino.

O diagrama do assassino...

Eu sento e absorvo. Tenho apenas dois pontos de dados, mas já é um começo.

Na minha área, um diagrama pode ser tão esclarecedor quanto o próprio animal ou seu DNA. Às vezes mais ainda, pois pode mostrar como viveu e não apenas a cor de sua pele ou o arranjo de seus genes. Às vezes, porque um diagrama pode ser ilusório. A ocorrência de muitos dados não relacionados pode deixá-lo diante de um verdadeiro caos.

Classificar o caos é o motivo de eu ter desenvolvido a MAAT, software que uso para ordenar milhares de pontos de informação a fim de encontrar padrões.

A MAAT é baseada em como eu penso, mas muito mais avançada.

Utilizei o código-fonte de um projeto de pesquisa concebido para encontrar genes que contribuíssem à longevidade. Sua inteligência artificial constrói melhores algoritmos a cada interação, ficando cada vez mais e mais complexo.

Não consigo dizer como a versão atual da MAAT trabalha, apenas que funciona. Às vezes.

Quando os pesquisadores que desenvolveram o núcleo da IA por trás da MAAT pediram a ela que descobrisse o que dava longevidade a uma linhagem de moscas-da-fruta, ela apontou os genes que regulavam o resveratrol, mesmo composto químico presente no vinho tinto e que é associado à longevidade humana. Quando tentaram descobrir por que o software isolou esse item, a resposta foi um conjunto de dados que nenhum humano era capaz de entender.

O que MAAT poderia dizer nesse momento sobre os pontos de dados no meu mapa é o que já é óbvio.

Ela é muito útil quando você fornece milhares ou milhões de pontos.

No entanto, eu não tenho esses pontos. O assassino não passa de dois pontos pretos no tempo e no espaço. Mas, na ausência de dados consistentes, o truque é alimentá-la com suposições.

Se estivéssemos olhando ciclos de acasalamento, e Juniper e o assassino fossem dois leões da montanha, eu poderia dizer à MAAT a frequência que uma fêmea está no cio e uma estimativa da gama do macho. Essa informação me daria uma estimativa de quando se encontrariam novamente. Se um leão da montanha macho tivesse múltiplas fêmeas com quem se reproduzisse e estas tivessem gamas específicas, talvez eu fosse capaz de prever onde ele apareceria.

E, se houvesse regras gerais sobre os tipos de lugares onde se reproduzem, talvez fosse capaz de reduzir os possíveis lugares baseado em informações geográficas disponíveis.

Com todas essas informações, a MAAT poderia me dar uma dúzia de lugares onde eu poderia instalar câmeras e sensatamente esperar pegar os dois grandes felinos no ato, mesmo em uma área de dúzias de quilômetros; tudo baseado em três pontos de dados e informações gerais não específicas a um animal.

O problema é que não possuo mais dados para colocar na MAAT.

Não sei nada sobre o assassino.

Ele nasceu em algum momento. Ele conheceu Juniper. Algum momento depois disso, que podem ser minutos ou anos, ele a matou. Sua última aparição foi colocando sangue dela no Bart. Em seguida, sumiu de seu diagrama.

Preciso de mais dados além dos que estão disponíveis em meu mapa.

De onde?

Se não tenho dados, então tenho que usar a próxima melhor opção... que é, ao mesmo tempo, a pior opção.

Suposições.

Preciso dar palpites.

Em um diagrama de verdade esses não seriam círculos pretos. Seriam metade preto, metade branco. Representam o *talvez*.

Às vezes o levam a lugares interessantes. Em outras, o tiram dos trilhos por meses... ou anos.

Nossa guerra contra o câncer está repleta de incontáveis incertezas. Bilhões de dólares e milhões de horas humanas foram gastas para perseguir um padrão sobre o qual nem ao menos conseguimos palpitar.

Ainda assim, fizemos progresso. Muitas das incertezas evoluíram. As pessoas vivem mais do que antes porque nem todo esforço foi em vão. E, para cada talvez que se torna um não, nós continuamos seguindo em frente.

Preciso de uma série de talvez e suposições sobre o assassino.

Não posso ficar me preocupando com a veracidade deles. Só preciso de um ponto de partida.

Vamos fazer alguns...

O assassino de Juniper é inteligente porque se safou com seu crime, algo difícil de fazer. Teve muita sorte ou é muito experiente.

Certo... vamos com a opção experiente.

Ah, merda. Às vezes uma suposição automaticamente torna outra verdadeira.

Dizer que o assassino é experiente é o mesmo que sugerir que já fez isso antes...

Abro meu laptop e faço uma busca por ataques de urso nos Estados Unidos e no Canadá.

Não tenho certeza do que espero encontrar, mas foram poucos nos últimos dez anos.

O Departamento de Vida Silvestre tem relatórios detalhados. A maioria deles ocorre em mata fechada. Estou à procura daqueles que tenham ocorrido a alguns quilômetros de uma rodovia.

Foram dois. No primeiro, três anos atrás, um autoproclamado especialista em ursos foi morto. Eu pessoalmente consideraria suicídio.

O outro ocorreu há cerca de seis anos. Uma mulher foi encontrada sangrando até a morte em uma estrada. Ela morreu a caminho do hospital.

Especialistas decidiram que ela também foi morta por um urso-pardo. O relatório mostra diagramas das feridas e uma foto da amostra do tecido. Tem até pelo, mas nenhuma análise de DNA foi feita.

O urso que encontraram foi identificado através do sangue da vítima em sua pele.

Soa familiar. É exatamente como o caso de Juniper.

Sinto os cabelos de minha nuca se arrepiarem. É meu próprio sentido animal dizendo que estou olhando algo perigoso.

Coloco um círculo vermelho e um preto onde a outra vítima foi encontrada e um preto onde o urso acusado foi capturado.

Foi a cerca de oitenta quilômetros de distância em um condado diferente, o que torna o detetive Glenn e os outros menos suspeitos para mim.

Isso já aconteceu antes, em algum outro lugar.

Mas dois pontos vermelhos não formam um padrão. Ainda não.

Preciso de mais dados.

Capítulo 23

O CIRCUITO HUMANO

Uma pesquisa mais ampla sobre ataques de ursos se torna um beco sem saída para mim. Eles são reportados pelo fato de restos humanos serem encontrados nas fezes do animal, o que não significa que o assassino não poderia ter deixado a vítima para servir de jantar para os ursos. Ao que tudo indica, eles não são tão exigentes com comida. Tudo isso apenas revela que são exatamente ataques de ursos. Não há nada suspeito com eles, diferentemente de Juniper Parsons ou da outra mulher, Rhea Simmons.

Abro um artigo sobre Rhea. Ela tinha vinte e dois anos e parecia estar cruzando o país fazendo trilhas. Nascida no Alabama, sua família não fazia ideia de que estava em Montana.

Ao examinar mais alguns artigos, tive a impressão de que eles estiveram afastados durante alguns anos. A primeira vez que ouviram sobre seu paradeiro foi quando a polícia ligou.

Que ligação horrível de receber.

Rhea era solitária. Uma foto dela mostra uma garota hippie. Do tipo que eu havia visto pelo campus, batalhando para entender seu lugar no mundo. Para Rhea, era peregrinar por conta própria.

Seu caso é promissor, mas ainda não há um padrão que vá além do fato de que tanto ela quanto Juniper eram mulheres jovens e independentes. Nosso assassino pode ter um tipo, mas parece não haver denúncias de ataques de ursos suficientes para corroborar um padrão.

Denúncias... *denúncia* implica que alguém denunciou...

Se um urso mata alguém na floresta e ninguém encontra o corpo, é um ataque de urso?

Não.

É desaparecimento.

Alpinistas disseram ter ouvido os gritos de Juniper. Rhea chegou à estrada.

E se ninguém tivesse ouvido Juniper? Será que o assassino a teria deixado exposta?

Ou ele a teria enterrado?

O mesmo para Rhea. Se ela nunca tivesse conseguido chegar até a estrada, estaríamos olhando para um caso de pessoa desaparecida?

Sinto um arrepio. Se o assassino de Rhea tivesse escondido o corpo, ela jamais seria um caso de desaparecimento. Pelo menos não por meses ou anos. Provavelmente não em Montana.

Seus pais nem ao menos sabiam onde ela estava e não aparentavam estar preocupados.

Estamos acostumados com casos de grande importância nos noticiários da TV a cabo. Do tipo em que uma esposa ou um marido desaparecem sob circunstâncias suspeitas, ou em que uma filha é vista pela última vez saindo de algum lugar para nunca mais voltar.

Todos eles têm uma coisa em comum: fortes estruturas familiares.

E quanto aos solitários? E as pessoas vivendo nas margens?

Se a mulher banguela que pede esmolas do lado de fora do posto de conveniências desaparecesse um dia, quem denunciaria?

Pessoas desaparecem o tempo todo. Drogas, problemas psiquiátricos... há uma grande variedade de motivos.

Mais de uma vez recebi ligações de pais preocupados porque seus filhos não ligavam para casa havia semanas.

Geralmente é apenas uma fase. Às vezes não. As pessoas, especialmente as mais jovens, podem começar a se desconectar pouco a pouco e desprender-se completamente, mesmo que por um tempo.

Lembro-me da história de uma garota de vinte e três anos da Califórnia encontrada morta em seu carro no estacionamento do Walmart. Não somente ninguém relatou seu desaparecimento, como ela esteve ali, morta, durante três meses. Ela se matou e apodreceu em um carro com os vidros escurecidos enquanto pessoas iam e voltavam a apenas alguns metros de distância.

Busco no Google informações sobre pessoas desaparecidas e me deparo com o site do Centro de Informações de Crimes Nacionais do FBI. Eles têm listas de pessoas desaparecidas e, entre elas, há uma relação de pessoas que desapareceram sob circunstâncias suspeitas. De acordo com isso, há oitenta e quatro mil pessoas desaparecidas nesse momento nos Estados Unidos.

Puta merda, são muitas pessoas.

Com certeza muitos desses casos são de pessoas envolvidas com drogas ou outros problemas, o que os torna fáceis de serem descartados.

Mas oitenta e quatro mil pessoas? É como se toda a cidade de Boulder, no Colorado, desaparecesse.

E esses são somente os casos de pessoas cujo desaparecimento foi comunicado à polícia por alguém que estivesse preocupado. Quem sabe quantos mais estão fora de um grupo familiar?

Quantos mais desaparecem sem que ninguém saiba?

Pode haver placares de assassinos em série lá fora e ninguém perceberia. Minha pele fica gélida. Provavelmente há.

E quanto ao assassino de Juniper? Seria ele responsável por mais do que ela e Rhea?

Como eu poderia saber?

Olho mais alguns bancos de dados e faço uma descoberta sinistra.

Montana e Wyoming têm mais pessoas desaparecidas a cada cem mil pessoas do que qualquer outro estado exceto Alasca, Oregon e Arizona. Mas que diabos?

Isso poderia estar ligado com a forma como os dados são coletados. Um tique extra num formulário pode tornar as coisas fora de proporção.

Mas ainda assim...

Clico no link para o Centro Coordenador de Pessoas Desaparecidas de Montana.

As primeiras coisas que aparecem são as fotos de duas jovens garotas sorridentes. Abaixo delas estão um casal nativo americano e seu filho.

Há muitas jovens mulheres na lista. O mesmo para Wyoming.

Conto pelo menos uma dúzia de mulheres que se encaixam na faixa etária de Juniper e Rhea. A maioria, senão todas, é fugitiva; muitas, sem dúvidas, fugindo de situações ruins. Ou pior, fugindo com homens com intenções doentias.

Mas também não tenho motivos para supor que o assassino se limita às mulheres.

Geralmente sinto uma adrenalina estranha quando encontro um novo conjunto de dados. Não consigo descrevê-la exatamente. Dessa vez, sinto-me culpado ao olhar o rosto dos desaparecidos.

Pego uma caixa de tachas coloridas da minha mala e coloco uma laranja para cada mulher desaparecida com idade acima dos dezoito nos estados próximos.

Faço uma nova busca para reduzir por cidade. É deprimente quão pouca atenção esses relatos de desaparecimentos recebem. Os dados são escassos.

O pensamento ainda mais deprimente é que o atual estado de investigação desses desaparecimentos provavelmente está limitado a ter seu nome em uma lista e um relatório empoeirando em um ficheiro.

A menos que a polícia tenha provas concretas de jogo sujo e um suspeito, muitas dessas mulheres talvez nunca sejam encontradas.

Após alguns minutos alfinetando os pontos referentes aos dados, meu mapa começa a ficar repleto de tachas laranja. Estou relutante em pregá-las; elas parecem ser pregos em um caixão.

Percebo algo estranho, mas não quero saltar para as conclusões.

Isso está ficando muito complexo para meu mapa. Felizmente eu tenho um projetor de vídeo portátil. Conecto meu laptop e uso meu software mapeador bio-geo para criar um mapa virtual que possa ser projetado na parede.

Ainda gosto de ficar parado próximo às coisas quando as olho.

Todos meus pontos laranja saltam. Uso um controle de *shader* para colorir condados de acordo com sua população. Isso me ajudará a ver se os pontos laranja estão correlacionados com densidade populacional.

Não há como saber quais dados são bons ou ruins, e isso sem contar os que estão faltando. Mas, para parafrasear uma citação da Corte Suprema sobre obscenidade, quando se trata de padrões, eu sei quando os vejo.

Conecto todas as variáveis à MAAT, comparando relatos de desaparecimentos com dados populacionais. Também encontro algumas estatísticas na porcentagem de relatos comprovados de fugitivos que voltaram com segurança para casa. Isso filtra um pouco as coisas.

A MAAT desenha um fino círculo roxo-escuro ao redor do meu mapa. Ele sai do quadro e depois retorna para fazer a curva em volta.

É um diagrama que mostra a conexão entre as pessoas desaparecidas que estão fora do que se espera de um dado tamanho populacional. Também segue certas rodovias interestaduais, mas não outras.

Na biologia você se acostuma com as diferentes formas que os dados podem se apresentar. Salmões indo rio acima e animais em rebanhos possuem padrões muito lineares. Pássaros seguem ciclos.

Estou procurando por outro padrão.

Um que é muito familiar para mim.

É o circuito de um predador.

Digito furiosamente, buscando pelo padrão impresso em minha memória.

Eu o encontro. Embora não tenha a mesma forma, possui simetria similar. Eu poderia escrever a fórmula para uma fractal que geraria padrões exatamente como esses.

Mas não é apenas um padrão. É um comportamento.

Esse comportamento que gera o padrão em minha parede, em que o assassino de Juniper se esconde, claramente corresponde a outro comportamento.

O criador desse outro padrão é um assassino eficaz que durante milhões de anos não sofreu alterações. Desenvolveu um sofisticado sistema de caça baseado em sempre estar se movendo, permitindo-lhe retornar aos mesmos pontos de novo e de novo sem que suas presas se tornem mais inteligentes.

Eu alterno entre os padrões e tenho que me sentar.

É o mesmo padrão de um tubarão-branco.

Capítulo 24

O EXPERIMENTO DE PICHE

Analogias e mapas podem ser coisas perigosas quando levados de forma muito literal. Um mapa é apenas a representação de algo. Até mesmo um mapa fotográfico não é capaz de dizer se o terreno está agora coberto por neve ou se uma chuva matinal tornou o caminho muito lamacento para ser atravessado.

O circuito do assassino de Juniper é semelhante ao padrão de caça do tubarão-branco, mas apenas porque ambos adquiriram comportamentos similares.

Tubarões-brancos não tentam esconder seus abates, principalmente porque atuns não formam forças policiais na busca por vingança. Entretanto, eles são cuidadosos o suficiente para evitar caçar excessivamente em determinadas áreas, a fim de que os peixes não percebam que aquele é um lugar perigoso. Matar muito envia um sinal ao sistema para que mude seu padrão, assim como deixar um rastro de corpos por aí alertaria a polícia de que há algo errado.

Além de ser cuidadoso com o excesso de mortes e criar uma perturbação, tubarões usam uma camuflagem, assim como nosso assassino. O tubarão-branco tem uma coloração que o ajuda a se misturar com o fundo do mar quando visto de cima e parece ser invisível quando visto de baixo.

O assassino – não sei mais do que chamá-lo – quase certamente possui sua própria camuflagem. Provavelmente não atrai muita atenção para si. Ao esconder os corpos ou simular ataques de animais naqueles que não consegue ocultar, ele esconde sua presença de presas que, assim como um grupo de focas, podem não perceber que há um assassino entre elas antes que seja tarde demais.

Tubarões também têm um órgão especial chamado ampola de Lorenzini que lhes dá a habilidade de detectar atividade elétrica de presas escondidas e ver através do sangue na água durante um frenesi alimentar.

Do mesmo modo, o assassino provavelmente possui seu próprio leque de habilidades para detectar vítimas. Ele não está procurando apenas um tipo físico. Está buscando uma vulnerabilidade em particular.

Os relatos de Montana e Wyoming apenas me dizem sobre o desaparecimento de moradores desses locais e pessoas que eram conhecidas na área e, de repente, desapareceram. Todo ano, centenas de milhares de pessoas os visitam durante o verão, de férias ou em busca de trabalhos temporários.

Alguns dos meus alunos trabalham como garçons e atendentes em resorts de verão como os que tem aqui, na tentativa de ganhar um dinheiro extra durante o intervalo entre semestres.

Quantos jovens ficam à deriva por essas áreas sozinhos, sem que os pais se importem ou saibam onde estão?

Baseado nisso, o assassino pode ter muito, muito mais vítimas.

Mas, no momento, é tudo conjectura.

A única forma de verificar se um protótipo tem valor é usá-lo para fazer uma previsão que possa ser testada.

Nesse instante, tudo que posso palpitar com a MAAT é o número aproximado de pessoas que vão desaparecer e a probabilidade de que, dentro de seis anos, teremos outro ataque de urso semelhante aos de Juniper e Rhea.

Seis anos é muito tempo. Alguns cientistas esperam a vida toda pela erupção de um vulcão, o retorno de um cometa ou algum outro evento de baixa frequência.

O mais insano que já ouvi falar é o experimento da gota de piche, iniciado na Universidade de Queensland em 1927. Consiste em um funil de piche projetado para medir a viscosidade do material. Desde que o experimento foi iniciado, apenas nove gotas caíram do funil, tornando a viscosidade do piche duzentas e trinta bilhões de vezes maior que a da água. Nas duas vezes em que uma gota caiu enquanto uma câmera estava apontada para o experimento, problemas técnicos impediram que os pesquisadores observassem o raro evento.

O experimento de maior duração de todos é de uma bola de metal pendurada por uma linha entre dois sinos de metal. Cada vez que ela toca um sino, uma bateria lhe dá carga, fazendo com que ela bata no outro sino, no qual descarrega a corrente.

Eu o vi com meus próprios olhos enquanto visitava Oxford para uma conferência. A bola vibra quase imperceptivelmente entre os sinos, mas é possível ver a olho nu.

Ela tem feito isso desde 1840. Até mesmo a bateria, uma pilha seca, é a mesma instalada quase duzentos anos atrás.

A ciência pode exigir paciência. Mas não posso esperar seis anos para que o assassino de Juniper finja outro ataque de urso.

Não posso esperar nem ao menos seis dias. O semestre está começando, e já estarei atrasado para as reuniões docentes.

Eu poderia ir a Parvel, a cidade próxima de onde Rhea foi encontrada, mas a trilha provavelmente vai levar a um beco sem saída. Eu não saberia o que fazer nem em um beco com saída.

E tudo que imagino encontrar é a semelhança entre a morte dela e a de Juniper.

O que preciso é uma maneira de confirmar pelo menos parte de minhas suspeitas.

As suspeitas, ou melhor, suposições, são de que o assassino de Juniper já fez isso inúmeras vezes, e seu ataque é semelhante ao de um animal. Faço um lembrete para descobrir precisamente o que isso significa. Tudo que sei é que o detetive Glenn inicialmente pensou que um homem poderia ser o suspeito.

Facas?

Também acredito que, na maioria dos casos, o corpo nunca é encontrado.

Então... tudo de que preciso é de um ataque de animal que não foi registrado e um corpo que nunca foi encontrado.

Sim, fácil...

Viro-me aos pontos de desaparecidos projetados na parede. Alguns deles estão dentro do espesso anel roxo do circuito do assassino.

Embora isso não signifique que ele seja responsável por algum deles, se eu soubesse de duas diferentes áreas onde as focas acasalam e houvesse um ponto entre elas onde as focas geralmente desaparecessem, não seria irracional suspeitar que há um tubarão que passeia por ali.

O mais recente ocorreu cerca de dezessete meses atrás, na cidade de Hudson Creek. Uma mulher chamada Chelsea Buchorn foi relatada como desaparecida. Uma amiga dela, Amber Harrison, contou à polícia que achava que sua amiga havia sido raptada.

Harrison disse que estavam caminhando pela floresta e ela perdeu Chelsea de vista.

É uma narrativa estranha. Consigo achar apenas duas novas histórias sobre o que aconteceu. A primeira descreve Amber como uma garota agitada, que contava histórias contraditórias. A polícia não tinha provas de infração e a liberou.

Se eu fosse tentar ler as entrelinhas, parece que elas foram à floresta para ficar chapadas. Amber não seria a testemunha mais credível se estivesse sob efeito de algo.

No entanto, ela e Chelsea também seriam vítimas ideais.

Hudson Creek está a quatro horas de estrada. Jogo minhas coisas no Explorer e deixo a chave do quarto com a balconista.

Só Deus sabe o que ela pensa sobre o fato de eu ter usado um quarto por apenas quatro horas.

Capítulo 25
HUDSON CREEK

Hudson Creek é uma decadente faixa de prédios que se estende por ambos os lados da rodovia, grudando na estrada como cracas em um píer apodrecido. Se isso fosse um ecossistema, diria que estava à beira do colapso.

Placas em que se leem os dizeres VENDE-SE sujam trechos de propriedades com estruturas arruinadas que aparentam não ter tido um ocupante de duas pernas em anos.

Ocasionalmente detecto sinais de vida em trailers de alumínio cobertos por tinta desbotada e roupas suspensas nos varais ao lado. Alguém vive ali, se é que é possível chamar isso de viver.

Já vi muita pobreza em minhas viagens. Nem sempre ela irradia desespero. Já estive em periferias em que, embora não haja eletricidade durante a noite, a música ao vivo continua. Já visitei favelas onde um novo par de calçados é tão raro quanto um Tesla e, ainda assim, as pessoas usam roupas singelas tão vibrantes quanto qualquer uma que já vi.

Hudson Creek não tem nada disso. Não há novas construções. Nenhum sinal de que a cidade está batalhando por sua vida.

As únicas coisas que não estão caindo aos pedaços são os carros novos e brilhantes que ocasionalmente vejo em algumas entradas.

Essas pessoas têm prioridades confusas.

Ou não?

Você investiria no paisagismo se soubesse que o valor de sua propriedade continuaria a decair? Talvez seja melhor gastar seu dinheiro em uma cápsula de fuga com bancos de couro e um sistema Bluetooth.

Como as pessoas conseguem dinheiro para os chiques quatro por quatro e os Corvettes está além de meu conhecimento.

Acho que sempre existe algum tipo de comércio. Alguma vez no passado, Hudson Creek deve ter sido uma cidade mineira ou ter desempenhado um papel crucial para a ferrovia.

Agora? É um lugar entre aqui e lá.

Ainda assim, de acordo com a trilha azul que a MAAT havia mostrado, há uma grande possibilidade de que o assassino esteve por aqui. Diversas vezes. Ele dirigiu por essa mesma estrada e, de sua janela, observou as mesmas casas que estou observando.

Ele a viu como uma carcaça em decomposição a ser caçada?

A cidade onde Juniper estava era uma Hudson Creek em menor escala. O letreiro de neon de sua pousada estava queimado e a madeira de um dos lados estava descoberta. A Oficina do Bryson era um ferro-velho que ainda funcionava porque somente uma pessoa sabia como trocar pneus e óleo.

Um caminhão acelera pela minha lateral, frustrado com minha observação da paisagem. Eu piso no acelerador e vou em direção ao que o GPS diz ser o centro da cidade de Hudson Creek.

Ao longo do caminho passo pelas únicas novas construções que vi em quilômetros. É uma imensa estação de serviços para caminhoneiros. Próximo a ela está uma lanchonete cujo estacionamento está cheio de carros.

A prefeitura deve estar a cerca de um quilômetro pela estrada, mas essa claramente é a central de tudo o que está vivo nessa cidade.

Quando procuro respostas como um biólogo, não é tão difícil saber por onde começar. Posso ligar para o escritório do Departamento de Vida Silvestre ou para o Gabinete da Agropecuária.

Em outro país, eu começo pelo departamento de biologia da maior universidade e então vou descendo pela rede de conexões até que possa encontrar alguém que saiba algo sobre um rato arbóreo ou uma espécie de plantas florescentes.

Se eu fosse um policial, provavelmente iria à delegacia mais próxima e pediria para falar com o investigador responsável.

Como fui expulso da última delegacia em que estive, não tenho grande interesse em fazer isso.

No entanto, há outro recurso que já utilizei quando estava em um país estranho e os habitantes não confiavam em forasteiros.

Nunca me deixou na mão. Não preciso do meu GPS para encontrá-la; apenas devo prestar atenção. Mesmo em um lugar tão triste como Hudson Creek, tenho certeza de que posso achá-la.

Efetivamente, vejo uma cruz ao lado de uma pequena igreja. Há um velho Ford Focus no estacionamento.

Em todos os lugares em que já estive, fossem eles outros países ou outras cidades, e independentemente do quão distante eram da civilização, sempre fui capaz de encontrar um padre, uma freira ou algo similar disposto a me ajudar.

Decido começar minhas perguntas por aqui e paro no estacionamento.

A igreja consiste em três prédios anexados por uma passarela coberta. Quando bato no que parece ser a porta do escritório, não há resposta. As outras portas estão trancadas.

Ouço o som de um cortador de grama vindo do outro lado do prédio. Quando dobro a esquina, vejo um homem de camiseta em cima de um John Deere, aparando o campo que corre de trás da igreja até a linha da floresta.

Aceno para ele e ele desliga o motor. Finos cabelos grisalhos; aparenta ter uns sessenta anos. Andamos na direção um do outro.

— O que posso fazer por você? — ele pergunta quando estamos perto o suficiente para não termos que gritar.

— Estava procurando pelo... — Lanço um rápido olhar em direção à placa da estrada para descobrir qual é a denominação dessa igreja. É batista. — Pastor.

— Você o encontrou. — Ele limpa uma mão encardida em sua calça jeans e propõe um aperto. — Pode me chamar de Frank.

— Sou Theo Cray. Sou um professor do Texas visitando a cidade.

— Professor? Teologia?

— Não. Bioinformática. — Dou corda à conversa fiada porque não sei como chegar aonde quero.

— É que nem robótica?

— Não, senhor. Sou um biólogo que encara uma tela de computador e, às vezes, sai para o mundo real.

— Então o que te traz aqui?

— É um pouco complicado.

Ele dá uma rápida olhada em seu relógio.

— A boa notícia é que estou no intervalo e é hora do meu chá. Posso suportar um pouco de complicação e te oferecer um copo. Siga-me. — Ele passa por mim e me leva em direção ao escritório. Ele olha por cima dos ombros. — Qual é o resumo?

— Quero perguntar sobre uma garota que costumava morar aqui.

— Que garota?

— Chelsea Buchorn?

Ele para de andar e me encara. O sorriso desaparece de seu rosto.

— O que exatamente você quer saber sobre a Chelsea?

Sua atitude faz com que eu trave. Em termos biológicos, descreveria sua postura como repentinamente defensiva, senão hostil.

Capítulo 26

O HOMEM DO CORTADOR DE GRAMA

Não sei o que fazer. Tudo que tenho é a verdade.

— Perdi alguém em circunstâncias similares.

— Perdeu alguém? — Senti sua voz perder um pouco da firmeza.

— Sim. Uma aluna. Estou procurando por uma conexão.

— Uma conexão com Chelsea? Elas se conheciam?

É uma pergunta em que eu não havia pensado. Parece improvável, mas vale a pena investigar.

— Não sei.

— Então por que está me perguntando?

— Não conheço ninguém aqui. Vi sua igreja e pensei que talvez você pudesse conhecer as pessoas daqui.

O corpo dele relaxa.

— Ah. Entendi. Vamos pegar o chá gelado e te contarei o que sei. Não é muito. Chelsea não era um membro de nossa igreja.

Ele me leva até seu escritório. Sento-me de frente para sua mesa enquanto ele pega uma jarra em uma pequena geladeira e serve dois copos de chá.

A pequena sala é revestida de estantes. Uma janela tem vista para a estrada. Quadros do que parecem ser seus filhos em diferentes idades preenchem a parede, junto com vários prêmios. Sua mesa está bagunçada com blocos de nota e um laptop.

Frank tira um livro do caminho e coloca o copo na minha frente. Em seguida, senta-se atrás de sua mesa.

Ele dá um longo gole e, então, usa o copo para refrescar sua sobrancelha.

— Costumávamos ter uma pessoa que fazia isso. A grama, digo. Costumávamos ter pessoas que faziam várias coisas por aqui.

— Achei que tivessem voluntários.

Ele solta uma pequena risada.

— Não muitos, nos dias de hoje. — Ele dá de ombros. — Quem você perdeu?

— Seu nome era Juniper Parsons.

— A garota morta pelo urso?

— Sim, ela. — Estou prestes a desabafar minhas suspeitas, mas decido frasear as coisas cuidadosamente. — É o que eles acham. Mas ouvi rumores de que ainda há circunstâncias suspeitas.

— Suspeitas? Como?

— Duas pessoas foram entrevistadas como potenciais suspeitos antes que estabelecessem que foi o urso que a matou. — Não aponto que um dos suspeitos está na sala. — Ouvi dizer que nem todos concordam com a evidência de DNA.

— Isso é verdade, se eu estiver incluso em *todos*.

— Interessante. Então como isso está conectado a Chelsea?

— Não tenho certeza, mas sei que ela desapareceu sob circunstâncias semelhantes.

Frank balança a cabeça.

— Chelsea não desapareceu. Ela fugiu da cidade. Sua amiga... Qual era mesmo o nome dela? Amber. Ela não é exatamente o que eu chamaria de confiável. As duas já haviam fugido sozinhas diversas vezes antes. Elas se envolvem com os garotos errados. Ou melhor, são atraídas por eles. De qualquer forma, ninguém aqui leva isso a sério. Chelsea seguiu em frente. Acontece.

— É sério o suficiente para ela estar numa lista de desaparecidos.

— Eles a colocaram lá por causa das histórias confusas de Amber. Nem mesmo a mãe de Chelsea acredita nela.

— Então você não acha que algo tenha acontecido a ela?

— Não. Não aqui, pelo menos. Ela era muito perturbada e adorava inventar histórias. Provavelmente ama a ideia de ter pessoas pensando nela como vítima.

— Mas você não pensa isso?

— Não sei ao certo. Ela havia levado tudo de seu apartamento antes de supostamente desaparecer, o que soa muito estranho.

— Não sabia disso. — Claro que, se Chelsea foi morta, o assassino poderia ter invadido seu apartamento e roubado suas coisas. Não descartaria isso de alguém precavido o suficiente para levar pelo de urso a uma cena de crime.

Frank parece evasivo em relação a alguma coisa, mas aparenta genuinamente acreditar que Chelsea fugiu.

Para um homem de Deus, ele não parece respeitar muito nem Chelsea nem Amber. Talvez, aos seus olhos, elas sejam apenas duas causas perdidas em uma cidade que força um pastor a cortar a grama de sua própria igreja.

— Você sabe de alguém com a média da idade dela que fugiu?

— Alguns, mas isso é normal. Não há muita coisa para os jovens fazerem por aqui. Meus filhos vivem no Colorado e em Vermont, mas não diria que estão desaparecidos. Mesmo que eles não me liguem tanto.

— Como sua esposa se sente? Síndrome do ninho vazio?

O rosto do Frank aperta.

— Ela está ajudando minha filha mais velha no Colorado, com minhas netas.

Já estive perto de famílias divididas para entender o código de um casal divorciado. Mesmo nessa época e nos dias de hoje, deve ser constrangedor para um pastor batista. Grande parte do que fazem é dar conselhos sobre relacionamentos. Seu divórcio deve diminuir os créditos que tem aos olhos de sua congregação. Mesmo que nem todos estejam destinados a ficarem juntos.

— É casado? Ou próximo de Juniper? — ele pergunta.

A pergunta vem inesperadamente.

— Eu e Juniper? Não. Era minha aluna. Nunca fui casado, também.

— Perdão. Ouço histórias sobre professores. Espero que não se importe.

Eu também.

— Bom, não a vejo há anos. Tecnicamente, ela tem seu doutorado agora e provavelmente ensina, ou ensinava, graduandos. Então, não teria sido inapropriado, eu acho. Não agora...

É um pensamento estranho. Em minha mente continuo vendo a garota de vinte anos desajeitadamente sentada próxima a mim na pizzaria. Ela certamente aparentava estar um pouco mais velha nas fotos, mas não chamaria isso de envelhecimento. Ela tinha vinte e cinco. Um pouco jovem para mim, mas nada que impediria um piscar de olhos no campus se ela tivesse um diploma e não fosse mais minha aluna.

Sacudo esse pensamento para fora de minha cabeça. Estou aqui porque tenho um sentimento paternal, e não por causa de algum sentimento romântico que tinha por ela.

— Você sabe como posso entrar em contato com Amber?

— Amber? Por quê?

— Apenas quero saber seu lado da história.

Frank solta um pequeno gemido.

— Ela é complicada. Problema. Já foi presa várias vezes. Não é exatamente o que eu chamaria de confiável. Para ser mais exato, é desonesta.

Ele é bastante crítico para um homem cujo trabalho é ajudar as pessoas a encontrar o perdão.

— Tudo bem. Seria ao menos uma forma de iluminar um pouco meus pensamentos.

— Você que sabe. — Ele digita algo no computador e depois escreve um número em um pedaço de papel. — Eu costumava treinar o time de futebol da escola das garotas. Aqui está.

— Obrigado. — Conforme levanto, penso em uma forma de retribuir. — Notei alguns sacos de fertilizante no galpão.

— Sim, eu uso para manter a grama boa e verde.

— É surpreendente isso. A maioria dos campos ao redor é marrom. Só para que você saiba, aquele é um fertilizante de nível industrial. Eu reduziria para um terço, por aí. Você terá que cortar menos a grama, mas ela ainda terá uma aparência boa.

Frank sorri enquanto segura a porta aberta.

— Isso explica muito. Alguém doou para mim sem fornecer nenhuma instrução.

Ele retorna ao seu cortador e eu, ao meu Explorer.

Dentro do carro, disco o número de Amber e a ligação cai em seu correio de voz.

— Oi, hum, aqui é o Theo Cray. Gostaria de falar com você sobre uma coisa... — Deixo meu número e desligo, sem saber o que falar.

Até deixar uma inócua mensagem de voz é difícil para mim, ainda mais quando quero conversar sobre um suposto assassinato.

Dois minutos depois, recebo uma mensagem de texto de um número diferente.

aqui é ambyr. me encontre na lanchonete king daqui a 2hrs. 100pSO300CTI

Os números e as letras não parecem ser um endereço ou algo que faça sentido, mas sei que a Lanchonete King é a que passei perto da parada de caminhões.

Com sorte, ela poderá me dizer o que o código significa, além do que realmente aconteceu com Chelsea.

Capítulo 27

JOVENS CONTURBADAS

Amber – ou "ambyr," como ela disse na mensagem – está meia hora atrasada. A garçonete me serve outra xícara de café enquanto pego uma cereja na minha torta.

— Quer mais alguma coisa? — ela pergunta, percebendo que ainda não toquei na comida.

— Não, obrigado. Estou bem.

Ela me dá um sorriso educado e, então, vai até outra mesa. Aparenta ter uns trinta anos. Cabelo loiro-escuro em seus ombros, porte atlético, beleza típica de cidades pequenas.

Gosto da maneira como ela fica de conversinha com os outros clientes e suas crianças conforme anda pelo lugar movimentado. Deveria ter ao menos mais dois atendentes aqui, mas ela dá conta de manter as coisas andando, entregando comida, atendendo o caixa e supervisionando a preparação.

A lanchonete é impecável. A parede atrás do caixa está repleta de quadros de homens em uniformes. Também há emblemas militares.

Acredito que, para alguém que venha de uma cidade como Hudson Creek, a melhor esperança de fato fosse se juntar ao exército.

A parte de Hudson Creek que não era a nova Estação de Serviço 88 ou a Lanchonete King está manchada de óleo e degradada. No outro lado da rua está uma pousada que aparenta ser o lar perfeito para zumbis. Ao lado está uma loja de conveniência coberta por anúncios de cervejas com alto teor alcoólico. Na frente, dois homens com uns vinte e cinco anos estão debruçados sobre o capô de um caminhão, comendo cachorros-quentes de micro-ondas e burritos. O caminhão sugere que sejam caipiras, mas um deles está usando um boné hipster de malha e o outro, uma camiseta de Halo.

Estou debatendo se devo ou não enviar uma mensagem a Amber quando meu telefone toca.

— Cadê você? — pergunta uma jovem mulher.

— Lanchonete King.

— Você não está na lanchonete, burro? Está?

— Sim. Você disse...

— Não foi o que quis dizer. Eles observam a lanchonete. Estou atrás, próxima ao velho lava-rápido.

— Ah, eu vou... — Ela já desligou.

Eu rapidamente deixo o dinheiro na mesa e me dirijo para fora.

O que ela quis dizer com "eles"?

A paranoia dela é infecciosa. Ando pela calçada e olho em volta. Há cerca de meia dúzia de caminhões estacionados daqui até a 88. Atrás da lanchonete há um pequeno espaço com contêineres de carga enferrujados.

O lava-rápido, na verdade um grande lava-rápido de caminhões, é um bloco de concreto prestes a desmoronar e coberto por cipós, assemelhando-se a um templo antigo.

Grandes ervas daninhas saltam pelo asfalto rachado. Em algumas décadas não será possível saber que aqui um dia houve algo feito pelo homem.

Caminho por trás do caminhão e vejo uma garota fumando um cigarro enquanto digita no celular.

Ela está vestindo calças e um blusão de moletom. Seu cabelo está preso em um rabo de cavalo. Por baixo do pesado delineador está uma jovem atraente que parece estar enfrentando um resfriado.

— Não vou morder — ela diz ao me ver.

Eu olho em volta, procurando os "eles" sobre os quais ela me alertou.

Ela percebe minha ansiedade.

— Eles nunca vêm aqui atrás. Estamos bem.

— Você é a Amber? — pergunto, aproximando-me. Ao chegar perto dela consigo perceber que está usando muita maquiagem, provavelmente para cobrir espinhas.

— Espero que sim. — Ela sorri. — Quanto você trouxe?

— Trouxe?

— Dinheiro.

Está se escondendo e precisa de ajuda? Pego minha carteira do bolso e começo a contar notas.

— De quanto você precisa?

Ela olha para o dinheiro e se aproxima de mim.

— Agora, sim, estamos conversando. — Seu hálito tem um forte odor de menta, como se tivesse acabado de usar um enxaguante bucal.

De repente, ela agarra minha genitália.

Confuso, encaro sua mão.

— Hum... Só quero conversar.

Ela se inclina e cochicha em meu ouvido:

— É o que todos dizem.

Após um confuso momento, consigo superar o choque e afastar suas mãos.

Ela olha por cima do meu ombro.

Ouço o som de pneus cantando conforme o caminhão da loja de conveniência chega derrapando pela lateral do prédio. Os dois homens que estão lá dentro me encaram com a morte em seus olhares.

— Ah, merda! — diz Amber antes de fugir.

O motorista para o veículo e voa para fora com seu amigo do lado.

— Que porra você tá fazendo com a minha irmã?!

— Eu só queria perguntar algo para ela — alego, levantando as mãos. Ele segura um bastão de beisebol.

O rapaz avança direto em minha direção e bate com o bastão em meu estômago. Caio de joelhos.

Seu companheiro chuta minhas costelas, e caio de lado.

— Houve um... — Minhas palavras são cortadas à medida que, com minhas mãos, tento me defender da enxurrada de golpes.

O irmão, o do boné de malha, encaixa um soco no meu maxilar e meu rosto cai em um monte de folhas. Perco a consciência, perversamente questionando se as plantas quebraram o asfalto ou se o ciclo de calor e frio do tempo permitira que desabrochassem.

Capítulo 28
TORTA DE CEREJA

Acordo sem saber quanto tempo depois e dou um jeito de sair do chão e me apoiar no prédio. As laterais do meu corpo doem absurdamente. Cuspo uma grande quantidade de sangue. A saliva vermelha aterrissa em meu sapato.

À medida que agacho para pegar minha carteira vazia, sinto minhas costelas espancadas gritarem de dor. Coloco a carteira dentro do bolso e, usando a mão que não está inchada, dou uma analisada em busca de ossos quebrados. Há muitos músculos inflamados, mas nenhuma dor aguda de fraturas. Apenas um raio X poderia dizer com certeza, mas acho que ao menos esse problema eu evitei.

Meu estômago, entretanto, ruge de dor. Levanto minha camisa e vejo um hematoma do tamanho de uma bola de futebol e volta à minha memória a lembrança do irmão me batendo com o bastão.

Manco até meu Explorer no estacionamento da lanchonete, mas caio a cerca de seis metros de distância do para-choque. Passos se aproximam rapidamente por trás. Deito esticado no chão e encaro o céu azul.

A garçonete de antes se inclina a mim.

— Burro — diz baixinho. A mesma palavra que Amber havia utilizado para mim, aparentemente a favorita de todos na região. A garçonete ainda parece linda, mesmo quando me zoa.

— Você acabou de me chamar de burro? — pergunto apesar da dor.

— Quer que eu chame a polícia?

— Não — respondo conforme procuro me sentar, lutando contra ondas de agonia.

— Então, sim. Você é um burro. Quer uma ambulância?

— Não. Acho que não. — Olho para a lanchonete. — Posso ir apenas me sentar?

Ela me lança um olhar cruzado.

— Eu deveria expulsá-lo de minha propriedade.

— Moça, me dá só um minuto ou dois e vou embora deste lugar de merda com todo o prazer do mundo. — Segunda vez que me pedem para sair da cidade.

Ela me observa levantar, sem oferecer ajuda, mas garantindo que eu não caísse novamente e quebrasse a cabeça no seu estacionamento.

— Não se preocupe — digo, rangindo os dentes. — Não vou processá-la se cair.

— Não se preocupe, não tenho dinheiro — retruca.

Usando o corrimão e os encostos como apoio, retorno à minha mesa de antes. Coisa que foi idiota e sem sentido, já que é a cabine mais distante da porta.

Ela me ignora enquanto uso guardanapos para enxugar o sangue da boca e improvisar um curativo usando um copo d'água e sal.

Tenho um kit de primeiros socorros no Explorer, mas pode ser que ele também tenha sido roubado.

Faço um inventário de meus ferimentos. Estou bem machucado, mas não é nada perto do que poderia ter sido. Com um pouco de Tylenol e sono e, talvez, uma ou duas cervejas medicinais, estarei bem dentro de alguns dias. Vou ficar com uma aparência de merda, mas sobreviverei a isso.

Seja lá o que seja *isso*.

A garçonete para ao lado de minha mesa.

— Já consegue ir embora?

— Sim. Desculpe. — Eu amasso os guardanapos ensanguentados. — Só uma coisa... — Pela primeira vez, percebo o nome em seu crachá. — Jilian. O que aconteceu lá fora?

— Será mesmo que você é tão burro assim?

— Aparentemente, sou.

Ela revira os olhos.

— Você foi enganado. Te enrolaram. Deixe-me adivinhar... sua carteira está vazia?

— Sim. Mas você age como se acontecesse sempre. Por que a polícia não faz alguma coisa?

— Você mesmo disse que não queria chamá-los. Eles nunca querem.

— Eles? Não entendo. Quem são "eles"?

— O resto da clientela.

— Clientela? — As palavras de Amber antes de me derrubarem começam a retornar à minha mente. — Espera aí... ela achou que eu queria um programa?

— Belo ato de ingenuidade. — Jilian chacoalha a cabeça e sai andando.

— Por favor — suplico. — Só um segundo.

Ela se vira.

— Que foi? — diz, agitada.

— Eu não fazia ideia disso. Só queria conversar com ela a respeito de Chelsea Buchorn.

Jilian retorna à cabine.

— Sobre o quê?

— Como ela desapareceu. É por isso que estou aqui. Apenas queria saber o que foi que ela viu.

— Por que se importa?

— Acabei de perder uma amiga. Seu nome era Juniper. Dizem que um urso a pegou. Eu já não sei. — Encaro a mesa e seguro minha cabeça com as mãos. Sinto como se fosse desabar. — Só quero saber o que aconteceu. — Sangue vermelho cai sobre a fórmica branca. Limpo com a manga da roupa.

Jilian senta-se no banco à frente.

— Você realmente não tinha más intenções naquela hora?

— Por Deus, não! Achei que ela soubesse de algo. A maneira como disse que "eles" estavam observando...

— Ela se referia à polícia.

— Ah. Ótimo. — Puxo o celular do bolso. A tela está trincada, mas ainda funciona. Com os dedos trêmulos, abro sua mensagem de texto. — O que significa 100pSO300CTI?

Ela encara o código, levando segundos para decifrá-lo.

— Realmente quer que eu diga?

— Sim. Não entendi.

— Imagine que os números indicam o preço. O p significa "para".

Encaro o celular.

— SO... ah, merda. — E pensar que, por trabalhar com números, o código deveria ter sido óbvio antes. — E CTI significa "com tudo incluso"? — Olho para ela, minhas bochechas quentes de vergonha. — Sou tão idiota.

— Nem todos podem ser cientistas de foguetes.

— Na verdade, fui aceito pelo programa da Caltech, mas acabei por estudar biologia no MIT.

Seus lábios se torcem em um perplexo sorriso forçado.

— Você é cientista?

— Quando não estou apanhando de irmãos de prostitutas.

Jilian dá palmadinhas na minha mão que não está inchada.

— Você realmente é um filhotinho perdido. Aquele era o namorado-barra-cafetão dela. Tudo aquilo foi uma armação. Se você fosse daqui, ela o teria encontrado em um motel ou no seu carro. A coisa toda não pareceu suspeita para você?

Puta merda, sou mais idiota do que achava. Ela me escolheu como vítima assim que deixei a mensagem de voz confusa.

— Se todo mundo sabe, por que a polícia não age?

— Porque você não é da cidade. Hudson Creek tem problemas maiores do que esse. Você conseguiu ver o rosto dela?

— Sim. Claro.

— Digo, você notou a maquiagem?

— Hum? Sim. Pensei que fosse por conta das espinhas.

— Chamamos de rosto de meta.

Então o enxaguante bucal era por conta do hálito. Como prostituta, ela tinha que estar apresentável.

Merda, agora começo a compreender tudo. Já li sobre o assunto e vi na TV. As casas arruinadas e os carros novos. Tudo isso é como o sudeste da central de Los Angeles nos anos 1980, quando o crack era uma epidemia. Aqui é a metanfetamina.

— Quão grave é?

— Dois policiais foram presos mês passado pela polícia do estado por tráfico. Mas é pior do que isso.

Aponto a parede com as fotos dos soldados.

— Achei que teriam melhores policiais aqui.

Por um momento Jilian observa o rosto dos homens.

— Esses são os que não voltaram. Hudson tem outra distinção fora a meta. Somos a cidade que mais fornece Forças Especiais per capita. Também perdemos mais homens do que qualquer outra.

Então essa cidade é o que acontece quando você acaba com os melhores e mais corajosos. Resta uma epidemia cancerígena que transforma os jovens em violentos sociopatas.

E, desse modo, tem-se o ambiente perfeito para um assassino ir e vir conforme desejar.

— Você sabe de algo sobre a Chelsea?

— Não — Jilian responde. — Eu estava em Fort Bragg quando ela sumiu.

— Militar?

— Reserva. Meu marido também.

— E agora?

— Estou fora. — Ela suspira. — E ele nunca voltou pra casa. Este lugar era dos pais dele.

Não consigo pensar em nada para dizer. Nesse momento, minha dor parece ser completamente insignificante.

Jilian desliza para fora da mesa.

— Preciso checar as outras mesas. E não se preocupe, não vou mais te expulsar da minha propriedade.

— Obrigado. Você sabe de alguém que possa me falar sobre Chelsea?

Ela balança a cabeça.

— A única pessoa que eu conheço que a conhecia bem o suficiente acabou de te espancar para comprar drogas.

— Maravilha.

Capítulo 29

FERIDAS ABERTAS

Jilian reveza-se entre fazer rondas nas outras mesas e me contar mais fofocas sobre a cidade. Em seguida, me dá o nome da pousada com o menor número de batidas policiais.

A pousada Creekside é de uma era passada, quando a TV colorida era uma atração tão chamativa quanto o Wi-Fi é hoje em dia. O gerente, um homem mais velho de cavanhaque, está folheando uma pilha de revistas de pesca quando entro.

Ele dá uma olhada em meu rosto e decide que não quer saber a história por trás dos hematomas.

Pego a chave e manco para o quarto. Preciso fazer três viagens para levar minha bagagem para dentro. Um ato fútil, já que não espero ficar aqui por mais de um dia ou dois, apenas o suficiente para recuperar a disposição para dirigir de volta até Austin.

Faço um ninho na cama, usando travesseiros para facilitar na hora de levantar. Em um momento de distração, apoio meu laptop no estômago e sinto um lampejo de dor.

Há um belo contorno amarelado ao redor do machucado. É uma beleza. Tenho certeza de que sou capaz de identificar a marca da bota que o amigo de Amber estava usando.

Hudson Creek tornou-se um doloroso beco sem saída para mim. A única pessoa com quem queria conversar quase me colocou no hospital.

Determinado a não desistir por completo, faço uma pesquisa na internet para ver se Chelsea pode ter algum amigo menos violento com quem eu possa conversar.

Uma antiga foto no Instagram a mostra festejando com três "melhores amigas". Reconheço Amber, mas com um cabelo mais claro e curto. As outras duas garotas estão marcadas como Gennifer e Lisa.

A foto foi tirada em uma cozinha. As garotas vestem pijamas e fazem caretas enquanto seguram latas de cerveja. Apenas quatro garotas se divertindo numa sexta à noite.

E, agora, uma está desaparecida, provavelmente morta. Outra é uma prostituta frequentemente envolvida em crimes.

Encontro o último nome de Gennifer: Norris. Ela surge em um banco de dados de fotos criminais de Montana com uma aparência muito mais velha do que deveria ter. Foi registrada por suspeitas de tráfico.

Lisa Cotlin conseguiu sair da cidade. Encontro algumas fotos de um casamento em Tampa que Chelsea curtiu. O noivo está vestindo um uniforme da marinha.

Ao menos uma delas teve um final feliz.

Não consigo achar ninguém além dessas três que estivessem em contato regular com Chelsea. Gennifer desaparece das mídias sociais não muito depois da foto da festa.

As atualizações de Chelsea são, em sua grande maioria, fotos de paisagens e vários cães e gatos espalhados por Hudson Creek.

Se pudesse descrever em uma palavra: *solitária*.

Esse é o tipo de foto que você tira quando está indo e voltando de lugares esquecíveis, mandando mensagens no celular, procurando alguma válvula de escape, quando um cão aleatório enfia o focinho por cima de uma cerca e lhe dá um sorriso incondicional.

Não sei nada sobre Chelsea, mas essas fotos são como ela enxergava o mundo, ou pelo menos as partes que achava valer a pena lembrar ou compartilhar.

Sua última foto antes do desaparecimento é uma antiquada cabeceira de metal.

Sempre quis uma.

Embaixo está um comentário de Amber.

Vaca, você sabe que vou te amarrar nela!

É o tipo de brincadeira que ouço o tempo todo na sala de aula. Não leio mais nada sobre isso.

Entretanto, me parece um pouco estranho que ela tenha comprado uma nova peça de mobília logo antes de decidir sair da cidade. Não tão improvável quanto assinar um novo contrato de aluguel, mas ainda um indício de que, caso tenha seguido em frente, foi uma decisão de última hora.

Sou surpreendido com uma batida na porta. Tremo para levantar, mas o fato de ter gemido audivelmente apenas uma vez me dá uma certa satisfação.

Cautelosamente observo pelo olho mágico e vejo o gerente do hotel parado, segurando uma sacola.

Abro a porta.

— Esqueci alguma coisa?

Ele levanta a sacola.

— Jilian nos trouxe um jantar. — Ele se move em direção a uma mesa de piquenique em frente à propriedade. — Se conseguir chegar até lá, podemos aproveitar uma das últimas belas noites antes de começar a esfriar.

Coloco os sapatos e o alcanço. Uma cerveja me aguarda quando sento.

— Gus Wheeler — ele diz, estendendo a mão para que eu a aperte.

Retribuo o gesto.

— Theo Cray.

Ele puxa dois recipientes de alumínio e alguns guardanapos e condimentos.

— Espero que não seja vegetariano.

Abro meu recipiente e sinto o cheiro do cheeseburger com bacon dentro.

— Já desisti várias vezes. Isto aqui com certeza me faria desistir mais uma vez.

A princípio Gus não é do tipo que conversa bastante. Estou muito focado em mastigar a comida sem abrir o corte em minha boca.

É uma noite encantadora. Ele para de comer para observar as cores do céu à medida que o sol se põe por trás das montanhas.

— Toda noite é como uma pintura novinha em folha. Sempre diferente, embora nada realmente mude. — Ele acena em direção à cidade. — Algumas coisas mudam.

— Há quanto tempo mora aqui? — pergunto em meio às batatas fritas.

— Nasci em Helena. Me mudei pra cá para lecionar no ensino médio de Quiet Lake. Eventualmente comecei a dar aulas na Hudson Creek High e me tornei diretor.

— Você é educador?

— Comecei assim. Então, quando as coisas começaram a piorar, me senti mais como um guarda.

Jilian havia me contado um pouco da história, mas quero ouvir a versão dele.

— Piorar? Como assim?

— Por onde quer que eu comece?

— Em que momento está o início?

— Quanto tempo você tem?

— A noite inteira.

Capítulo 30

GAROTAS PERDIDAS

Gus abre uma segunda cerveja e continua:

— As pessoas tentam descobrir a causa das coisas, buscam por explicações simples. Hudson estava machucada muito antes de ficar infectada. Costumava ser um ponto de comércio e, nessa época, era chamada de Swanson's Creek. Muitas pessoas eram trapaceadas por aqui. Isso durou muito tempo, até antes de alguém queimar o posto comercial. Um tempo depois, encontraram prata nas colinas. — Ele sacode o dedão em direção a uma longa distância. — Havia uma mina ali há cem anos. Hudson era onde você iria para ficar bêbado e visitar prostíbulos. Madeireiros vinham dos acampamentos. As duas maiores indústrias eram prata e vícios.

Ele faz uma pausa.

— Conforme a cidade cresceu, os homens começaram a constituir famílias. O vício nunca chegou a ir embora de fato, mas o restante da cidade cresceu o suficiente para escondê-lo. No entanto, os problemas emergem quando as coisas ficam ruins. Agora — ele chacoalha a cabeça — temos apenas problemas.

— Jilian me contou sobre os policiais que foram presos.

Gus inclina-se para perto.

— Percebeu quantos carros brilhantes havia em frente às casas arruinadas? Hudson possui duas indústrias: bombeamento de gás nos caminhões de longo curso e metanfetamina. Os dois não são alheios. Não culpo os jovens com o mínimo de noção que resolvem abandonar a cidade.

— Por que você não foi embora depois que se aposentou?

— A escola fechar sob meu comando não conta como aposentadoria. Ficamos abaixo da taxa de matrículas necessárias e o estado nos desligou. Agora, por que estou aqui? Muitas pessoas aderiram ao ensino doméstico e eu tento ajudar. — Ele prende os olhos aos meus. — Você sabe como é ser professor. Não podemos desistir deles.

Eu queria ter sua determinação. Sinto culpa por receber um elogio que não se aplica a mim.

— Você se lembra de Chelsea Buchorn?

— Ah, sim. — Ele me lança um olhar lateral. — Fiquei sabendo que você teve um encontro com alguns de seus antigos amigos.

— Sim. Aquilo foi um... erro.

— Vou te falar uma coisa, e você tem todo o direito de não acreditar em mim, mas eles não são crianças ruins. Está certo que fazem coisas ruins, mas não acredito que estariam fazendo esse tipo de coisa em circunstâncias diferentes. Provavelmente coisas bestas, mas não a esse ponto.

Os chutes em meu estômago foram bem ruins.

— Por que ninguém os impede?

— Havia outro jovem lá? Um com cara de nerd?

Lembro do amigo do namorado de Amber saltando para fora do caminhão.

— Sim.

— Aquele é o amigo do Devon, Charlie York. O pai dele é o comandante da polícia.

— Entendi.

— Na verdade, é um pouco mais complicado. O comandante York está no Colorado, recebendo tratamento contra o câncer; ou, ao menos, essa é a história que todos ouvimos. Há rumores de que ele está tentando evitar uma acusação federal. Os dois que foram presos são apenas a ponta do iceberg. Metade da câmara municipal não pode pagar pelos carros que possui.

Isso parece um pesadelo.

— Como funciona?

— Não é como se recebessem sacos de dinheiro. Bom, alguns sim. Os mais honestos, no entanto, ou melhor, aqueles que tentam se ver de tal forma, estão recebendo aluguel por propriedades que compraram a preço de banana ou lucros de negócios que praticamente ganharam.

— De quem?

— De qualquer pessoa que queira continuar fazendo negócios aqui sem ser incomodado. Quando éramos uma cidade mineira, eram os donos dos bares e bordéis. Depois, vieram os contrabandistas. Quando a metanfetamina chegou à cidade, tudo piorou. Perdemos uma usina processadora. Pessoas honestas estavam roubando dinheiro desonesto.

— Todo mundo?

Ele se reclina e olha para a estrada.

— Vê aquela concessionária de barcos?

— Sim.

— Connor é o dono. Ele e a esposa são bons amigos meus, gente realmente boa. Ele vende dois ou três barcos por semana. Um ótimo negócio aqui. Você acha que ele pergunta para cada pessoa que entra na loja como conseguiu o dinheiro? Ele acabou de construir uma casa nova com o dinheiro que recebeu vendendo barcos. É assim que a maioria das pessoas aqui ganha dinheiro: honestamente, vendendo às pessoas desonestas. O problema é que, quando se sabe de onde vem seu dinheiro, esteja você ganhando legalmente ou não, é normal se tornar relutante às mudanças. Você não se importa mais em livrar Hudson Creek da metanfetamina e passa a falar sobre livrar-se da violência. Como Las Vegas. As pessoas começaram a ignorar o fato de que sempre haverá corrupção na política e na polícia, contanto que estejam a salvo.

Fui roubado por ser um forasteiro que acharam que estava aqui para fazer algo ilegal. Provavelmente estaria na cadeia se tivesse procurado a polícia.

Gus continua:

— A realidade que as pessoas estão enfrentando é a de que tudo que se pode fazer é ir a fundo na situação. Você ignora o problema e, então, descobre que sua filha está trabalhando como prostituta ou que seu filho está batendo em pessoas e tentando cozinhar metanfetamina. O preço de todos aqueles brilhantes carros novos são as crianças de Hudson Creek. — Ele respira fundo. — É como as velhas histórias em que uma cidade afogava uma criança em um lago para se proteger de inundações. Faça isso diversas vezes e o lago secará. As crianças não existirão mais, e tudo o que restará é um lago vazio de água e repleto de esqueletos.

Não sei o que dizer. Então volto ao motivo de estar ali.

— O que houve com Chelsea Buchorn?

— Quero acreditar que ela escolheu partir. O que realmente acho que aconteceu? — Ele se levanta e encara a montanha onde ficava a mina. — Deixe-me mostrá-lo.

Fico de pé com uma certa tensão e paro ao lado dele.

— Vê a fenda logo abaixo do cume?

Nuvens laranja e roxas estão visíveis logo além.

— Sim...

— Aproximadamente vinte anos atrás, alguns inspetores encontraram um esqueleto ali. E outro, e outro. Na época, estavam mortos havia pelo menos cinquenta anos. A fenda fica a aproximadamente um quilômetro do caminho que partia do campo de mineração para Hudson Creek. O prédio mais próximo era um bordel. Encontraram ao menos doze corpos antes de desistirem. Todos eles eram de jovens mulheres, provavelmente prostitutas que trabalhavam no prostíbulo ou no campo de mineração.

Ele faz uma pausa.

— Ainda temos os jornais da cidade daquela época. Nem mesmo uma única matéria sobre uma garota desaparecida. Os velhos presumiram que elas apenas seguiram em frente. Ao menos doze garotas não seguiram, e essas são apenas as que foram encontradas. Vai saber quantas além dessas nunca mais foram vistas... Aquelas colinas podem estar repletas de garotas perdidas. Naquela época, assim como agora, sempre que as pessoas evitam o mal quando está próximo, os perversos o encontrarão. Chelsea não foi a primeira. E não será a última.

Gus e eu silenciosamente comemos o lanche que Jilian nos preparou.

Meu olhar fica voltando à fenda onde as garotas esquecidas foram enterradas. Quantos outros lugares como esse existem? Quantas outras crianças foram perdidas?

Dizemos boa-noite e retorno ao meu quarto para tomar ibuprofeno com uma quantidade medicamente desaconselhável de cerveja.

Quando acordo no dia seguinte, tão dolorido quanto esperado, tomo a decisão de não voltar imediatamente para Austin.

Ainda quero conversar com Amber.

Capítulo 31

CAÇADOR

Quando acordo e me sinto coerente o suficiente para pensar, mando uma mensagem de texto a Amber.

Precisamos conversar.

Meia hora se passa sem que eu receba qualquer resposta. Decido ser mais direto.

Não ligo para o que aconteceu. Quero conversar sobre Chelsea. Acho que sei o que aconteceu com ela.

Outra meia hora e nada de resposta. Decido simplesmente ligar.

Uma voz robótica me diz que seu telefone não está aceitando ligações.

Ela bloqueou meu número.

Claro. Tenho certeza de que não sou a primeira pessoa a tentar ligar depois de cair em seu truque.

Dirijo até a Estação de Serviço 88 para tomar café. Andando pelos brilhantes corredores iluminados, vejo uma estante cheia de celulares pré-pagos e compro um por cinquenta dólares.

Abro-o no banco do motorista e brinco um pouco. Estou surpreso em descobrir que possui mais recursos do que esperava, por conta do preço. Nem de longe é tão bom quanto meu iPhone, mas possui um navegador e executa aplicativos Android.

Uma percepção interessante me atinge: seria impossível rastrear esse telefone e ligá-lo a mim, caso eu o tivesse pagado com dinheiro.

Volto à loja e compro outro com dinheiro de um caixa eletrônico. Teoricamente, o telefone poderia ser conectado ao saque se alguém soubesse a hora da compra e verificasse o histórico do caixa, mas isso me parece ser seguro o suficiente. Não faço nem ideia de por que isso seria importante para mim.

Acho que, considerando o que aconteceu ontem, pode ser uma boa escolha ter um pouco mais de cuidado.

Guardo o celular que comprei com o cartão de crédito e mando uma mensagem a Amber do que comprei com dinheiro.

Não estou com raiva de ontem. Foi uma confusão. Eu queria conversar com você sobre Chelsea.

Estou furioso, para ser sincero, mas quero descobrir o que ela sabe para poder sair logo da cidade.

Sento no estacionamento e bebo meu café enquanto espero pela resposta.

Uma hora se passa. Frustrado, ligo para ela e caio em seu correio de voz.

Tento soar o mais casual possível:

— Oi, Amber. Aqui é o Theo, de ontem. Não estou bravo. Não me importo com o dinheiro. Só quero conversar sobre Chelsea e saber mais sobre o que aconteceu com ela. Hum, não sou um policial ou um estranho. Eu também perdi alguém. Apenas quero comparar os casos.

Desligo, pensando que aquela foi a mensagem mais sincera que eu conseguiria deixar.

Não há uma resposta imediata de Amber como ontem.

Tenho a sensação de que ela não vai querer mais nada comigo. Até onde sabe, poderia ser uma armadilha.

Tento ver a situação do ponto de vista dela. Eu estaria muito paranoico. Ela provavelmente acha que quero matá-la.

Mencionar Chelsea pode tê-la assustado ainda mais.

Preciso pensar em outra forma de contatá-la.

Pelo celular descartável, faço uma busca no Google por um site que localize pessoas. Me custa cinquenta dólares conseguir seu endereço mais recente.

Está a doze quilômetros de distância.

O Google Street View mostra a picape de Devon na entrada. A imagem dela dói.

Merda. Não vai ser fácil.

Não quero enfrentá-lo novamente.

Volto à 88 e compro duas latas de spray de pimenta. O atendente é o mesmo que me vendeu os celulares descartáveis. Ele nem sequer olha para mim.

Isso deveria parecer estranho demais, considerando meu rosto machucado. Eu chamaria a polícia.

Mas aparentemente nada é muito estranho em Hudson Creek.

Quando dirijo até o endereço, a picape de Devon ainda está na entrada, exatamente como a imagem aérea do Google. Vê-la de perto me faz respirar pesadamente.

Deixo minha janela fechada e não paro. Levo dois quilômetros para me acalmar.

A casa tinha dois andares e um amplo jardim. Não estava terrivelmente arruinada, embora estivesse bagunçada. Três outros carros estavam estacionados nas proximidades.

Pareciam batidos, longe de serem o tipo de veículo que se espera que o filho de um comandante da polícia dirija.

O relatório de Amber dizia que ela possuía um Honda Civic. Acho que me lembro de ver um no jardim quando passei, enquanto tentava não ser visto.

Meu plano é passar em frente à casa a cada hora até que a picape desapareça e Amber esteja sozinha. De maneira alguma irei lá enquanto Devon estiver por perto.

A caminhonete permanece lá por quatro horas. Em um momento o carro de Amber desaparece, mas está de volta quando passo novamente.

Quando dobro a esquina e vejo que a caminhonete finalmente desapareceu, sinto um estranho e perverso ímpeto de empolgação.

Estaciono meu Explorer em frente à casa. Estou muito assustado para entrar no acesso e ficar preso depois.

Meu rosto está um lixo e, por isso, jogo um boné de beisebol na cabeça e coloco uns grandes óculos aviador. Minha perna está trêmula quando piso no asfalto, e meu joelho mal consegue suportar meu peso.

Acho que é isso que chamam de "tremer na base".

Eu deveria voltar ao Explorer e ir para casa.

Ontem foi um aviso. Estou indo muito a fundo nisso.

Mas há respostas aqui. Ou, pelo menos, a chance de obtê-las.

Minhas pernas finalmente encontram coragem e caminho até a porta da frente. Também tenho duas latas de spray de pimenta no bolso.

Três cadeiras de alumínio estão na varanda, junto com cinzeiros sujos e latas amassadas. Em um dos cinzeiros há um cachimbo de metanfetamina.

Através da janela consigo ouvir uma televisão e vejo alguém deitado em um sofá.

Um cachorro começa a latir quando bato na porta. Dou um passo para trás. De dentro, um jovem rapaz diz:

— Já vai.

Ouço passos rápidos e o som do cachorro sendo empurrado para outro cômodo.

O rapaz que atende a porta tem um cabelo bagunçado, dentes estragados e uma expressão de surpresa.

— Sim? — ele diz, sonolento.

— Gostaria de falar com a Amber. Ela está? — Tenho que usar todo meu autocontrole para não gaguejar.

Fico olhando por cima dos ombros dele, com medo de Devon ou Charlie correrem em minha direção com o taco de beisebol. A única coisa que se mexe é uma porta, conforme o cachorro, ainda latindo, bate contra ela.

A casa é um chiqueiro. Pratos sujos e bandejas de marmita estão pelo chão, e pilhas de roupa se espalham por toda a parte. Cinzeiros cheios estão nos braços do sofá e no chão. Cachimbos de vidro estão jogados sem cuidado algum.

O lugar tem um cheiro estranho, cuja fonte não desejo adivinhar.

O rapaz grita em direção às escadas:

— Amber, um de seus cavalheiros está aqui.

— Quem é? — ela grita de volta.

— Você que descubra, não sou seu mordomo. — Ele me dá um olhar de "fazer o quê?" e revira os olhos, retornando ao sofá.

Passos soam vindo do andar de cima, e sinto meu coração saltar por um instante.

Com medo de ela me ver e fugir, ou coisa pior, eu fico de costas para a porta, encarando a rua.

Ela chega ao fim da escada.

— Sim?

Viro-me, encarando o chão.

— Só queria te fazer uma pergunta sobre a Chelsea.

— O que sobre ela? — Ela está me estudando, tentando se lembrar. De repente, se toca. — Mas que porra!

Ela corre para bater a porta. Coloco meu pé no caminho.

— Vou chamar a polícia se você não for embora agora! Vou dizer que você tentou me estuprar! — ela diz, tentando fechar a porta.

O rapaz no sofá assiste a tudo, entretido.

— Chame a polícia — blefo e decido apelar ainda mais. — Vou chamar a polícia do estado. Vamos ver o que eles terão a dizer.

Ela para de empurrar a porta.

— Foda-se.

— Amber, eu não me importo sobre ontem. Foi um caso de engano de identidade. Encontrei com você porque pensei que poderia me dizer o que houve com Chelsea. Não estava tentando comprar um programa.

— Não sou puta, seu merda! — ela grita através do vão na porta.

Tento manter a voz calma.

— Não ligo. Só quero saber o que houve com sua amiga. — Puxo meu pé de volta e dou um passo para trás, levantando as mãos num gesto de rendição. — Por favor.

Ela me observa pelo estreito espaço. Recuo até a grama marrom.

— Isso não é nenhum tipo de vingança? — ela pergunta com uma voz mais calma.

— Não é. Juniper Parsons, a garota que dizem ter sido atacada por um urso, era uma aluna minha. Eu era seu professor.

Ela abre a porta um pouco mais.

— Você jura?

— Juro.

— Fica aí. — Ela pisa fora da casa e se senta em um dos degraus que levam até a varanda. Então, puxa um maço de cigarros e um isqueiro do bolso.

Abaixo minhas mãos à medida que ela acende o cigarro. Ela continua me olhando suspeitosamente e analisando a rua. Depois de algumas tragadas tranquilizantes, ela finalmente diz:

— Ninguém acredita em mim. Até o Devon acha que sou uma piada.

Capítulo 32

MELHORES AMIGAS

Lembrando-me de uma aula de psicologia sobre linguagem corporal, sento na grama abaixo dela. Amber traga. Espero alguns instantes até que ela se acalme. Ela também parece estar com o olho um pouco vermelho. Talvez ainda esteja chapada.

Finalmente, quando ambos nos acalmamos, digo:

— Me fale mais sobre Chelsea.

Ela franze o cenho e solta fumaça pelo canto da boca.

— Não sei. Éramos melhores amigas desde a eternidade. Sempre arrumávamos confusão juntas. — Ela me lança um rápido olhar. — Não aquele tipo de confusão, a princípio. Só coisa de criança, sabe? Ficar acordada até tarde. Garotos. Roubar cerveja. — Ela dá de ombros e traga novamente, mandando outra forma de fumaça ao ar. — Mas sim. Quando as coisas ficaram chatas por aqui, começamos a fazer outras coisas. A mãe dela a expulsou de casa. Eu já estava indo e vindo da minha havia algum tempo. Sabíamos que algumas garotas estavam conseguindo uma grana fazendo umas coisas. E, bom, nós gostávamos de curtir. Não tem porra nenhuma pra fazer aqui. Não éramos chaves de cadeia ou nada parecido.

Faço um lembrete mental de pesquisar o que é "chave de cadeia" depois.

— E sobre a noite em que ela desapareceu? O que estava acontecendo?

— Estávamos apenas indo ficar chapadas. Eu tinha um pouco de ácido e íamos até a floresta para tomar. A maioria das pessoas se cagaria de medo, mas a gente adorava. Ficar no chão ouvindo a natureza, olhando as estrelas. Era muito tranquilizante.

— Foi isso o que aconteceu naquela noite?

Ela arremessa o cigarro e acende outro.

— Essa é a parte foda. Nós nem chegamos a tomar. Estávamos andando lá e ouvimos um barulho. Tem javalis e tal. Rimos, fingimos que era um monstro ou coisa assim. Saí correndo. Ela correu atrás de mim e, então, ficou para trás. Voltei para procurá-la porque achei que estivesse brincando de esconde-esconde ou algo do tipo, mas ela não estava. Ela estava parada, como se estivesse escutando alguma coisa. Estava começando a chamá-la e então eu o vi passando por perto. Gritei antes dela. Achei que fosse um urso. Tinha essa sombra. — Amber levanta as mãos formando um arco acima da cabeça. — Achei que fosse um urso andando nas patas traseiras, mas ele começou a se mover como um homem e correu na direção de Chelsea. Ela me ouviu gritar e também gritou. Em seguida não havia nada. Não conseguia vê-la nas sombras. Tudo ficou muito quieto. Algo me disse para correr, e eu o fiz. Conseguia ouvi-lo enquanto ele me seguia e, então, ouvi o grito de Chelsea. Acho que voltou para finalizá-la. Apenas continuei correndo.

Ela engole em seco e lambe os lábios.

— Sei que não deveria ter deixado Chelsea para trás. Ela era minha melhor amiga. Eu tinha estacionado no acostamento. Entrei e dirigi o mais rápido que pude, direto para a delegacia, mas não entrei logo de cara, estava em pânico. Pensei que talvez estivesse chapada, que tudo fosse fruto da minha imaginação. Sei que parece loucura. Foi burrice da minha parte, mas decidi dormir para ver se passava. O sol estava brilhando quando acordei, e eu ainda estava dentro do meu carro. Entrei na delegacia e disse tudo que lembrava ao pai do Charlie.

— E eles não acreditaram em você?

Ela balança a cabeça.

— Não. Disseram que eu estava inventando coisa. Disseram que o quarto da Chelsea estava vazio e seu carro tinha desaparecido. Disseram que nada do que eu falava fazia sentido algum. — Sua voz torna-se desafiadora. — Sei que ela estava lá naquela noite. Eu a busquei. Fomos com meu carro, deixamos o dela.

— É possível que ela tenha pregado uma peça em você?

— Queria acreditar nisso. Mas por tanto tempo? Haha, Chelsea. Onde você está, porra? Ninguém faz isso por tanto tempo assim.

— Havia alguém na cidade que queria matá-la?

— Chelsea era a pessoa mais legal que se poderia conhecer, mas ela dormia bastante por aí. Homens mais velhos, especialmente. Acho que alguns deles ficaram felizes por ela ter partido. Se eu acho que alguém a matou? Droga, aqui é Hudson. Qualquer coisa é possível. Você ficou sabendo da família indiana que desapareceu?

Lembro-me deles em um banco de dados de pessoas desaparecidas.

— Sim.

— O que os jornais não dizem é que eles estavam gerenciando seu próprio pequeno laboratório de metanfetamina. Sem permissão. É por isso que desapareceram. — Ela dá um consciente sorriso forçado e abaixa a voz. — Sabe quem foram as últimas duas pessoas a vê-los? Bower e Jackson.

— Bower e Jackson?

— Os policiais que foram presos por tráfico de cristal. Esse é o nível de como as coisas estão fodidas por aqui.

— Alguém comentou algo parecido com o que você viu na noite em que Chelsea desapareceu?

— Falei com um cara de Chippewa. Ele cresceu num lugar de merda. Disse que sabia de várias histórias parecidas. Eu não acredito. O que vi foi um homem que queria que eu pensasse que ele era um animal. Mas o vi andar, claro como o dia. — Ela estreita os olhos. — Pensei que tivessem pegado o urso que matou sua garota.

— Pegaram um urso. Mas não há nada que o conecte a ela.

Amber observa um bando de pássaros voar acima.

— Pelo menos você sabe que ela está morta. Você tem algo para enterrar. Todos aqui estão fingindo que Chelsea está se divertindo por aí, em algum outro lugar. Mas eles sabem. Sabem que Chelsea está morta. Só não ligam para isso.

Consigo sentir a noção de perda que ela está vivenciando. É um quieto desespero, como agarrar-se a uma corda em uma neblina.

— Você se lembra do lugar em que ela desapareceu? O lugar em que você viu o homem?

— Muito bem. Levei a polícia lá.

— Encontraram algo?

— Tá brincando? Ficaram lá uns dez minutos e depois foram embora. Não deram a mínima.

— Então o local nunca chegou a se tornar uma cena de crime?

— Eles nunca tornaram aquilo um *crime*. — Ela apunhala o ar com o dedo. — Eles não se importavam!

As palavras saem de minha boca sem pensar:

— Pode me dizer onde aconteceu?

Antes que pudesse responder, ouço o familiar som de pneus de caminhonete cantando.

— Merda — Amber resmunga. — Meu namorado está aqui.

Lá vamos nós de novo.

Capítulo 33

PRÍNCIPE PERVERSO

Sinto minha coluna endurecer conforme as botas do Devon pisoteiam a grama. Ele para acima do meu ombro, e sua sombra me encobre.

Minha mão direita aperta a lata de spray no meu bolso, mas meus dedos estão trêmulos. Não sei se serei capaz de puxá-la rápido o suficiente, isso sem contar a coragem em apertar o gatilho.

A ideia de que tentar me defender pode apenas enfurecê-lo ainda mais me aterroriza. Da última vez ele levou meu dinheiro, mas me deixou bem o suficiente para ir embora. Brigar pode me colocar no hospital, ou pior.

Amber olha Devon por cima da minha cabeça e dá um pequeno aceno.

— E aí?

— Quem é ele? — Devon pergunta.

Meu corpo afrouxa um pouco quando percebo que ele não me reconheceu por baixo do chapéu e dos óculos. Mantenho a cabeça abaixada e evito olhá-lo, para que não veja os hematomas no rosto e reconheça seu trabalho braçal.

— Não é ninguém — Amber responde. — Só um velho amigo de Chelsea.

— Amigo ou cliente? — Devon responde em tom de deboche. Ele passa por mim sem virar para olhar. — Certifique-se de que ele saiba que sua buceta não está mais à venda.

— Vai se foder. — Amber o mostra o dedo do meio enquanto ele entra, fechando a porta atrás dele.

Amber fecha os olhos e balança a cabeça.

— Você deve pensar que sou uma pessoa realmente horrível.

Mantenho a voz baixa, com medo de Devon me ouvir de dentro.

— Apesar do que aconteceu ontem, acho que você é uma boa pessoa.

— Ah, que seja. Só começamos a fazer isso depois que um caminhoneiro agrediu uma garota de Quiet Lake. Eles o arrebentaram quando o pegaram. Devon estava ficando furioso quando viu os rapazes que me ligavam. Era diferente quando eram habitantes locais, alguém que sabíamos ser de confiança.

Estou tentando entender a dinâmica do relacionamento.

— O Devon é seu...

— Cafetão? Porra, não. Não sou uma puta — ela diz agudamente.

— Eu ia dizer "namorado".

— Ah. Estamos em um relacionamento aberto. Não que isso seja da sua conta.

Estou envergonhado da discussão.

— Eu não quis insinuar nada.

— Você tem um olhar crítico.

— Sou um cientista. Vejo tudo dessa forma.

Ela torce a cabeça em direção à casa.

— Devon queria ser cientista.

— Sério? — digo um pouco alto demais.

— Ele curte essa merda toda. Tem uma camiseta do Neil deGrasse Tyson e tudo. Costumávamos ficar chapados vendo *Eureka*.

Isso me faz rir inesperadamente. Meu estômago protesta com dor, e tento parar de me mexer.

— Sim, fodido, eu sei. Já assistiu a *Vila Sésamo* estando muito louco? É como se fosse feito para crianças de dois anos e para drogados.

— Não. Nunca fui de ficar chapado. Quando era estudante universitário estava numa viagem na Amazônia e um curandeiro local nos deu algo que ainda não consigo identificar. Sentamos em círculo bebendo e pensando que aquilo era uma cerimônia de união, mas, no fim das contas, eles estavam apenas brincando com os forasteiros. Sentei numa árvore por horas convicto de que eu era um macaco-aranha. Quando desci e me explicaram o que eu havia experimentado, o curandeiro me perguntou como eu estava tão certo de que não era um macaco-aranha que ficou chapado e acha que é um cientista.

Amber bate na lateral do nariz.

— Aquele cara sabia do que estava falando. Como você tem tanta certeza?

— Às vezes eu duvido.

Ela se inclina para encarar as nuvens que passam.

— Chelsea e eu tínhamos esse tipo de conversa o tempo todo. Questionávamos se esse mundo era o real. Quando éramos crianças, sempre olhávamos dentro de armários e portas aleatórias, esperando que uma delas nos levasse para outro lugar, como em Nárnia. Algo diferente.

Ela deixa de fora "algum lugar melhor," mas sei o que está tentando dizer.

Ela puxa uma planta.

— Quando ficamos mais velhas e percebemos que não encontraríamos essa porta, começamos a pensar que esse mundo estava à nossa volta, mas não podíamos vê-lo. Não estou falando de uma música do The Doors ou algo do tipo. Apenas que ficamos acostumadas a chamar coisas por nomes e pensar de uma certa maneira. Começamos a inventar nomes para as coisas. O telefone, por exemplo, era a caixa de falar à distância. Chamávamos a TV de janela mágica. Também inventamos nomes para as pessoas. O comandante York era o Barão Malvado. Charlie era o Príncipe Perverso. Tínhamos nomes para todos. Reverendo Cabra, a Bruxa Vermelha, o Mago Perverso, que era um cozinheiro de meta. — Sua voz se distancia. — Bom. Bobagem.

Sinto uma conexão com essa garota perdida.

— Não é bobagem, nem um pouco. Ensino uma turma inteira sobre nomenclatura. Explico que usar diferentes nomes, mas que ainda encaixem, pode dar uma compreensão diferente das coisas.

— Tipo como?

Penso por um momento.

— Veja Hudson Creek, por exemplo. A cidade inteira e tudo ao seu redor estão em um vale. Na verdade, tudo aqui é como uma tigela colocada entre as montanhas. No outro lado estão duas cidades diferentes. Uma está mais acima nas montanhas, o que provavelmente rende muitos aluguéis durante o verão, certo? A outra parece ser um lugar bacana o suficiente. O que torna essa cidade diferente? Qual nome você daria a ela?

Ela não hesita.

— Boca do Inferno. Aqui não é o inferno, mas a entrada não deve ser longe. Estamos todos rodando à beira dele, esperando para cair.

— Não sei sobre isso, mas tenho certeza de que você pode extrair mais do que apenas maldade com essa análise. — Penso nas fitas roxas que a MAAT me mostrou. Imagino o que veria se usasse dados do século passado. *Hudson Creek ainda estava na estrada do diabo?* Pelo que o Gus disse, aparentemente sim.

— Amber, se eu lhe der um mapa, você poderia me mostrar o local em que viu Chelsea pela última vez?

Ela pensa um pouco e chacoalha a cabeça.

— Não tenho certeza.

— Poderia pelo menos me dizer por quais marcadores devo procurar?

— Eles são difíceis de encontrar.

O fato de ela repentinamente se tornar um beco sem saída me frustra. Talvez o assunto ainda seja muito doloroso.

— E se eu mostrar pessoalmente? — ela oferece.

— Você diz voltar lá?

— Não estou assustada — ela diz desafiadoramente. — Se o demônio tivesse interesse em mim, teria me buscado quando pegou Chelsea.

Amber é uma alma torturada, mas admiro sua coragem.

Ir até lá soa uma ideia horrível, mas concordo.

Capítulo 34

VIAGEM DE CAMPO

Quando volto à casa de Amber mais tarde naquele mesmo dia, a caminhonete de Devon ainda está estacionada em frente, e por isso decido avisá-la que cheguei por mensagem. Ela responde "já vou".

Não tenho certeza do que estou procurando, mas quem sabe o que ainda pode estar lá, visto que a polícia não fez uma investigação minuciosa? Um pedaço de tecido, um sapato, qualquer coisa que confirme a história de Amber e me ajude a saber se estou olhando na direção certa.

Mas para quê?

Tenho apenas alguns dias antes de voltar a Austin. Do jeito que as coisas estão, vai ser corrido deixar tudo preparado para as aulas. Já vou ter que pedir para faltar em algumas reuniões pedagógicas. Essas reuniões costumam ser inúteis, mas há consequências políticas em não participar delas. Meu contrato está para ser renovado. É melhor agir de maneira inteligente.

Há uma batida na minha janela. Levanto o olhar do celular e quase mijo nas calças. Devon está ali, parado. Ele gesticula para que eu abaixe o vidro.

Levo as mãos até a marcha para colocar o Explorer em movimento, mas hesito quando ele se afasta da porta e coloca as mãos para cima.

— Só quero falar com você — ele diz.

Seguro minha lata de spray com força antes de obedecer.

— Amber me contou que vocês estão indo até o local em que Chelsea desapareceu.

— Sim — respondo com hesitação. — Era sobre isso que eu queria ter conversado ontem.

— Sim, sim. Foi uma confusão, eu sei. — Ele repousa a mão sobre a porta. — Mas não posso deixar que você a leve até lá sozinho. Até onde sei, você pode ser um maluco.

Tiro meus óculos de sol e aponto para a bochecha machucada.

— Pareço do tipo violento pra você?

— Você pode estar zangado e tudo, mas aquilo foi um erro. Foi tudo culpa do Charlie. Ele achou que você era outra pessoa.

— E quem mais eu poderia ser?

— Não sei. Um cara que gosta de bater em garotas. Eu sei que foi errado te quebrar, mas nós nunca batemos em nenhuma mulher. De qualquer maneira, eu vou com vocês. — Ele segura o puxador da porta de trás.

— Vai o caralho. — Olho para trás para me certificar de que as portas estão trancadas.

Devon retorna à minha janela.

— Escuta, peço desculpas pelo que aconteceu. Aqui. — Ele enfia a mão no bolso e puxa um maço de cédulas. — Pegue de volta. Charlie ficou com o resto. — Ele insere as notas pelo vão na janela como em uma máquina de vendas automáticas.

Observo o dinheiro cair em meu colo. Quando olho para cima, Amber está saindo da casa, vestindo uma jaqueta.

— Tudo bem por ele? — ela pergunta.

Devon olha para mim pela janela.

— E aí?

Isso continua piorando.

— Certo. Mas você vai na frente para que eu não o perca de vista. — Sei que é algo que se deve fazer, mas a ideia não me traz nenhuma segurança a mais.

— Certo. Legal. — Ele dá a volta no carro e entra pelo lado do passageiro. Amber entra por trás dele.

Um constrangedor passeio acontece nos minutos que se seguem. Permaneço atento ao Devon, contraindo-me a cada vez que ele se move.

Pelo retrovisor, me certifico de que Amber não está se preparando para me estrangular com uma corda de piano.

Finalmente ela resolve falar:

— Tive que contar ao Devon onde estava indo. Ele ressaltou que você poderia ser o cara que pegou a Chelsea. Seria meio idiota ir sozinha com você.

Essas pessoas estão com medo de mim?

— Amber confia um pouco demais — Devon diz.

— Isso explicaria você na minha vida — ela responde.

— Mulher, sou a melhor coisa que aconteceu na sua vida.

— Ah, senhor. Se essa é a melhor, eu não quero continuar. — Amber sacode a cabeça e encara a janela.

Devon move a mão em direção ao rádio e eu mergulho a minha no bolso. Ele percebe.

— Tá portando?

Portando? Quer dizer uma arma. Pode ser melhor se acharem que estou armado.

— Sou sempre cuidadoso — adiciono. — Eu disse para alguns amigos onde estaria.

— Nós também — Devon responde. — Nunca se sabe.

— Não, não se sabe. — Lanço um olhar preocupado para ele, mas ele está encarando as casas que passam.

Após alguns minutos, ele fala:

— Amber disse que é um cientista. De que tipo?

— Estudei biologia, mas também estou na ciência da computação.

— Legal. Legal. Eu queria ser um astrofísico.

Que perda para a comunidade científica.

— Eu só tirava notas altas até meu último ano do colégio — Devon explica. — Foi quando minha mãe adoeceu. Me formei, mas por pouco. Acho que eu deveria fazer algumas coisas on-line. Assisto ao Discovery Channel o tempo todo.

— Chapado — Amber diz do banco de trás.

— Carl Sagan também ficava chapado o tempo todo.

— Mas ele também era Carl Sagan — respondo, arrependendo-me de minhas palavras no momento em que as pronuncio, mas Devon ri.

— Verdade. Verdade. Então, Dawkins ou Stephen Jay Gould?

— Você leu seus livros?

— Sim. *O relojoeiro cego* é um dos meus livros favoritos.

O debate entre Richard Dawkins e Stephen Jay Gould era se a principal causa da evolução era o gene ou o animal inteiro. De fato, foi um dos motivos que me atraíram à área da bioinformática.

Para um cientista amador, perguntar seu posicionamento sobre Dawkins contra Gould era o equivalente a perguntar qual era seu time de esporte favorito.

O debate morreu quando as pessoas começaram a apreciar a noção de que a evolução é um processo muito complexo e dizer que o fator decisivo é um gene ou o animal é torná-lo simplório demais.

— Estou com Dawkins — respondo, para que Devon não me mate na floresta. — Mas é complicado. Uma das coisas que estudo é a forma como definimos o gene. Como você sabe, para ele, há uma definição biológica na menor unidade hereditária, mas as coisas são mais complexas do que isso. Tenho a mania de pensar nas coisas em termos de sistemas ou processos. Alguns sistemas podem ser reduzidos a alguns pedaços de DNA. Outras envolvem ecossistemas inteiros.

— Onde você traça a linha no organismo?

Aparentemente, Devon é mais inteligente do que eu imaginava. De fato, nosso primeiro encontro não foi nas melhores circunstâncias.

— Já ouvi argumentos de que somos apenas trajes espaciais para o DNA mitocondrial — respondo. — Outro pensamento é de que somos apenas cidades em movimento de bactérias intestinais. Carregamos conosco mais DNA bacteriano do que o nosso próprio, não por tamanho, mas por unidade. Um alienígena pode não nos reconhecer da maneira como achamos que somos.

— Não tenho nem ao menos certeza se nos reconheço como nós — diz Amber.

— Estamos mudando constantemente. — Aponto o céu escurecendo. — À medida que as estações mudam, alguns de nossos genes ligam ou desligam. Geneticamente, nos tornamos organismos ligeiramente diferentes. Outras coisas também têm o poder de fazer isso. — Acho que não quero levantar minha pesquisa de eram-sapos agora. — A natureza nos controla mais do que queremos admitir.

Flagro Devon encarando o próprio reflexo no espelho do passageiro. Seus olhos estão fundos e sua pele é áspera por conta do vício.

— Isso é verdade. Isso com certeza é verdade.

Esse pedaço de introspecção não me traz conforto algum conforme dirijo para dentro da floresta e longe da civilização e segurança.

Capítulo 35

CAMINHOS ESCUROS

Estacionamos o Explorer em um acostamento logo após um pequeno lote em que uma singela pizzaria está localizada ao lado de uma minúscula loja de conveniência. Três quilômetros de estrada acima nos separam de um estacionamento de trailers.

Imagino que nem Amber nem Chelsea tinham interesse em um desses lugares.

Começamos a caminhar por uma pequena trilha. Amber lidera o caminho e Devon está dez metros atrás de mim, o que não faz com que eu me sinta melhor sobre a decisão de trazê-lo junto.

Fui tolo ao concordar em encontrar Amber ontem, sob circunstâncias tão duvidosas. Mas vir aqui com eles após o que aconteceu? Pura estupidez.

Uma mão está segurando o spray no bolso. A outra segura firmemente a pesada lanterna que levo na SUV. Possuo outras mais leves e mais modernas, mas que com certeza seriam menos eficientes ao serem usadas como um porrete.

— O que você e Chelsea estavam fazendo aqui? Colando velcro? — Devon provoca.

— Fugindo de babacas como você. — Amber para diante de um grande tronco de árvore no topo de uma colina. — Era aqui que nos encontrávamos. Provavelmente daria para ganhar uma grana recolhendo nossas latas vazias. — Ela chuta um pedaço de metal desbotado.

— Sem contar os vibradores — Devon diz, ainda em modo idiota.

— Pelo menos eles conseguem ficar duros.

Devon murmura algo sobre foder um túnel de trem e em seguida vai até uma árvore para mijar.

— Foi aqui que aconteceu? — pergunto.

Ela aponta para uma área plana colina abaixo.

— Ali. Vínhamos da direção oposta. Eu vi a sombra aqui em cima antes de ela começar a correr.

— Em quantas pernas? — Devon pergunta após subir o zíper.

— Duas, otário.

Ele me lança um olhar.

— Não foi o que ela disse inicialmente.

— Sempre falei que era um homem — ela explica a mim. — Ele pode ter se arrastado um pouco. Não sei, estava escuro.

— Você estava chapada — Devon adiciona.

— Não tanto. Não ainda.

Caminho na direção em que ela disse que Chelsea foi vista pela última vez. Há algumas pedras e troncos podres no solo. Pego um galho e o uso para revirar a terra.

Talvez fosse possível ver sangue se fosse areia ou algo mais poroso e seco. Para mim, parece ser apenas terra.

— O que deveríamos estar procurando? — Amber questiona.

Dou de ombros conforme levanto.

— Não sei. Uma camisa. A bolsa dela. Algo que indique que ela esteve aqui.

Amber e eu nos separamos e começamos a chutar através dos arbustos e pedras. Devon senta-se num tronco e nos observa.

Incerto do que buscar, pergunto:

— Você lembra o que ela estava vestindo naquela noite?

Amber joga uma lata de cerveja vazia para trás.

— Ela estava com um casaco azul na altura do joelho. Uma touca. Jeans.

Além de latas de cerveja e embalagens de doces, não há sinais de Chelsea.

Não tenho certeza do que estava esperando. *Um sapato ensanguentado que encaixasse no pé de uma Cinderela desaparecida? Uma confissão do assassino?*

Passamos a próxima meia hora procurando, enquanto Devon digita em seu celular.

— Obrigada pela ajuda — Amber diz ironicamente ao passar por ele.

— Estou aqui para garantir que você não seja estuprada e morta. — Ele acena na minha direção e dá um sorriso forçado. Amber também olha na minha direção.

— Talvez você estivesse com medo de a gente transar enquanto estivéssemos sozinhos aqui.

O sorriso de Devon desaparece.

— Ele não parece ser rico, mas vá em frente. Veja se eu me importo. Transe com quem quiser.

O bate-boca deles está me deixando desconfortável, então me distancio um pouco.

Continuo na expectativa de que um de nós terá um momento mágico no qual encontramos a pista que desvenda tudo. Não está acontecendo.

Embora pense que Amber tem o seu jeito de ser sincera, não acho que ela seja completamente confiável. Se eu soubesse que elas vieram até aqui para usar ácido, não tenho certeza se teria me esforçado para vir até essa cidade. Especialmente se soubesse que ia levar uma surra.

— Quanto tempo mais vocês querem continuar fazendo isso? — Devon pergunta.

— Até você nos deixar a sós para que eu possa chupá-lo.

— Jesus, cansei. Estou voltando para o carro. — Ele se vira na minha direção. — Pode me dar as chaves para que eu possa esperar dentro?

Não confio na situação. Temo que essa seja a última vez que verei Devon e meu Explorer. Ele tem sido amigável, mas eu não confiaria demais.

— Não — digo o mais vigorosamente que consigo. — Você é a última pessoa a quem eu confiaria minhas chaves.

Ele levanta o suéter e mostra o cabo de um revólver.

— Eu já estaria com as chaves se quisesse pegá-las de você. — Ele solta a camisa, escondendo a arma.

Minhas pernas começam a tremer. Tento não transparecer.

Amber corre para encará-lo.

— Jesus, Devon! Ele já acha que somos psicopatas e você ainda faz isso?

Devon levanta as mãos.

— Apenas quis provar um ponto. — Por cima dos ombros dela, ele diz a mim: — Não era uma ameaça, cara. Desculpe.

A tremedeira nas pernas diminui um pouco.

— Por que não nos ajuda?

— A procurar por algo que não aconteceu?

Amber fecha a cara.

— Você disse que acreditava em mim.

— Eu diria qualquer coisa para poder transar.

— Babaca. — Ela sai pisando forte. — Esse é o problema aqui, todos são uns merdas.

Está escurecendo mais, e começo a pensar que devo encerrar antes que as coisas se tornem mais tensas. Uma parte de mim ainda teme que tudo isso seja uma atuação e eles estejam armando para cima de mim. Depois da surra, o mundo parece um pouco diferente aos meus olhos.

— Você não consegue fazer alguma merda científica? — Amber pergunta.

— Não é um poder mágico — Devon zomba. — Talvez ele tenha uma daquelas lanternas ultravioletas do *CSI* na caminhonete. Tem?

— Não. Não sou um técnico forense... — Minha voz se esvai à medida que penso no que acabei de dizer.

Estava procurando por sinais de Chelsea – roupas, algum objeto que pertencesse a ela.

Talvez um cabelo em um galho ou algo do assassino.

O pensamento de procurar pela Chelsea em si não me veio à cabeça.

Fico pensando que seria como a cena de crime da Juniper, que foi encontrada deitada no chão. E se o assassino de Chelsea teve um pouco mais de tempo para preparar ou limpar as coisas?

Se ele não a levou consigo e não largou seu corpo por aí, ela tem que estar enterrada em algum lugar por aqui.

Há muito chão para verificar, de maneira que, mesmo que eu passasse o resto da minha vida tentando, podia ser que não a encontrasse.

Mas e se eu usar um dos meus poderes científicos?

— Você está bem? — Amber pergunta.

— Ele está pensando — diz Devon. — Ou se preparando para enlouquecer e te matar.

— Cala a boca.

A ficha cai.

— Sei onde procurar.

Capítulo 36

BIODIVERSIDADE

— Você nunca esteve aqui — diz Devon. — Ou já? — Sua mão vai em direção à arma.

Tenho a sensação de que ele é uma criança assustada e nervosa que tenta disfarçar seus medos com uma máscara de falsa coragem.

— Relaxa. Não. Apenas pensei numa merda científica. Vê aquilo? — Aponto minha lanterna a uma planta verde com pequenas flores brancas. — É uma *ninebark* malva. E aquela é uma *meadow-rue* ocidental. Essas são as caídas.

— Elas crescem em túmulos ou algo do tipo? — Amber questiona.

— Elas crescem em muitas coisas.

Devon agora aparenta estar interessado e começa a olhar em volta com sua luz.

— Aqui estão algumas *ninebark*. — Ele aponta para um pedaço de planta. — Aqui também.

— Achei algumas aqui — diz Amber.

Ando para inspecionar o que acharam.

— Bom. Bom.

— O que quer que a gente faça? — Devon pergunta.

— Continue procurando.

Após alguns minutos ele comenta:

— Elas estão por toda parte.

— A *meadow-rue* também — adiciona Amber.

— Eu sei. Estamos fazendo um levantamento. Vocês sabem a diferença, certo?

Ambos concordam.

— Certo. Vamos adicionar mais uma planta, então. — Aponto para uma grama branca com minúsculas flores brancas. — Essa é grama-de-urso. Cada vez que virem uma dessas, digam o nome. Entenderam?

— Vai ter prêmio? — Devon brinca.

— Veremos. É apenas um palpite.

Passamos a próxima meia hora dizendo nomes de diferentes plantas conforme as encontramos.

— *Ninebark*, grama-de-urso — Amber grita.

Ando até onde ela está. Atrás das grossas raízes de uma árvore.

— Continue.

Andamos colina abaixo em direção ao pequeno vale formado entre o cume, no lado mais afastado da estrada.

Mantemo-nos um no campo de visão do outro. As chamadas estão menos frequentes. Decido continuar um pouco mais.

— *Ninebark*, grama-de-urso e *meadow-rue*. Fiz uma trinca — Devon anuncia. — Esperto. O objetivo era manter nossos olhos no chão?

Corro na direção dele.

— Não. O objetivo era ver se encontrávamos as três juntas.

Todas as plantas selvagens estão aqui. Ele está parado em uma pequena área plana ao pé de um íngreme declive. Na colina há pedras soltas rolando pelo solo.

É um ótimo lugar. Muita erosão vinda de cima. Qualquer coisa enterrada aqui ficaria cada vez mais funda toda vez que chovesse.

Amber se junta a nós.

— É uma das coisas que crescem sobre pessoas mortas? — Ela não esconde o pavor na voz.

— Não saberia dizer com certeza o que um cadáver faria crescer, exceto, talvez, uma quantidade maior de algo já existente, caso estivesse em rápida decomposição e fertilizando as plantas próximas à superfície. Se estiver muito fundo, então duvido. Isso não faz parte da minha área.

Devon chuta as plantas com o pé.

— Então o que está buscando?

— Um sinal de que alguém esteve aqui. Que alguém estava cavando a terra.

— Essas plantas estão em toda parte. — Devon puxa um pouco de grama de urso.

— Sim. Mas em quais outros pontos as três estavam juntas?

— Nenhum.

— Por quê? — Analiso o chão em busca de qualquer coisa fora do comum. — Ou melhor, por que não estão crescendo juntas em nenhum outro lugar?

— Porque elas não se gostam — Amber responde.

— Exatamente. As plantas criam seus próprios herbicidas que matam espécies rivais. Mas leva certo tempo até que uma delas vença. Ao cavar um solo, o que você está fazendo, basicamente, é cultivar e criar um "cada um por si" para qualquer coisa que queira germinar aqui.

Devon vai direto ao ponto.

— O que temos aqui, então?

— Provavelmente nada. É apenas uma teoria.

— Vamos testá-la. Tem uma pá?

Não planejei isso.

— Não sei se devemos cavar aqui. — O pensamento de que Chelsea pode estar abaixo dos meus pés me causa uma sensação de ansiedade.

Amber intervém:

— O quê, então? Vamos até a polícia e dizemos que encontramos flores lindas? Melhor ir pra casa.

— Me dá as chaves — diz Devon. — Vou buscar a pá.

Entrego-as sem pensar muito sobre isso.

Conforme chega ao topo da colina, ele grita:

— Até logo, trouxa!

Eu me viro. Ele balança a cabeça e ri.

— Seja lá o que forem fazer, é melhor vocês se apressarem.

— Ele é tão babaca — Amber resmunga enquanto encara o chão.

Acho que sei o que está se perguntando: "Será que minha amiga está aqui embaixo?".

O comportamento idiota de Devon é um reflexo de seu nervosismo. Pode ser uma justificativa para Amber.

Uma triste justificativa. Enquanto as pessoas diziam que ela estava falando besteira, em sua mente havia a possibilidade de estarem certos.

Chelsea poderia estar por aí, vivendo uma ótima vida.

Se Amber está certa... se eu estou certo... Chelsea está apodrecendo logo abaixo dos nossos pés.

Sinto os ombros dela tocarem os meus e desajeitadamente coloco uma mão neles. Não sei o que dizer.

— Sinto muito que tenha perdido sua amiga — ela sussurra, provavelmente pensando na própria perda, também.

— Eu também. Queria tê-la conhecido melhor.

— Vocês são muito lentos. Ou muito rápidos — Devon zomba à medida que vem deslizando colina abaixo com a pá.

Ele vê as lágrimas nos olhos de Amber e cala a boca.

— Aqui? — ele pergunta, apontando para o chão.

Recuamos.

— Sim — digo. — Não faz diferença. Pode ser que esteja muitos palmos abaixo da terra. Provavelmente precisaremos cavar alguns buracos diferentes.

Ele recolhe uma pilha de terra, arrancando algumas plantas. Eu examino o solo, tentando entender como notar se havia sido danificado anteriormente.

Devon joga outra pilha de terra para o lado. Encho a mão e começo a cutucar com os dedos, procurando alguma pista. Isso pode durar uma eternidade.

Ele para de cavar.

— Quer que eu assuma? — pergunto.

Olho para cima quando Devon não responde. Ele encara algo. Amber caminha para trás dele e repentinamente enrola os braços em sua cintura.

Levou apenas três pás de terra no primeiríssimo lugar que decidimos olhar.

Sujo, mas tão claro quanto poderia ser, vemos um casaco azul que jaz ali, brilhante.

Amber enterra a cabeça no ombro de Devon. Eu olho para ele desacreditado. Ele cobre a boca e balança a cabeça.

— Merda. Puta merda.

Não tenho certeza qual de nós falou. Mas sei que todos pensamos isso.

Capítulo 37

VESTÍGIOS

Lembro-me de que estamos vendo apenas um pedaço de tecido azul. Não sabemos se é um casaco, muito menos se é de Chelsea.

— É dela? — Amber pergunta, como se eu e Devon soubéssemos a resposta.

Devon abaixa a pá e olha para mim.

Até esse momento tudo não passava de teoria. Conforme a realidade começa a se moldar, sinto uma estranha mistura de adrenalina da descoberta e horror.

Vim a Hudson Creek baseado em não mais que uma brincadeira, por conta de um palpite que teve como origem dados superficiais. Minha intuição e a MAAT pensaram que aqui havia algo que se encaixasse no padrão da morte de Juniper.

Agora encaro aquilo que pode ser uma prova. A parte analítica de meu cérebro está radiante; os neurônios que sentem prazer quando resolvo um Sudoku estão eufóricos.

Mas é o que penso que é?

É Chelsea?

Devon dá um empurrão no casaco com a ponta da pá.

— Devemos cavar mais?

Meu primeiro impulso é de que devemos ir direto à polícia. *Mas com o quê? A foto de um casaco no celular?*

Presumindo que poderíamos convencê-los a vir até aqui, algo que já não estavam entusiasmados em fazer antes, eu pareceria tolo se, no final das contas, aquilo fosse apenas um pedaço de tecido azul.

Há apenas uma solução.

— Temos que ver o que há embaixo.

Devon começa a se esticar para pegar o casaco. Eu aperto seu pulso para impedi-lo.

— Espera. — Já fiz isso mais de uma vez em campo e em laboratório, quando um aluno descuidado deixa a empolgação falar mais alto.

Retiro um par de luvas de látex da mochila e as coloco. Mantenho-as sempre em mãos para lidar com espécimes que poderiam me fazer algum mal, ou que eu pudesse matar através do toque.

Agacho-me e cuidadosamente pego o casaco. Seria melhor remover mais terra antes de puxá-lo, caso desabe. Isso se eu tivesse as ferramentas apropriadas.

Lentamente levanto o tecido, que começa a deslizar para fora da terra. Ele resiste por um momento, e tenho a enjoada sensação da percepção de que talvez Chelsea ainda o estivesse vestindo.

Gentilmente puxo o casaco um pouco mais. Um penetrante fedor flutua pelo ar.

Devon faz um barulho de engasgo enquanto se vira. Amber cobre a boca e recua, mas não tira os olhos do buraco.

Encontrei diversas coisas mortas em campo, mas esse é provavelmente o pior cheiro que já senti.

Puxo minha camisa sobre minha boca e nariz e retiro o casaco por completo da terra. Está em farrapos.

A princípio penso que está apenas se decompondo; então percebo cinco grandes rasgos no tecido.

Coloco o casaco de lado e noto que há algo branco-mármore embaixo.

Usando dois dedos como uma espátula, puxo a terra e revelo um antebraço, pulso e dedos.

— Porra — Devon sussurra.

Encaro o braço em silêncio, incerto do que deveria fazer agora. *Continuar cavando? Confirmar que é a Chelsea? Ter certeza de que não é uma brincadeira bem elaborada?*

Não. Isso é prova suficiente. Tem que ser ela.

Minhas dúvidas parecem bobas para mim mesmo até certo ponto, pois o que mais poderia ser? Mas, por outro lado, uma voz me diz que isso não pode ser real. Recusa-se a acreditar.

A empolgação de estar certo é obliterada pelo fato de que as coisas são muito mais sombrias do que eu poderia imaginar.

— Me passa a pá — digo a Devon.

— Vai desenterrá-la? — ele pergunta.

— Não. Vamos cobri-la novamente. — Retiro um saco de lixo da bolsa e o coloco sobre o corpo e, então, começo a jogar terra em cima.

— Por que está enterrando novamente? — Amber pergunta por cima das lágrimas.

— Temos que deixar a polícia fazer isso. Essa é uma cena de crime.

— Sim, mas por que está enterrando de novo?

— Para que os animais não cheguem até ela — Devon explica.

— Colocaremos o casaco dela num saco e levaremos conosco. Mas, por enquanto, temos que proteger isso.

Amber limpa o nariz na manga da jaqueta.

— Devemos ligar pro 190?

— Devemos levar o casaco de Amber lá — diz Devon. — Peça que Charlie nos encontre na delegacia. Será mais fácil do que explicar pelo telefone.

Coloco a terra de volta ao lugar e arrasto um tronco sobre o túmulo.

— Isso é para marcar o local e dificultar o acesso de animais.

Chelsea esteve lá durante todo esse tempo porque não foi desenterrada, mas agora que perturbamos o corpo e o aroma de carne apodrecida se espalhou pela floresta como sangue na água, todos os animais ao redor saberão que há algo aqui.

A luz começa a desaparecer, e estamos a menos de uma hora da mais completa escuridão.

— Acho que vou vomitar — diz Amber.

Sinto o mesmo.

— Voltem para o carro. Estarei lá em um segundo, após guardar o casaco.

Devon assente e escolta a namorada colina acima.

Após sumirem de vista guardo o casaco e, então, pego o tronco que eles me viram colocar sobre o túmulo e o arrasto até cerca de dez metros abaixo da vala.

Não confio neles, o que é natural, considerando as desfavoráveis circunstâncias sob as quais nos conhecemos. Não tenho motivos para pensar que fariam algo ao corpo, especialmente ao considerar o fato de que a polícia chegará em menos de uma hora, mas o cientista em mim está me dizendo para tomar precauções extras.

Quando retorno ao Explorer, Amber está nos braços de Devon.

— Podemos deixá-la em casa? — ele pergunta. — Pego a caminhonete e o encontro na delegacia.

É um pedido legítimo, mas me faz sentir melhor por ter movido o tronco.

— Claro.

A volta para a casa deles é silenciosa. Amber chora suavemente no banco de trás, lidando com a descoberta de que sua amiga realmente está morta.

Devon sacode a cabeça e murmura:

— Puta merda. Puta merda.

Capítulo 38

INFORMANTE

O estacionamento da delegacia de Hudson Creek está quase vazio a essa hora da noite. Há meia dúzia de veículos policiais estacionados e dois carros de civis. Por trás das portas de vidro, o saguão está brilhantemente aceso.

Pego o saco de lixo contendo o que suponho ser o casaco de Chelsea e caminho em direção ao prédio.

Tantas coisas aconteceram nos últimos dias. Tem sido uma estranha viagem que vai de ser o suspeito pelo assassinato de Juniper até a forma como fui ridicularizado na sala de reuniões no departamento do delegado do Condado de Filmount.

Felizmente, com sorte encontrarão, no local onde Chelsea foi enterrada, evidências suficientes para construir um caso e trazer justiça a Juniper.

Sinto um culposo prazer no pensamento da delegada Tyson percebendo seu erro e o detetive Glenn tendo que admitir que eu estava certo.

Tenho que manter em mente que isso não é uma disputa profissional sobre os resultados de uma pesquisa em uma publicação. Duas garotas foram assassinadas, e talvez muitas, muitas outras.

Meu objetivo é a pura verdade. Tenho que deixar meu ego de fora.

Piso na delegacia, e a sargento do balcão olha para mim. Ela deve ter pouco mais que trinta anos, com uma espessa postura de mulher da fazenda. Provavelmente poderia me vencer facilmente em uma briga. Há mais dois policiais sem uniformes sentados atrás dela, conversando. Um deles está com os pés em cima da mesa.

— Como posso ajudá-lo? — ela pergunta em um tom de pouco caso.

Apenas imagino os loucos com quem ela lida durante a noite.

Leio o distintivo com seu nome.

— Sargento Palmer, gostaria de relatar uma pista sobre o desaparecimento de Chelsea Buchorn.

Ela me examina por um momento, provavelmente percebendo o hematoma no meu rosto.

— Buchorn? Ela não se mudou? — Enquanto diz isso, pega uma prancheta e passa algumas folhas. — Ah, aqui está. Não sabia que havia sido classificada como pessoa desaparecida. — Ela abaixa o objeto. — E você diz ter evidências sobre um sequestro?

Coloco o saco de lixo sobre o balcão.

— Acho que ela foi assassinada.

Palmer olha para o saco e coloca a mão próximo à arma em sua cintura.

— Vou ter que pedir que se afaste do balcão.

Recuo.

— Desculpe. Sei que parece estranho.

— Sente-se ali no banco. — Ela aponta para uma parede do outro lado do longo balcão e, em seguida, chama os dois policiais que conversam livremente no canto.

— McKenna, Gunther, querem vir aqui?

Eles veem a postura de Palmer e saltam dos assentos para ver o que está acontecendo. McKenna é alto e ostenta um espesso bigode negro. Gunther é ruivo, menor e mais encorpado.

— Que foi? — pergunta McKenna, lançando um olhar suspeito para mim.

— Esse cara diz que sabe algo sobre o desaparecimento de Chelsea Buchorn.

— Pensei que ela tivesse se mudado — responde Gunther.

— Foi o que eu disse. — Ela levanta a prancheta para eles olharem.

McKenna a pega de suas mãos para ler.

— Acho que a polícia do estado a colocou aí. — Ele sacode a cabeça. — Precisam atualizar isso.

— O que você acha que sabe? — Gunther me questiona.

— Encontrei o corpo dela.

McKenna abaixa a prancheta.

— O que foi que você disse?

— O corpo dela. Acredito tê-lo encontrado. — Aceno em direção ao saco de lixo. — Acho que é o casaco dela.

Gunther se aproxima do saco.

— Quando diz ter encontrado o corpo, quer dizer que encontrou algo que acha que pertenceu a ela e acha que o corpo está perto?

À medida que diz isso, ele começa a abrir o saco, que solta o fedor de carne apodrecida.

— Ah, merda! — diz Gunther.

McKenna puxa um par de luvas azuis do bolso. Ele pega o casaco e o retira do saco.

Na absoluta luz branca da delegacia, percebo que o que achava que era terra é, na verdade, a mancha escura vermelho-amarronzada de sangue.

Gunther olha os cortes no casaco.

— Puta merda.

McKenna devolve o casaco à sacola.

— Onde encontrou isso?

— Perto da Rodovia 90. Tenho a localização no GPS.

McKenna amarra o topo do saco com um nó.

— Carole, ligue para o Steve Whitmyer. Traga-o aqui.

Ela pega o telefone.

— Gunny, arrume um mapa e peça para o senhor... Qual é mesmo o seu nome?

— Theo Cray. Professor Theo Cray. — Adicionei meu título numa tentativa de não soar excêntrico, mas acabei parecendo esnobe.

— Bom, professor, poderia anotar no mapa onde encontrou o corpo?

Gunther me encaminha até uma mesa. Ele vasculha uma gaveta e, em seguida, puxa um mapa.

— Então, como encontrou esse corpo? — ele pergunta enquanto procura uma caneta para mim. Seu rosto parece ter perdido a cor.

— Estava procurando por ele.

— Procurando? Quanto tempo durou essa busca?

— Uma hora, talvez? — Navego pelo mapa.

— Uma hora? Teve bastante sorte...

— Eu diria que sim, mas fazia uma boa ideia de onde deveria procurar. — Marco o ponto no mapa. — Também tive a ajuda de Amber Harrison e seu namorado, Devon.

Gunther não diz nada por um momento.

— Hum... Bom, marque no mapa. — Ele desliza um bloquinho ao lado do mapa. — Use isso para fazer as anotações que precisar.

Circulo a área e começo a escrever as especificidades sobre o tronco e como achar o corpo.

Gunther caminha para conversar com McKenna e Palmer. Uso o Google Maps para comparar a localização com o mapa que me deram.

Por cima dos ombros percebo que os três estão tendo uma pequena reunião; as vozes estão muito baixas para ouvi-los.

Amber e Devon já deveriam estar aqui. Também disseram que combinariam com seu amigo Charlie, o filho do comandante da polícia, para que ele nos encontrasse.

Envio uma mensagem a Amber.

Onde vocês estão?

Retorno às anotações sobre o corpo. Quando termino, McKenna está em pé ao meu lado.

— É isso?

— Sim. Ficaria feliz em ir e mostrar a vocês.

— Levaremos você até lá se não encontrarmos o corpo. Nesse meio-tempo, gostaria que relatasse tudo o que sabe ao oficial Gunther. Temos uma sala de reuniões por aqui.

Gunther me guia pelo corredor, e tenho um estranho *déjà-vu* sobre a primeira vez que fui guiado a uma sala para conversar com um policial.

Ele pensou que eu era um assassino.

A maneira como Gunther mantém uma cuidadosa distância e um olho observador em mim me faz perceber que não estou sendo tratado como um mero cidadão preocupado.

Ainda não tive resposta de Amber ou Devon.

Capítulo 39

CÚMPLICES

A tal da sala de reuniões se assemelha estranhamente a uma sala de interrogatório.

Há uma câmera no canto, exatamente como a última em que estive. Gunther destrava um armário e vira alguns interruptores. A luz vermelha pisca.

— Sou ruim em fazer anotações — ele explica, assentindo em direção à câmera. — Isso é apenas para entendermos, em suas palavras, como encontrou o corpo.

Embora ele esteja tentando ser amigável, passa por condescendente. Também há algo distante sobre ele. Ele não possui a suave habilidade de fazê-lo planar por uma conversa como o detetive Glenn.

— Primeiramente — ele pergunta —, como conseguiu o olho roxo? — Ele aponta uma caneta ao meu rosto.

— É uma longa história. — Não sei se agora é a hora de tentar explicar um caso de erro de identidade que começou com dois drogados pensando que eu tentava contratar uma prostituta.

Dois drogados que ainda não retornaram minhas mensagens...

O pensamento de que Devon e Amber estão de volta à casa ficando chapados me causa uma péssima sensação. *Cristo, é tudo de que preciso agora.*

— Temos algum tempo. McKenna está aguardando o detetive Whitmyer antes de partirem.

— Eu caí — respondo. Não é a verdade por inteiro, mas definitivamente me lembro de ter caído enquanto apanhava.

— Caiu? — Ele anota algo em um pedaço de papel. — Esse é o tipo de coisa que esposas me dizem quando os maridos bêbados abusam delas.

Estou tentando achar uma forma de mudar o tópico, mas felizmente Gunther deixa o assunto de lado e segue em frente.

— O que o faz ter certeza de que encontrou um corpo?

— Ah... esqueci. — Retiro meu celular do bolso e abro a foto que tirei. — Isso...

Gunther o toma de mim e encara a pálida imagem da mão branca.

— Você que tirou?

— Menos de uma hora atrás. Exatamente onde eu disse.

— Espera. — Ele levanta e sai da sala com meu celular.

Geralmente fico nervoso quando ele está fora de visão. A ideia de que meu celular esteja nas mãos de policiais suspeitos em um departamento de polícia corrupto enquanto me meto em não apenas uma, mas duas investigações de assassinato diferentes me deixa extremamente ansioso.

E se Amber e Devon responderem enquanto eles estão com o celular? A polícia pode olhar o que quiser, já que eu basicamente entreguei a eles?

Mesmo que legalmente não possam, não significa que não irão.

O detetive Glenn e companhia confiscaram meu celular e laptop. No entanto, nunca me perguntaram a senha.

Não há nada de incriminatório ali. Talvez alguns constrangedores e-mails pessoais e um histórico de navegação que provavelmente é esperado quando se vasculha o celular de um solitário rapaz na estrada. Nada estranho. Nada que levantasse suspeitas.

Estou tentado a levantar e ir atrás de meu celular. Relaxo quando sinto algo em meu bolso. Meu telefone pessoal.

Tirei a foto com o descartável que comprei na 88. Não há muito ali...

Não é bem verdade. A única coisa lá são minhas conversas com Amber. Mas já contei a eles sobre ela e Devon.

Pode ser que desconfiem do fato de ser um celular descartável, mas isso não pode ser mais incriminatório do que tudo que estou pronto para dizer.

Gunther retorna à sala e devolve o celular. A foto do cadáver ainda está na tela. Não que fosse difícil revirar tudo e depois voltar para essa imagem.

Ele desliza um cartão de visita para mim.

— Envie a foto e tudo o que tiver para esse e-mail.

Ele aguarda até eu terminar de enviar a imagem.

— Com certeza parece um corpo.

— Muitas pessoas inventam esse tipo de coisa?

— Você ficaria surpreso — ele diz simploriamente. Há algo sobre a forma como me observa que parece quase defensivo. — Então, como achou o corpo?

— Como falei. Estava procurando por Chelsea.

Ele faz uma anotação.

— Você conhecia a Chelsea?

— Não. Nunca a conheci.

— Você leu algo on-line? Trabalha para algum tipo de agência de pessoas desaparecidas?

— Não. Eu ensino bioinformática. Uso computadores na biologia.

— Não sabia que isso era especial. Pensei que todos usavam computadores.

Não consigo dizer se ele está sendo estúpido ou não.

— Bom, usamos simulações e processos especiais para compreender certas coisas. Foi assim que encontrei Chelsea, ou o corpo que acredito ser dela.

— E foi um computador que te contou?

Não estou preparado para entrar no funcionamento da MAAT.

— Tipo isso.

— Um computador te contou onde ela estava enterrada? — Ele não consegue esconder o ceticismo.

— Não. Não. Não exatamente. — Começo a ficar agitado. — O computador, digo, o programa, me informou que Hudson Creek seria um lugar de alta probabilidade para o assassinato de uma jovem mulher.

Gunther não diz nada. Apenas espera que eu complete a frase.

— Inseri todos os relatos de desaparecimento no computador e procurei pelos que poderiam ser assassinatos. Esse, o de Chelsea, era o mais próximo.

— Próximo de onde mora?

— Não. Sou de Austin. Estava em Filmount.

— Filmount? Onde a garota foi morta pelo urso?

— Sim. Ela era uma aluna minha, e eu não acredito que tenha sido morta por um urso. É por isso que vim até aqui.

— Pois acha que um homem matou essas garotas? Conhecia pessoalmente uma delas?

— Sim. Exatamente.

— Me dá um segundo. Deixe-me ver se Whitmyer está aqui. — Ele sai novamente da sala.

Verifico o celular por algum retorno de Amber ou Devon. Ainda sem resposta. Mando outra mensagem.

Vai causar má impressão se minhas duas testemunhas aparecerem chapadas.

Começo a ficar mais ansioso. *E se estiverem me evitando?*

No momento, meu maior medo é que o corpo de Chelsea não esteja mais lá. É angustiante deixar a evidência mais importante exposta dessa forma.

Não consigo imaginar por que Devon ou Amber esconderiam o corpo, embora tenha escondido a localização por não confiar neles.

Gunther volta segurando duas xícaras de café.

— Whitmyer, o comandante interino, acabou de sair para verificar o seu corpo. — Ele percebe o celular em minha mão. — Algum sinal de Devon e Amber?

— Estou tentando.

— Os dois não são dos mais confiáveis. Enviaremos alguém à casa deles.

Rezo para não estarem chapados.

— Então foi um computador que disse onde encontrar o corpo? Cara, é um aplicativo ou algo assim? Adoraria ter isso.

Ele acha que tenho um parafuso a menos.

Não o culpo. Paro e penso sobre o que disse. Estou surpreso por não estar algemado.

Tenho que esclarecer algumas coisas antes que isso aconteça.

— Amber me mostrou onde viu Chelsea pela última vez. Fizemos uma busca pela área procurando por traços de uma cova.

— Como um indicador?

— Não, no entanto teria sido útil. Procuramos por plantas diferentes que crescessem juntas, o que indica que o solo foi perturbado recentemente. Plantas criam seus próprios herbicidas para brigar por recursos. Eventualmente uma se apodera de uma pequena porção de terra.

— Não acho que tenham me ensinado isso na academia policial.

— Bom, se um de seus instrutores foi um professor de botânica ganhador de um prêmio Nobel que ensina pós-doutorado no MIT, então talvez tenha comentado isso. — Acho que acabei de ganhar o silencioso concurso entre nós para ver quem consegue ser mais estúpido.

— Que nada. Apenas nos ensinaram a usar spray de pimenta contra suspeitos e a estrangulá-los com o cassetete sem deixar marcas.

Não há humor em sua voz, apenas gelo.

Lembro-me de que dois de seus companheiros oficiais estão na cadeia, seu comandante é suspeito de envolvimento no tráfico de metanfetamina, e as pessoas daqui acham que possam estar "sumindo" com civis.

Forço uma risada, desesperado para dispersar a tensão.

— Então permita-me continuar com seu lado bom. Estou aqui apenas para tentar fazer a coisa certa.

Gunther permanece fixo. Apenas me encara.

Merda.

Uma batida na porta me faz saltar.

Palmer estica a cabeça para dentro da sala.

— Lawson acabou de ir para a casa de Amber e Devon, mas nenhum dos dois está lá.

— E quanto ao Charlie? — pergunto. — Alguém entrou em contato com ele?

— McKenna entrou. Charlie disse que não teve notícias deles o dia todo. — Ela me estuda por um momento e sai.

Droga. Amber e Devon são os únicos que podem confirmar como encontramos o corpo. Agora deram o fora.

Sem dúvidas, estão nervosos sobre toda a atenção que recairá sobre eles.

— Conte-me como conseguiu o olho roxo — Gunther não pede, exige.

Capítulo 40

PROBABILIDADE

Acontece que o oficial Gunther é um valentão. Já conheci o tipo antes. Minha política de conduta nesses casos é evitar o conflito e dar o que ele quer.

Dizer como consegui o olho roxo pode dificultar a situação de Devon e Amber. Estou chateado pelo que aconteceu e ainda sinto dor, mas tenho pena deles.

Também existe o fator complicador de explicar a razão de marcar um encontro com uma conhecida prostituta na situação mais duvidosa que se pode imaginar. Se alguém me contasse a história, eu mesmo não acreditaria. Claro, o professor solteiro só queria encontrar a jovem garota em um prédio abandonado para conversar...

Tenho que definir o limite com Gunther. Meu joelho treme em um ritmo frenético. Evitar que a tremedeira se espalhe consome todas as minhas forças.

— Como conseguiu o machucado? — ele pergunta novamente.

— Não estou aqui para falar sobre isso — digo fragilmente.

— Está aqui para conversar sobre o que eu perguntar.

Olho para a câmera.

— Acho que quero falar com um advogado agora.

— Você não foi acusado de nada.

Penso no fato de que outras pessoas verão esse vídeo.

— Ficarei feliz em falar com qualquer um, menos com você.

Seu rosto treme de raiva. Ele esperava me fazer falar algo que me complicasse de alguma forma. Eu estava tagarela. Não mais, porque ele é um babaca.

Gunther se afasta da mesa, empurrando-a com força o suficiente para que bata em mim.

Se ele é um dos policiais que não foram presos, eu odiaria conhecer os que foram.

Ele se levanta e se inclina sobre a mesa.

— Você se acha um espertalhão de merda? — Ele leva a mão ao bolso e retira um chaveiro.

É a chave que usou para iniciar a gravação da câmera.

Merda. Ele caminha para o escritório com as gravações.

— Todos viram quando você chegou aqui, todo machucado.

Porra. Porra. Porra.

Há uma batida na porta. Gunther vira a cabeça, irritado com a interrupção.

— Quê?

Palmer fala pelo vão:

— Whitmyer quer você no local.

— Mas que porra? Estou falando com a testemunha.

Ela gesticula para que ele saia da sala. Relutantemente ele vai até ela encarando-me ferozmente a cada passo que dá.

A porta está entreaberta. Consigo ouvir os sussurros.

— ... ele disse que encontraram um corpo.

— Então é mais um motivo para fazê-lo falar — Gunther rosna.

— Whitmyer disse especificamente para você deixá-lo em paz.

— Porra — ele resmunga, seguido do som de um punho contra a parede.

Ouço os passos fortes se afastarem.

Palmer entra.

— Você está bem? Posso trazer alguma coisa? — Ela é doce e educada. O contraste entre ambos é chocante.

Não sei qual é a política desse lugar e, por isso, fico intimidado a dizer qualquer coisa. Porém, não consigo evitar.

— Terei que falar com ele novamente?

Ela dá uma rápida olhada no corredor e retorna.

— Estivemos sob muita pressão ultimamente.

— Fiquei sabendo.

Ela abaixa a voz.

— Chelsea era prima dele.

Puta merda. Essas quatro pequenas palavras mudam o contexto de tudo o que acabou de acontecer. Gunther continua sendo um valentão babaca, mas agora consigo compreendê-lo um pouco melhor. Eu acho.

Palmer indica para que eu a siga.

— Vamos voltar à frente. Tenho que cuidar da delegacia. Todos estão no local.

Sento próximo a uma mesa repleta de fotos de suspeitos.

— Whitmyer disse que trará a perícia amanhã, logo pela manhã. No momento estão tentando isolar a cena.

— É ela? Chelsea?

— Não sei. Duvido que tenham tentado mexer na cova mais do que o necessário. Querem que a equipe de perícia faça uma escavação minuciosa.

Faz sentido. Estou acostumado com a visão de Hollywood de que toda delegacia possui um departamento de perícia completo disponível a qualquer hora do dia.

— Então você é algum especialista em ursos? — ela pergunta.

— Não. Sou biólogo, mas ursos não são minha especialidade. — *Nem de longe*.

— Ah. Tenho certeza de que explicou para o Gunny, mas como soube onde olhar?

— Baseado no depoimento de Amber e na busca por um tipo incomum de vegetação.

— Ah. — Ela pisca para mim, então deixa o assunto de lado e volta ao trabalho. Não tenho coragem de perguntar o que acontece em seguida, então apenas continuo sentado.

Aproximadamente uma hora depois, um homem de boa aparência que deve ter por volta de quarenta anos e veste um grosso casaco entra na delegacia.

Ele cumprimenta Palmer com a cabeça e se vira para mim.

— Sou Whitmyer, o comandante interino de polícia. Você é o cavalheiro que encontrou o corpo?

Levanto-me.

— Sim, senhor.

— Bom trabalho. Gunny me disse que é biólogo e procurava por plantas especiais que crescem sobre corpos.

Deus do céu. Eu deveria escrever um livro sobre o assunto.

— Basicamente — digo; estou muito cansado para explicar.

Ele se aproxima e aperta minha mão.

— Bom, obrigado. Ainda não confirmamos se é Chelsea. Mas eu diria que sim. — Ele assente em direção ao saco de lixo contendo o casaco no balcão. — É dela?

— Sim.

Ele lança um olhar a Palmer.

— Alguém pensou em colocar isso na evidência?

— Desculpe. McKenna simplesmente largou aí.

Whitmyer pega um par de luvas do bolso e desliza uma máscara sobre o rosto. Provavelmente deve ter usado esses objetos na cena do crime.

Ele cuidadosamente desamarra o nó de McKenna e espia dentro, voltando a selar rapidamente o saco.

— Carole, poderia providenciar que isso seja guardado?

Palmer leva o saco para o corredor.

— Parece que Amber e Devon deram o fora — ele diz.

— Por que fariam isso?

Whitmyer aponta para meu rosto machucado.

— Devon?

— Foi um erro de comunicação. Eu queria apenas conversar com Amber a respeito do que aconteceu com Chelsea, mas eles pensaram que era outra coisa.

Ele movimenta a cabeça positivamente.

— Quer prestar queixa?

— Não. Estou aqui somente para descobrir o que aconteceu com Chelsea e qual é a conexão desse caso com o de Juniper Parsons.

— A garota que foi morta em Filmount? Urso, certo?

— Acredito que não, e é por isso que estou aqui.

— Bom, deixaremos que a polícia do estado faça a perícia. Onde está hospedado?

— Na Pousada Creekplace.

— O lugar do Gus? Ele é um cara legal. Você estará aqui amanhã?

— Sim. Tenho que voltar a Austin em algum momento, mas ainda posso ficar por aqui mais alguns dias.

— Certo. Pegaremos um depoimento formal amanhã. Enquanto isso, vá descansar um pouco.

A calma e a conduta profissional de Whitmyer são um alívio. Uma voz sã em meio a toda essa insanidade.

Ele me acompanha até a porta da frente.

— Obrigado mais uma vez. Preciso ligar para a delegada Tyson e descobrir o que ela sabe. — Ele pausa. — Você conversou com ela em Filmount?

Sinto um calafrio percorrer meu corpo ao pensar nisso.

— Sim... não estavam muito interessados no que eu tinha a dizer.

— Tenho certeza de que isso despertará o interesse deles.

Tenho a sensação de que isso pode ser uma coisa ruim.

Capítulo 41

PARALISIA

Uma batida soa na porta do meu quarto às onze da manhã. Mesmo estando exausto, não consegui dormir muito. Passei parte da noite reunindo todas as minhas anotações e colocando-as em um pendrive para os investigadores.

Tratei como um relatório para uma revista científica. Quero que tenham uma clara compreensão da minha linha de raciocínio e da sequência de eventos que culminaram na descoberta do corpo de Chelsea – isso pode ser vital para minha liberdade.

Também coloquei alguns dados gerados pela MAAT e instruções de como usar a versão on-line do meu servidor. Tenho certeza de que o FBI e outras agências possuem ferramentas melhores e mais específicas, mas locais como Hudson Creek podem não ter acesso a elas.

Além dos dados de como encontrei Chelsea, reuni todas as informações sobre o padrão do assassino.

Esse deve ser um bom ponto de partida nas mãos de alguém que sabe mais sobre investigações criminais e perícia do que eu.

Sou apenas um homem e encontrei outra vítima em um dia. Com o envolvimento das forças policiais e superiores, podem pegar esse cara antes que eu volte a Austin.

Há dois e-mails perguntando por que perdi reuniões docentes. Envio breves respostas para indicar que estou ajudando em uma investigação criminal.

Digitar essas palavras traz uma boa sensação. Perseguir sapos e estudar comportamentos estranhos é uma coisa, mas lutar contra o crime, fazer diferença, é outra.

Fiz uma lista de tudo que devem se atentar no corpo da Chelsea. Apesar da sensatez convencional, aço inoxidável pode ser um viveiro de bactérias. Os peritos devem tentar cultivar a bactéria retirada dos ferimentos de Chelsea e Juniper, assim como amostras de referência do solo ao redor.

Se encontrarem uma cultura comum às feridas, mas não ao solo ou às partes não perfuradas dos corpos, é um sinal de que o assassino usou a mesma arma. Uma vez que o suspeito for encontrado, testar qualquer objeto afiado em busca da mesma bactéria o colocaria em ambos os lugares.

Reúno uma seção detalhando o procedimento laboratorial que eu usaria para adquirir resultados estatisticamente significantes. Também explico como os marcadores de DNA da cultura bacteriana podem ser usados para fazer uma identificação que vá além da espécie.

Talvez eu pudesse usar alguns dos dados dele para fazer predições mais específicas na MAAT para outros casos?

Poderia ser um projeto interessante. Da próxima vez que falar com Julian, plantarei a pulga em sua orelha. Ele provavelmente adoraria esse tipo de coisa.

Levanto da cama e atendo a porta. Há um policial parado. Um jovem rapaz com um distintivo que diz Wojtczak.

— Professor Cray?

Eu confirmo enquanto limpo o sono dos meus olhos.

— Pediram que eu o levasse até a delegacia. Querem um depoimento formal.

— Certo. Deixe-me pegar algumas coisas.

Ele aguarda pacientemente enquanto me troco e reúno as anotações.

— Então você é o cara que encontrou o corpo? Fiquei sabendo que descobriu um tipo de planta que cresce apenas sobre pessoas mortas.

Ah, a fofoca.

— Não é tão simples assim. — Jogo minha mochila sobre os ombros. — Alguma novidade sobre Devon e Amber?

— Ainda não.

— O corpo já foi exumado?

— Não que eu saiba. A perícia da polícia civil estava por toda parte esta manhã. Chegaram cedo. Acho que o médico-legista estava fazendo uma inspeção no local.

Fico contente que estejam procedendo cautelosamente. O local onde Chelsea foi enterrada pode render dados interessantes.

Ao chegar à delegacia, sou levado a uma sala de reuniões significantemente maior do que aquela onde Gunther me interrogou na última noite.

Congelo na porta ao ver que a delegada Tyson está lá dentro, sentada no lado mais distante da mesa, ao lado do detetive Glenn.

A cena dispara um doloroso flashback. Claro que deveriam estar aqui, mas o estresse de nossa última interação ainda me assombra.

Glenn olha para mim.

— O que houve com o olho, professor? — O tom é cordial.

— Longa história.

Oferecem-me um lugar para sentar na extremidade oposta da mesa.

Whitmyer entra na sala vestindo uma camisa polo com o logo da polícia de Hudson Creek. Suas botas estão sujas de lama. Ele provavelmente esteve lá durante toda a manhã.

— Professor Cray. — Ele aperta minha mão.

— É ela? — pergunto.

Ele dá um rápido olhar a Tyson, que corresponde ao seu olhar. Acredito que tenham algum tipo de acordo sobre como o caso será tratado. Fico feliz em vê-los trabalhando bem juntos.

— É, professor. É Chelsea Buchorn. Agora que já estão todos aqui, gostaria que nos guiasse pela série de eventos que o trouxe aqui. — Ele gesticula ao meu olho roxo. — Eu não deixaria nada de fora. Isso é sobre Chelsea e Juniper.

Explico a eles tudo que disse ao Gunther. Dou uma visão geral da MAAT e como ela me levou até Hudson Creek. Explico precisamente como encontramos o corpo e forneço algumas referências caso queiram checá-las.

É exaustivo. Algumas vezes me interrompem em busca de mais detalhes, mas não há dedos sendo apontados. Não há acusações.

Coloco o pendrive na mesa quando termino de falar.

— Está tudo aqui. Como encontrar o próximo, eu acho.

A delegada Tyson me observa detalhadamente durante todo o processo. Ela deixa que Glenn faça as perguntas. Ocasionalmente apontava algo em uma lista, mas não falou nada.

Quando finalmente fala, me deixa alarmado.

— Professor Cray, gostaria de me desculpar pela maneira como você foi tratado. Obviamente você estava sob muito estresse ao lidar com a morte de uma amiga. Deveríamos ter ouvido o que tinha a dizer.

Estou sem reação. Minha língua se enrola nas palavras.

— Obrigado.

Detetive Glenn levanta-se.

— Respeito sua perseverança. — Ele começa a aplaudir.

A sala inteira começa a bater palmas. É um momento surreal. Sinto um turbilhão de emoções.

— Apenas queria que Juniper não tivesse morrido. Nem Chelsea.

Whitmyer pega o pendrive e planta uma mão firme em meu ombro.

— Me certificarei de que uma cópia disso seja entregue para o Departamento de Vida Silvestre.

— Ótimo. Ótimo — respondo antes de perceber. — Espera. Departamento de Vida Silvestre? E as agências de segurança? — Eu olho ao redor da sala, confuso.

— Sei que isso é estressante para você — Whitmyer diz. — Conversei com a delegada Tyson e o detetive Glenn sobre o incidente anterior. É difícil lidar com o luto, mas ficaremos felizes em ajudá-lo em relação a isso. Temos alguns orientadores aqui. Dos bons.

Busco uma explicação no rosto deles.

— E quanto à investigação de assassinato? E quanto a pegar o assassino?

Whitmyer troca olhares com Tyson e Glenn.

— Theo, sei que não quer aceitar isso, mas foi um urso, assim como no caso de Juniper. Doutor Wilson, o médico-legista do estado, está retornando com o corpo neste instante. Ele afirma que todos os ferimentos são consistentes de um ataque de urso.

— Mas ela foi enterrada... — Minha voz passa a aumentar.

— Ursos fazem isso — diz Glenn. — E ela esteve lá durante muito tempo. Você mesmo apontou como a erosão pode ajudar a esconder um corpo.

Estou tendo flashbacks da última vez em que estive nessa situação. Ficar agitado apenas faria com que eu acabasse em uma cela.

Pela maneira como Tyson está me observando, posso dizer que ela está contando os segundos até que eu perca a linha.

Quero virar a porra da mesa e gritar. Não o faço.

Fico calmo.

— E o depoimento de Amber Harrison?

— Peguei o inicial — diz Whitmyer. — Estava extremamente chapada, e ela mesma mencionou a possibilidade de um urso.

— Ela está convencida de que é um homem agora — respondo, tentando manter o controle das minhas palavras.

— Talvez. Mas, mesmo que pudéssemos encontrá-la, um depoimento agora não teria tanto peso. Quão confiáveis são as lembranças mais distantes?

Não muito. Apenas balanço a cabeça.

— Mas farão um exame de perícia completo?

— Com toda a certeza. — Ele me dá um sorriso.

— E os dados que coletei?

— Eu mesmo vou verificar, mas me escute. O Departamento de Vida Silvestre pode aproveitar muito disso, então não jogue nada fora.

— Certo — digo suavemente. — Posso ir embora?

Whitmyer me escolta pelo saguão.

— Quero apertar sua mão. Obrigado.

— De nada.

— Longa viagem de volta. Partirá hoje mesmo?

— Se você não precisar de mais nada — respondo quietamente.

— Tenho certeza de que conversaremos muito pelo telefone.

Despeço-me e saio. Sinto seus olhos fixos em mim conforme observa o triste professor Dom Quixote se distanciar.

Não há mais nada que eu possa fazer.

Tentei.

Realmente tentei.

Hora de ir para casa.

Uma van encosta no estacionamento. Está marcada **MÉDICO-LEGISTA DO ESTADO DE MONTANA**.

Dentro está o corpo de Chelsea.

Não deveria me importar. Mas me importo. Deveria estar indo embora. Não estou.

Capítulo 42

RESSUSCITADOR

A ciência está repleta de pessoas que tiveram que contornar aquilo considerado socialmente aceitável. O físico romano Galen e o gênio do Renascimento Leonardo da Vinci foram obrigados a exumar corpos para poder entender melhor seu funcionamento. Essa transgressão permitiu que ambos fizessem descobertas que salvaram incontáveis vidas.

Digo a mim mesmo que estou tentando salvar vidas e que isso não é sobre provar que estou certo. Há um assassino à solta, e a sala cheia de pessoas da qual acabei de me retirar não consegue ver o óbvio. Tenho que me preparar psicologicamente para isso. Nada acontecerá se eu pensar muito sobre o assunto.

Por trás de uma SUV, observo dois homens em trajes de legista saírem da van e entrarem na delegacia pela porta dos fundos.

Se fosse qualquer outro tipo de van, eu jamais teria considerado isso. Se o corpo dela estivesse trancado em um necrotério por aí, para mim estaria tão distante quanto a superfície de Marte.

Mas a van que estou vendo é uma Dodge Sprinter, do mesmo tipo que é geralmente usado como ambulância. A Sprinter era o equivalente a um escritório para mim quando trabalhei como paramédico.

É a familiaridade que me faz sentir que isso não é uma invasão. Também existe o fato de que eu poderia ter coletado amostras do corpo de Chelsea quando a encontramos.

Não o fiz, pois pensei que os investigadores fariam um trabalho mais detalhado em rastrear seu assassino. Estava errado.

Eu não saberia abrir uma fechadura sem a chave se colocassem uma arma na minha cabeça. Felizmente, todas as ambulâncias Sprinter em que trabalhei tinham um botão secreto para abri-las caso você perdesse suas chaves ao atender um chamado.

Ficar preso para fora poderia custar vidas.

Não dá partida no veículo. Apenas abre as portas. Todas elas.

Na minha, o botão ficava na frente do pneu dianteiro, do lado do motorista.

Certifico-me de que não há ninguém por perto, então me aproximo do veículo e me estico em busca do botão.

Nada.

Tento o mesmo lugar no lado do passageiro. Meus dedos tocam algo de borracha. Eu aperto.

Click.

Minha pele formiga enquanto a adrenalina inunda meu corpo. É a sensação de resolver um complicado quebra-cabeça.

Contorno para a parte de trás da van e tento abrir a porta. O puxador levanta e abre.

Um indescritível sentimento de ansiedade cai sobre mim. Digo a mim mesmo para não hesitar e fazer o que é preciso.

Deslizo para dentro e cuidadosamente fecho a porta atrás de mim.

Segurando uma pequena lanterna com os dentes, coloco um par de luvas de borracha.

O saco do cadáver ocupa metade da van. A partir da forma abaixo da borracha negra, é possível perceber a silhueta da boca e dos membros desajeitados.

Agora não é hora de analisar a agonia pela qual ela passou.

Fiz dúzias de dissecações na escola. Com a exceção do grau de decomposição essa não deveria ser diferente de todas as outras.

Trouxe frascos de amostras na mochila, mas me esqueci de trazer uma máscara. Ugh. Isso vai ser desagradável.

Sem tempo para refletir sobre esse descuido, abro o zíper.

O cheiro é dominante. Tento evitar respirar.

Com exceção das partes cobertas por sangue e sujeira, o cadáver de Chelsea é branco como giz.

Encontrar um ferimento não é difícil. Existem tantos.

Seu corpo está repleto de cortes, como listras em um tigre.

Entendo por que acharam que isso foi um ataque animal. É tão brutal. Sua cabeça foi quase arrancada.

Vendo isso, começo a ter minhas próprias dúvidas.

Não há tempo para isso. Tenho que me lembrar de que a ciência me guiou até aqui. Não importa o que eu acho que vejo, existem ferramentas mais precisas para compreender o que houve.

Encho alguns pequenos frascos com sangue espesso e tecido de três ferimentos diferentes: um no pescoço, outro no braço e, por último, de um buraco logo abaixo do peito esquerdo, que rasgou sua camisa.

Observando os traços em alguns ferimentos, vejo o local onde o médico-legista coletou algumas de suas amostras.

Se eu quiser fazer meu experimento bacteriano, precisarei de uma amostra da pele de Chelsea em um local onde não há ferimentos.

Por baixo de sua calça jeans, onde um dos elásticos de sua calcinha ainda está firme, consigo uma amostra livre de sujeiras.

Isso deve bastar. Em algum momento precisarei de amostras do local da cova. Provavelmente está infestado de polícia agora.

Isso pode esperar alguns dias.

Alguns dias...

Tenho que voltar a Austin.

Talvez se eu dirigir para cá após a aula e voltar no domingo à noite?

Isso não é hora nem lugar para rever meu calendário acadêmico.

Enfio os frascos no bolso e fecho o zíper com cuidado.

Simples assim, ela está de volta em sua bolsa. Mesmo que o médico-legista soubesse que mais alguém coletou amostras, duvido que fosse capaz de dizer de onde.

Minhas luvas estão cobertas de sujeira e sangue seco, então as viro do avesso e as enfio em meu bolso.

O silêncio é tudo que ouço quando encosto o ouvido na porta para verificar se há alguém do lado de fora.

Tenho um momento de pânico quando não consigo encontrar a trava para abrir a porta. *E se essa van não pode ser aberta por dentro?*

Meus dedos apertam um puxador, e sinto uma onda de alívio. O pensamento de ficar preso com esse mau cheiro durante todo o trajeto até Helena é terrível.

Lentamente levanto o puxador e empurro a porta até conseguir me espremer para passar. Coloco um pé na calçada e sinto que algo está errado.

Sobre o odor da carne apodrecida de Chelsea, sinto cheiro de fumaça.

Quando me viro, vejo o oficial Gunther jogar um cigarro no chão e me encarar.

— Mas. Que. Porra. — Sua mão vai à arma. — Pro chão, agora! — ele grita.

Porra. Porra. Porra.

Capítulo 43
BODE EXPIATÓRIO

A psicologia humana é um conceito que consigo compreender de modo abstrato, geralmente após a passagem de um dado momento, mas há algo sobre a raiva nos olhos de Gunther e a maneira primitiva que suas narinas estão queimando que me dizem que ele está furioso comigo, e não apenas por me flagrar transgredindo. Há algum tipo de conexão entre ele e Chelsea que vai além do fato de serem primos. Eu violei isso.

Também percebo que em alguns momentos estarei no chão, algemado e prestes a encarar queixas por manipulação de evidências, assim como o que quer que exista sobre roubar materiais de um cadáver.

Minha pequena investigação, descobrir o que houve com Juniper, minha vida; tudo isso vai tomar outro rumo se eu não encontrar uma saída para essa situação.

Continuo parado e tento minha primeira opção.

— Só queria dar uma olhada nos ferimentos.

— Na porra do chão. — Suas palavras saem como saliva incandescente.

Ele saca uma pistola e a aponta diretamente para o meu rosto. Estou a um centímetro de um gatilho que pode ser puxado, fazendo com que uma bala atravesse minha testa, perfure meu crânio e deixe um círculo de cinco centímetros de diâmetro atrás da minha cabeça, explodindo meu cérebro.

— Posso encontrar quem fez isso...

Percebo que minhas mãos já estão levantadas. Psicologicamente, isso significa que já me submeti à sua autoridade. Ele me pegou fazendo algo errado, e eu fisicamente o admiti ao adotar uma postura submissa.

Se eu pudesse voltar alguns segundos no tempo, teria sorrido e não agido de maneira surpresa quando o vi – em vez de arregalar os olhos, parecendo um homem assustado, surpreendido, reproduzindo todos os gestos corporais de culpa.

Caso eu não me renda, em instantes ele dará um passo à frente e posicionará a arma contra minha cabeça enquanto usa as algemas para me prender. Ele é treinado para não atirar em alguém parado, mas alguém resistindo à prisão de qualquer forma que ameace sua segurança está dentro da regra.

Geralmente quando policiais matam pessoas desarmadas é porque percebem alguma ameaça conforme fazem contato físico, ou se assustam e o dedo escorrega, não percebendo quanta pressão já colocaram sobre o gatilho.

Alguns policiais portam armas com gatilhos pesados, de dois ou três quilos, de modo a dificultar disparos acidentais. Eu diria que Gunther parece um cara de meio quilo. Ele tem extrema confiança de que saberá lidar com uma situação. Os próximos poucos segundos determinarão isso.

Fico parado à medida que ele me circula, mas continuo falando.

— Há algo incomum nos ferimentos. Acho que estão deixando passar...

Ele alcança e agarra meu pulso direito e o empurra atrás de mim. Não resisto, sabendo que receberei o cano da arma diretamente nos rins.

Abordo uma tática diferente, tentando usar seu nome e um objetivo compartilhado.

— Gunther, podemos resolver isso tudo.

A algema prende firme em torno do pulso.

Droga. Ele não vai ser persuadido a me deixar livre, e está completamente comprometido. Sua fúria está sendo canalizada no que foi treinado para fazer.

Ele agarra meu pulso esquerdo e o empurra para minhas costas. Ao fazer isso, ele guarda sua arma, confiante de que conseguirá sacá-la antes que eu teoricamente adquira qualquer tipo de vantagem física sobre ele.

Agora é minha hora de agir. O que acontecer nos próximos segundos traçará meu destino.

As algemas são apertadas mais uma vez até cavarem a carne dos pulsos. Ele coloca uma mão em meu ombro, outra na corrente e me empurra contra uma parede.

Preciso dar um tiro no escuro. Percebi alguma coisa sobre Chelsea quando a examinei e também percebo em Gunther. Ambos têm a mesma testa grande e cor do cabelo. Fraca, mas presente. O tipo de traço muito visto em piqueniques familiares.

A reação de Gunther é mais do que um ato de proteção genética.

Foi uma reação exagerada. Foi vergonha.

Minha única saída é ir mais fundo.

— Sei o que fez.

Ele pausa por meio segundo enquanto me revista.

— Não direi a ninguém.

Ele levanta e para próximo à minha nuca. Consigo sentir sua respiração no meu pescoço.

— Que porra acha que sabe?

Não tenho motivos para pensar que ele teve algo a ver com o assassinato de Chelsea – embora tenha uma forte suspeita de que ele saiba que tem uma relação com o motivo de ela ter se tornado tão vulnerável.

É isso que tenho para atacá-lo.

— Sei que era sua prima.

Ele dá um tapa nas minhas costas, arremessando-me na parede.

— Mantenha essa boca fechada.

Isso não é negação. Sua reação é uma confissão de que essa conexão o envergonha. Se dizer isso causou essa atitude, o que estou prestes a dizer vai realmente provocar uma retaliação.

Protejo-me, então digo:

— Sei que transava com ela.

BAM! Ele chuta a parte de trás do meu joelho com a ponta da bota, e cambaleio. Uma fração de segundo depois, ele agarra meu pescoço e me dá uma rasteira.

Bato no concreto e sinto a dor instantaneamente. Mas isso não é o suficiente. Nem de perto.

— Você comia sua prima e a transformou em uma vadia.

— Cala a porra da boca! — BAM! Ele encaixa um chute no meio das minhas costas. Retorço de dor e vejo seu rosto brilhando em vermelho. Há uma veia inchada em sua testa, a mesma testa que compartilha com Chelsea.

Faço uma rápida matemática.

— Quantos anos sua prima tinha quando você a comeu pela primeira vez? Catorze? Quinze?

— Você se acha engraçado? — Ele agacha e me dá um tapa na cara. O impacto é tão grande que o sinto na mandíbula.

Mas ainda não é o suficiente.

Forço um sorriso falso, dando um alvo para sua fúria.

— Digo, transar com um membro da família era uma responsabilidade sua, ou você simplesmente gosta de foder garotinhas?

O primeiro soco na cabeça me faz ver roxo e vermelho.

O segundo faz meu pescoço desistir, e meu crânio racha no pavimento.

Minha última surra foi de amadores. Essa vem de um sádico treinado.

O próximo golpe é tão pesado que nem o sinto quando desmaio.

Capítulo 44

IMPACIENTE

Sei que estou em um hospital. Quando, onde e por que são mistérios para mim. Uma médica de cabelos castanhos, óculos rosa e com leves rugas em um rosto bronzeado aponta uma luz aos meus olhos.

Ela tem um lindo rosto, mas o sentimento de vulnerabilidade que ela provoca em mim é mais forte do que qualquer tipo de atração. Quero que ela cuide de mim, o que suspeito que esteja fazendo.

— Theo? Está acordado?

Ela me diz algo mais, mas meu rosto irrompe em uma explosão de dor quando tento falar.

— Não diga nada. Sua mandíbula está sob cuidado.

Olho meus pulsos para ver se algum deles está acorrentado à cama.

Não estão.

Isso não significa que eu não esteja preso, mas teria a certeza absoluta de que estava se tivesse sido algemado.

Observo a sala, tentando ver onde estou.

— Este é o Hospital Blue Lake — diz a médica. — Você está aqui há dois dias. Teve sorte em ser encontrado pelo oficial Gunther. Ele passará aqui depois para pegar um depoimento sobre os homens que atacaram você.

Então essa é a história, e Gunther virá para se certificar de que vou confirmá-la.

Não tenho lembranças do que houve após o último soco, embora consiga imaginar.

Gunther provavelmente retirou as algemas, me colocou em sua viatura e me trouxe a esse hospital. Eu apostaria que não é o mais próximo da delegacia.

Essa era a situação que eu estava tentando criar. Se ele tivesse me prendido, eu estaria seriamente encrencado e pegaria pena de prisão. No entanto, não esperava que a surra fosse tão cruel.

A que levei de Devon e companhia tinha o objetivo de assustar um forasteiro. A porrada do oficial Gunther foi fruto da mais pura fúria. Quase primitiva.

Por um breve segundo tive um vislumbre do que Juniper e Chelsea viram em seus últimos momentos, exceto que imagino que o delas foi, com certeza, muito mais assustador. O meu foi meramente brutal.

— Apenas balance levemente a cabeça caso se sinta alerta o suficiente para que eu possa informar o que está havendo.

Obedeço. Ela traz uma cadeira para perto da cama para se sentar. Sua identificação diz dra. Talbot.

— Você teve a mandíbula deslocada. Voltou para o lugar com certa facilidade. Nada está quebrado, mas quero mantê-lo estabilizado por mais um dia. Ficará inchado por mais alguns, e não recomendo que coma nenhum tipo de lanche tamanho família por um mês. Entendeu?

Balanço a cabeça novamente.

— Você tem uma fratura na cartilagem costal. Vai doer por um tempo, mas deve curar por conta própria. Seu rosto está bem machucado, mas seus atrativos devem voltar, se você tinha algum. Se não, agora é uma boa hora para pensar sobre aquela cirurgia plástica no nariz. — Ela me dá um sorriso. — Então, o prognóstico não é nada permanente, mas seu corpo todo ficará dolorido por um tempo. Vou fornecer alguns remédios para a dor de curto período, e dentro de alguns dias veremos como você está. Recomendo ibuprofeno ou cerveja após isso.

Levanto a mão em frente ao rosto e toco a palma.

— Quer um espelho? Acha que dá conta?

Confirmo. Ela puxa um pequeno espelho de mão da gaveta da mesa ao lado da cama e o segura em frente ao meu rosto.

Minhas bochechas são caroços carnudos de roxo e amarelo. Há uma longa linha azul no meu queixo cercada por vasos sanguíneos rompidos.

Como paramédico, vi o resultado de muitas surras. Somos quase capazes de deduzir como o incidente ocorreu a partir do trauma infligido. Brigas de bar resultavam em muitos ferimentos no olho em volta das órbitas e costelas quebradas quando o agressor tinha a vítima no chão e alternava chutes, basicamente o que houve comigo quando os amigos de Amber descarregaram em mim.

Em chamados de violência doméstica, eu costumava perceber diversos vasos rompidos pelo rosto, já que o agressor daria tapas e mais tapas na vítima. Tapas eram uma forma de reação punitiva, não defensiva. O objetivo é causar dor, enquanto um soco busca incapacitar.

Após Gunther me socar, ele começou a me dar tapas. Cutuquei uma ferida profunda e pessoal. Não foi apenas por humilhá-lo pelo envolvimento sexual com Chelsea; atingi algo mais, a raiva impotente. Ele não pôde estar lá para protegê-la, uma garota que ele ajudou a tornar vulnerável. Em vez disso, desviou toda essa energia para mim. Quando caí no chão, inconsciente, e Gunther abriu os punhos para me dar tapas, não acho que estava vendo meu rosto. Poderia ser o seu próprio ou, perversamente, o de Chelsea.

Talbot toca meu joelho.

— Vou deixá-lo descansar mais um pouco. Posso remover o curativo da cabeça mais tarde, caso o inchaço diminua. Você se cura rápido. Tente continuar assim.

Encaro as cortinas quando ela sai. A luz do dia escoa através de galhos oscilantes, criando um padrão hipnótico conforme o vento os balança. Através de uma minúscula brecha, consigo ver, à distância, o enevoado pico de uma montanha.

Estou em um sereno lugar mental por conta dos analgésicos. Se eu não mexer a boca, quase consigo esquecer o trauma pelo qual meu corpo passou. Melhor aproveitar enquanto posso. Nos próximos dias, será torturante.

E, após isso, o quê?

Capítulo 45

PARTIDAS

Estou fazendo anotações em um bloquinho amarelo gentilmente providenciado por Talbot, após perceber que eu não havia tocado no controle da televisão.

Tenho pensado num tipo de equação, uma versão simplificada da MAAT. Encontrei o corpo de Chelsea consideravelmente rápido uma vez que compreendi como reduzir a área de busca para encontrar solo recentemente alterado. Isso funcionou muito bem nessa parte de Montana, embora eu não saiba como a flora local colaboraria em outras áreas.

A equação é mais um programa, uma árvore de decisão do tipo se/então. Começa com o cálculo da probabilidade de haver uma pessoa desaparecida que se encaixa no perfil vulnerável e comparando-a com informações geográficas e densidade demográfica. Em teoria, eu poderia alterar algumas variáveis e aplicá-las em outros lugares. Em vez de buscar variações na vegetação, posso usar dados topológicos para calcular qual local um assassino pode julgar ser remoto e, ao mesmo tempo, acessível o suficiente para esconder um corpo. Especialistas forenses usarão sondas de metano para procurar corpos em decomposição. Também é possível utilizar um sonar para investigar a densidade do solo e imagens térmicas em certas horas do dia. Um corpo enterrado perderia calor, diferentemente da terra que o cerca.

Outra opção é usar lasers que mapeiam o ambiente 3-D. Se tivesse a oportunidade, adoraria ver se há algum tipo de irregularidade do mesmo tamanho de um corpo. Isso poderia ser estatisticamente relevante ao fornecer outra maneira de varrer uma grande porção de território em pouco tempo.

Alguém na porta, e a cabeça da dra. Talbot surge.

— Ótimo, você acordou. Vamos dar uma olhada nessa sua fuça.

Ela se senta na beira da cama e gentilmente sonda os contornos do meu rosto. Estou fascinado com seus olhos. Ela claramente está fazendo uma análise médica, mas há uma óbvia solidariedade ali, não necessariamente a mim enquanto pessoa, mas por meu corpo, por mim enquanto paciente.

— Vejamos aqui. Pisque se doer.

Ela traceja os dedos pelas linhas do meu queixo. Há uma leve dor, mas nada como ontem. Não pisco.

— Ótimo. Vou tirar esses daqui.

Ela desenrola os curativos que apertavam minha mandíbula e os coloca de lado.

— Certo, abra a boca, devagar. Pare quando sentir dor.

Consigo uma boa distância entre os dentes antes de sentir algo agudo no fundo da boca. Paro ali.

Ela mede a distância entre meus dentes com uma pequena régua.

— Não é a melhor ferramenta científica, mas meu pai era veterinário e essa técnica funcionava muito bem para ele. A boa notícia é que agora você já vai poder parar de comer com um canudo e passar para qualquer coisa que caiba numa colher. Enviarei um pouco de sopa. Tudo bem?

— Sim, senhora — respondo com voz arranhada.

— Vamos pôr alguns líquidos em você. Nesse meio-tempo, temos um visitante especial.

Olho em direção à porta, na esperança de ver Jilian entrar. Em vez disso, é o oficial Gunther que aparece.

Meu corpo inteiro treme por um momento. Não sei se é um alto nível de resposta ou algo da memória muscular. De qualquer forma, sinto meu estômago fechar e fico gelado.

— Olha quem é, Theo. O homem que o resgatou. — Talbot me dá um acolhedor sorriso e um aperto no ombro. — Aposto que está feliz em vê-lo.

Olho para Gunther e concordo.

— Você não faz ideia do quanto.

— Vou deixá-los a sós para que possam resolver isso. — Ela se levanta e caminha até Gunther. — Tão gentil da sua parte visitá-lo.

— Sim, senhora — ele responde, desconfortável.

Para ser sincero, estou aliviado por ele não ter mentido novamente. Isso me faria suspeitar de que fosse um sociopata. Em vez disso, ele apenas aceitou o elogio de maneira desconfortável, tentando não olhar para meu rosto machucado.

Ele fecha a porta atrás dela e se senta no canto. Olhos ao chão, postura frouxa. Ele não quer me encarar e ver o dano que causou ao meu rosto.

— Você não deveria estar naquela van — ele diz, após um silêncio desconfortável.

Nesse momento ele está enfrentando suas ações, tentando decidir se fez a escolha errada ao não me prender.

— Eles não encontrarão o assassino de Chelsea — respondo.

— Como você sabe?

— Vi o que houve com minha amiga Juniper. Eles vão fazer a mesma coisa que fizeram no caso dela, tudo de novo.

Aliviado por essa conversa não ser sobre o que ele fez a mim, ele finalmente faz contato visual.

— Você não sabe de nada sobre mim e Chelsea.

— Acho que você se importava muito com ela. — Deixo de fora que ele também está muito envergonhado pelo que ela se tornou.

— Eu era como um irmão pra ela. Seus pais eram ausentes, e eu tinha que cuidar dela. — Ele pausa. — Quando ficou mais velha...

É uma cidade pequena. O número de mulheres disponíveis é muito limitado. É o motivo de o casamento entre primos de primeiro grau se tornar um padrão em muitas partes do mundo – isso e o fato de tornar a retenção de propriedades mais fácil em sociedades em que o ganho de uns representa necessariamente a perda de outros.

— Quando te vi saindo de trás da van... Mas que porra, mano? E então você começou a falar e simplesmente não calava a boca. Que diabos estava fazendo ali?

— Procurando por bactérias e amostras capilares.

— Eles fazem toda essa merda de ciência no laboratório do estado.

— Não da forma que eu faço. Estão vinte anos atrás das ferramentas às quais tenho acesso.

— Ah, é? Quão eficientes serão essas ferramentas no tribunal?

— Não ligo para tribunal agora. Quero encontrar um assassino.

— Tá falando sério?

— Sério o suficiente a ponto de falar merda para que você me desse uma surra em vez de ser expulso do estado e não ser capaz de acabar o que comecei.

Ele balança a cabeça.

— Sabia que estava tentando me enfurecer.

— E estou aqui, e não na cadeia.

— Você ainda pode ir pra lá.

Aponto para meu rosto danificado.

— Você poderia ter dito que eu estava resistindo à prisão e provavelmente se safaria. Mas agora não mais. Você era minha válvula de escape da cadeia.

— Talvez. Talvez não. — Ele se levanta. — Trouxe algumas de suas coisas. Sua mochila está no armário.

— Agora é a hora que você me manda embora da cidade?

— Estou pouco me fodendo para o que você vai fazer. Apenas me deixe em paz. Há algo estranho em você.

Não brinca.

Depois que ele sai, canalizo toda a energia em meu corpo em um esforço para sair da cama. Enquanto minha força está presente, os remédios para dor me desequilibram um pouco. Acho que pularei a próxima dose de comprimidos para ver como me saio.

Retiro minha mochila do armário para pegar meu laptop. Quando abro o zíper, um saco plástico de evidências repousa sobre minhas roupas.

Dentro dele estão as amostras que retirei do corpo de Chelsea.

Ele as deixou para mim.

Capítulo 46
ACADÊMICO

Fecho os olhos e abro a boca o suficiente para poder comer uma garfada de torta de cereja. O fundo da minha mandíbula parece um triturador de metal atacando as extremidades dos nervos, mas resisto tempo suficiente para levá-la à boca e, então, recuo o garfo rapidamente.

A crosta encosta primeiro na minha língua, seguida pelas cerejas azedas, e então uma avalanche de creme cobre tudo conforme a mistura se revira em minha boca. A dor começa a se dissipar em um rugido abafado conforme me concentro no sabor.

Quando abro os olhos, Jilian havia deslizado para o assento próximo a Gus. Ambos estão lançando o mesmo olhar curioso para mim.

— Gostaria que eu colocasse no liquidificador para você? — ela pergunta.

— Talvez preferisse ficar a sós com essa torta? — diz Gus.

— Peço perdão. É a minha primeira comida sólida em dias. — Recolho mais um pedaço. — Está deliciosa, Jilian.

— Mas dói comê-la.

— Apenas quando abro a boca, mas vale a pena.

Ela se estica e toca minha mão.

— Então continue mandando pra dentro.

Percebo a ponta dos seus dedos demorando sobre minhas articulações, e então deslizando mais, acariciando os espaços entre meus dedos. Não sei se foi proposital, mas certamente foi sensual enquanto durou.

Ela dá uma longa olhada em meu rosto.

— Não acredito que não pegaram os animais que fizeram isso com você.

Estou extremamente desconfortável em mentir para ela e Gus, mas não quero começar nada que já está acabado.

— Tenho certeza de que foi somente um caso de confusão de identidade.

— Pena que você não conseguiu dar uma boa olhada neles.

— Sim. Pena.

Flagro Gus lançando um rápido olhar a Jilian e em seguida voltando a mim.

— Então, doutor Cray, veremos você novamente nessa mesa no futuro?

— Eu deveria retornar à universidade na segunda-feira. As aulas estão para começar.

— Aposto que mal pode esperar para voltar — diz Jilian.

— Sim... — Uso meu garfo para raspar o recheio de cereja pelo prato. A imagem assemelha-se aos cortes que vi no corpo de Chelsea, e eu perco o apetite. — Mas tenho pensado em não voltar imediatamente. — Aponto para o rosto inchado. — Acho que meus alunos não precisam ver isso logo no primeiro dia de aula.

— Você pode faltar assim?

— Claro. É um curso de calouros. Há diversos substitutos que podem lidar com esse tipo de coisa.

Isso está longe de ser verdade. Talvez eu consiga que meu departamento assine uma ausência de um dia ou dois caso eu consiga alguém para me substituir, porém faltar mais que uma semana no início do semestre é pedir por demissão.

Estive tentando pensar sobre o que faria e minha boca acabou de me dizer, mais ou menos. Talvez fosse o jeito como Jilian perguntou, ou talvez seja a imagem do cadáver de Chelsea e o pensamento de que o assassino de Juniper ainda está à solta.

Terei que notificar a universidade de que não estarei presente no início do semestre. Vejo um relance do meu rosto no reflexo do suporte de guardanapos e percebo que o oficial Gunther pode ter feito outro favor para mim.

Dra. Bacall, minha chefe na faculdade, é uma elitista da cidade grande que pensa que o resto do mundo está repleto de lugares remotos e primitivos homens das cavernas. Tudo que devo fazer é enviar um e-mail para ela explicando que fui atacado por algum louco e anexar algumas das fotos tiradas na cama do hospital.

— Então, Gus, você acha que consigo ficar com o quarto por mais uma semana mais ou menos?

— Podemos combinar alguma coisa. Talvez consiga um desconto se me ajudar com algumas coisas.

Vejo um fraco sorriso no rosto de Jilian.

— Bom. Tenho algumas mesas para atender. Fico feliz em saber que ficará por mais um tempo.

Gus a observa ir embora e se vira para mim.

— Quais são seus planos para essa situação?

— Situação?

— Será possível que você precise de um microscópio para enxergar qualquer coisa? A moça gosta de você.

— Ah. Ela é ótima. Mas não ficarei por tanto tempo.

Ele encara o teto e balança a cabeça.

— Você é a pessoa inteligente mais burra que já conheci. Isso é parte do motivo de ela gostar de você. É só um lance, nada de romance a longo prazo. Uma feliz convergência que dura tempo suficiente.

Olho apreensivamente sobre meus ombros para me certificar de que ela não está no alcance de escuta.

— Não estou aqui pra isso.

— Fique à vontade. Então por que está aqui?

— Para encontrar quem matou Juniper e Chelsea.

— Isso é tudo? Mil oficiais de segurança e você será o escolhido para encontrar o assassino?

— Mil oficiais e nenhum deles acredita que há um assassino. Estou começando a achar que talvez o assassino não seja tão difícil de encontrar, uma vez que eu saiba onde procurar.

— Então o quê?

— O que quer dizer?

— Você encontra o tal assassino. Então o que acontece? Você o prende? Vai aos jornais? Você o mata?

— Jesus. Não sou o Batman. Eu... Eu não sei. Conto à polícia.

— A mesma polícia que acredita que você é louco e que acha que há uma epidemia de ursos assassinos?

— Não sei.

O modo como Gus me encara faz com que eu me sinta uma criança.

— Isso não é uma pesquisa. Não vai acabar com uma conclusão e um gráfico. Você está falando sobre encontrar um assassino e dizer ao mundo quem ele é. Durante o trajeto, você revirará pedras que não desejam ser movidas. Olhe para seu rosto.

— Não sei do que está falando...

— Que seja. Um dos namorados de Chelsea veio atrás de você? Alguém ficou nervoso quando você disse que encontrou o corpo?

— O que está dizendo?

— Eu falei para você que este lugar é uma ferida decadente. Você levou porrada duas vezes apenas por fazer perguntas. O que acha que vai acontecer quando você começar a chegar mais perto?

— Não sei.

— Esse é o problema, Theo. Você enxerga apenas aquilo em que está focando sua atenção. Você consegue rastrear a trilha do urso até o urso. Então o quê?

— Apenas terei que ser cuidadoso.

— Você tem falhado nisso. Quer meu conselho? Vá flertar com Jilian. Leve-a para jantar amanhã, depois ao cinema. Se ela conseguir olhar sua fuça inchada, dê um longo beijo nela e diga que ela é uma mulher atraente. Então, retorne para a universidade e seja um professor na segunda de manhã. Talvez um dia você escreva sobre como encontrou o corpo de Chelsea. Fim da história.

— Não posso abrir mão — retruco. — Primeiro Juniper. Agora Chelsea. Quem mais está lá fora? Que tipo de homem eu seria se apenas fosse embora?

— Um homem vivo.

— Estive passivo por tempo demais.

— Se ficar, o professor deverá partir.

— O que isso significa?

Gus aponta seu dedo diretamente ao meu rosto.

— Você é a porra de uma vítima. Um lento acidente esperando para acontecer. Para ser sincero, não duvido que você seja capaz de encontrar esse assassino, e é isso que me assusta. Tenho medo de que você vá atrás de alguma pista e seja essa a última vez que ouvimos notícias suas. Se estiver certo sobre quem ou o que fez isso, então não haverá um corpo. Não haverá uma cena de crime. Você será apenas mais um para as estatísticas. — Ele assente em direção a Jilian. — E toda noite eu e ela estaremos sentados aqui olhando pela janela pensando sobre o que aconteceu com você, sabendo que você está morto e enterrado no meio do nada.

— Você disse que, se eu ficar, o professor deve partir. O que quis dizer com isso?

— Aqui não é lugar para um acadêmico. Se resolver ficar nas redondezas, precisa pensar como um caçador. Você não é mais um observador.

— E como faço isso?

— Para começar, vou te dar uma espingarda. Também precisa começar a carregar uma pistola. Praticaremos a pontaria para garantir que você não se mate. E amanhã de manhã vou acordá-lo para lutarmos um pouco. Estou enferrujado, mas acho que sou capaz de ensinar alguém tão confuso quanto você a bloquear um soco melhor do que o que você tem feito.

— Agradeço por isso.

Gus balança a cabeça.

— Apesar de não ser o suficiente. A única forma de parar de ser uma vítima é pensar como um assassino. E não acho que você possua tal dom.

Capítulo 47

ESTATÍSTICAS BAYESIANAS

Cinco dias depois o sol está banhando o oeste do vale, esculpindo extensas sombras a partir da fraca luz laranja, enquanto cravo minha pá no chão e começo meu quinto buraco, dizendo que será o último de hoje.

Dois anos atrás, uma denúncia de desaparecimento foi feita para uma garota de dezenove anos chamada Summer Osbourne. Ela morava na cidade de Silver Rock, a cinco quilômetros de Hudson Creek. Meu programa isolou essa área como sendo altamente provável para a presença do assassino.

Summer não parecia estar tão abaixo na cadeia social quanto Chelsea estava, o que torna seu desaparecimento ainda mais suspeito.

Desviei o caminho para ver se Chelsea foi apenas um acaso ou se a MAAT realmente havia encontrado algo. No fundo sei que não é um acaso, mas o cientista em mim diz que devo verificar minha própria hipótese.

Quando a MAAT colocou uma grande bandeira vermelha aqui, decidi averiguar se havia algum relato de desaparecimento que se encaixasse no perfil. Foram seis nos últimos dez anos, e Summer foi a mais recente.

O outro motivo que me levou a fazer isso é a consciência de que o caso de Chelsea não vai a lugar algum. Não há nenhum senso de urgência. Emitiram um relatório preliminar de um possível ataque de urso ou leão da montanha e enviaram seu corpo para Bozeman para mais análises.

Cansei de ser o cara louco que aparece em delegacias com uma história maluca sobre um assassino que faz crimes parecerem ataques de animais.

Meu objetivo é apenas coletar o máximo de evidência que conseguir. Nesse instante, isso significa encontrar outro corpo.

Dou uma pausa na escavação e observo o bosque ao meu redor. Estou a apenas sessenta metros da rodovia, mas a sensação é a mesma que se estivesse a mil quilômetros.

A espingarda de Gus descansa em um saco de pano dentro do meu alcance, e sua pistola está enfiada no meu cinto. Não precisei convencê-lo a me emprestar ambas as armas.

Para minha segurança, gastei uma caixa de munição para garantir que ainda sabia manejar uma arma. Enquanto sei que serei capaz de apontar a pistola, não tenho tanta certeza se serei rápido o suficiente, ou se estou psicologicamente preparado para usá-las, caso necessário. Mas um pouco de proteção é melhor que nada. Meu tradicional spray contra ursos provavelmente não será suficiente caso eu encontre o assassino por aqui.

Claro, as chances de encontrá-lo aleatoriamente aqui no bosque são astronômicas. Aleatoriamente...

Recolho outra camada de terra e revelo um sujo pedaço de tecido roxo.

Tudo no meu corpo é sugado. Não há entusiasmo em estar certo. Apenas um esmagador senso de pavor.

Derrubo a pá e coloco um par de luvas de látex para cavar com as mãos.

À medida que cuidadosamente removo a terra da área que cerca o pedaço de tecido, o contorno de uma cabeça começa a surgir. O pedaço de pano revela-se uma camiseta. Quando a puxo, um fantasmagórico rosto branco me encara com leitosos olhos azuis que combinam com o céu matinal. Fios de um cabelo loiro estão jogados sobre seu rosto, quase como se estivessem esperando para que ela os penteasse.

Descubro o torso, revelando um peitoral nu com cortes escuros, obstruídos por terra cruzando seus pequenos peitos.

O abdômen de Summer está aberto, com seu estômago, uma massa de intestinos inchados e fétidos, pendurado para fora.

Preciso coletar amostras, mas tenho que fazer uma pausa. Os olhos são muito para mim. Eles deveriam estar mais decompostos, mas a camiseta e a química do solo que a cercou serviram para, de alguma forma, preservá-los. É como se ela estivesse vendo a última coisa que viu.

Dou um passo para trás e encosto contra uma árvore, recuperando o fôlego e tentando manter a cabeça no lugar.

Seja um cientista, Theo. Ela não precisa de alguém para lamentar sua morte agora. Ela precisa de alguém que encontre quem fez isso.

Viro-me e ajoelho para continuar cavando em volta dela.

Conforme retiro a terra dos seus braços, penso sobre quando Summer era uma criança e sua mãe a banhava e a esfregava. Será que sua mãe a teria deixado partir se tivesse ideia do destino que o mundo havia guardado para sua menininha?

Os braços estão previsivelmente rígidos. Levanto o direito alto o bastante para tirar uma foto dos cortes e coletar uma amostra da pele. Seus poderosos olhos obscurecem por um momento, mas ela volta a encarar o céu quando coloco o braço novamente no lugar. Era como se estivesse olhando para Deus em busca de uma resposta.

Não tem ninguém em casa, querida. E, se ele estiver lá, não se importa.

Minha orelha coça, e tenho a sensação de que estou sendo observado. No momento, tento analisar a sensação. É como uma cócega nas minhas costas.

Primeiro apenas movo os olhos lentamente pelas árvores ao redor. Quando tudo que vejo é a floresta, viro levemente a cabeça.

A doze metros de distância, no topo da colina, estão três pares de olhos brilhantes contra o pôr do sol.

Lobos.

Dos grandes.

Eles provavelmente sentiram o cheiro do cadáver muito antes de eu encontrar a camisa. Atraídos pelo aroma, reuniram-se para assistir e esperar.

Não posso deixá-la aqui. Enterrei Chelsea, pois não havia nada em volta que fosse desenterrá-la.

Os lobos virão atrás de Summer assim que eu deixá-la, independentemente de quão fundo eu volte a enterrá-la. Sabem que ela está aqui.

Tenho que levá-la comigo.

O sol se pôs no momento em que a desenterrei completamente. Coloquei minha lanterna na beira do buraco, em direção aos lobos, mas eles sumiram quando não estava olhando.

Conforme eu gentilmente levanto seu corpo e o coloco na lona de plástico que havia esticado no chão, detecto olhos prateados me observando de muito mais perto.

Eles contornaram meu cone de luz e estão a poucos metros de distância.

Lobos deveriam ser tímidos com pessoas, e ataques são excepcionalmente raros. Mas não sei quais são as estatísticas para humanos sozinhos na floresta, próximos a um corpo já em decomposição.

Deito Summer no meio da lona azul. Seus joelhos estão levemente dobrados, com carne branca aparecendo através de cortes em sua legging preta. À medida que a enrolo, gotas do meu suor atingem seu rosto e escorregam por suas bochechas, como se fossem lágrimas.

O som do rosnado de um dos meus observadores me traz de volta ao presente.

Os músculos de Summer se degradaram bastante após o efeito da rigidez cadavérica, tornando seu corpo flexível o suficiente para ser dobrado sobre meu ombro, como se fosse carregada por um bombeiro.

Coloco meu saco de pano sobre o outro ombro e uso a lanterna para guiar meu trajeto de volta ao carro.

Minhas sombras cinza me seguem na escuridão, rosnando futilmente, torcendo para que eu derrube o corpo.

Mas não o derrubo. Nem tento sacar a arma ou a espingarda, nem mesmo para dar um disparo de aviso.

Essas criaturas são oportunistas covardes, com medo de enfrentar alguém maior que elas. Talvez não sejam diferentes do homem que matou Summer.

Espero eu.

Rezo.

Capítulo 48

INÉRCIA

O comandante da polícia Shaw está parado próximo ao porta-malas do meu Explorer com sua lanterna apontada para o rosto de Summer. Vestindo uma camiseta, uma jaqueta parca e calças esportivas que com muita dificuldade tentam conter seu estômago em expansão, a luz é a única coisa nele que se assemelha à ação policial.

— Quem é essa garota mesmo? — ele pergunta.

— Summer Osbourne — diz um policial magro com um com falho cabelo castanho-avermelhado.

Ele era o único na delegacia quando cheguei.

Levou apenas dois segundos para ligar para seu chefe após eu lhe mostrar fotos do corpo na traseira do Explorer.

— Osbourne? — responde Shaw. — Não me lembro de ninguém com esse nome.

— Acho que talvez você conheça seu pai. Chama-se MacDonald — o policial explica.

— Eles moram próximo aos estábulos Finley? Naquele casarão? O pai é dono de uma empresa de tubos de irrigação?

— Exatamente.

— Quantas são as crianças MacDonald? Seis?

— Cinco, incluindo Summer. Ela era uma enteada.

— Summer MacDonald? — Shaw chacoalha a cabeça. — Ela fugiu com aquele cara de Wyoming. — Ele se vira na minha direção. — Você disse que seu nome era Summer Osbourne?

— Esse é o nome no relatório de desaparecimento.

— Bom, aí está o problema. Eles nunca o atualizam. Algumas crianças fogem por alguns dias, e seus pais vêm até aqui e nos fazem ter o incômodo de fazer um relato, mas depois não se preocupam em nos informar quando eles voltam para casa.

Fico frustrado com o questionário sobre a genealogia interiorana.

— Comandante, essa garota não vai mais voltar pra casa.

Ele gira a luz e a aponta para meu rosto.

— Olha a boca, filho. Você aparece aqui no meio da noite com uma garota seminua morta no porta-malas. É suspeito. — Ele se vira ao policial. — Não teve um cara que apareceu com um corpo em Hudson Creek?

— O segundo ataque de urso — responde o policial.

— Meu Deus — resmungo. — Em primeiro lugar, não foi um ataque de urso. Em segundo lugar, fui eu quem encontrou aquele corpo.

O comandante Shaw me olha de lado e me encara por um momento; então volta à vida, usando a lanterna para gesticular em direção a Summer. — Está me dizendo que encontrou outra garota exatamente como essa?

— Mais ou menos, sim.

Ele se vira em direção ao policial.

— Ele tá falando sério?

— Foi por isso que te liguei, comandante.

— É uma puta coincidência você encontrar dois corpos, não acha?

Percebo que o mais próximo que esse cara esteve de um caso de assassinato mais complicado que uma disputa doméstica é o que ele vira na televisão.

— Sou um cientista. Estou trabalhando em um novo procedimento de detecção. Estava investigando o caso de Summer Osbourne por ser similar aos de Chelsea Buchorn e Juniper Parsons.

— Um procedimento de detecção?

— Pergunte para as pessoas de Hudson Creek. Elas sabem tudo a respeito.

— Certo...

— E você simplesmente trouxe o corpo aqui? Não sabe que isso é alteração de provas?

— Apareceram lobos assim que o encontrei.

— Lobos nunca incomodam ninguém. São covardes.

— Não estava preocupado comigo. Estava preocupado com ela. São necrófagos. Sabiam onde ela estava enterrada.

— Se estava preocupado com os lobos, por que a desenterrou?

Isso é uma pergunta séria? Respiro fundo.

— Não tinha certeza se ela estava enterrada lá antes de começar a cavar.

— Se você tinha ideia de onde o corpo estava, por que não veio até nós?

Sério mesmo?

— Não queria fazê-los perder tempo caso estivesse errado.

— Bom, agora tenho provas alteradas. O que devo fazer com isso?

— Uma hora atrás você nem imaginava que a garota estava desaparecida. Você tem muito mais para seguir agora.

— Carl, vá pegar o depoimento dele. Trarei o médico aqui para levar o corpo. Ligue para Warren, no Departamento de Vida Silvestre. — Ele pausa por um instante. — E ligue para Jefferson com o kit de impressão digital e investigação. Quero ter certeza de que essa garota não morreu na traseira dessa SUV.

Carl encara o corpo de Summer, então se vira novamente ao comandante.

— Pela aparência da garota, acho que esse modelo não tinha nem ao menos saído da linha de produção quando ela morreu.

— Apenas faça o que digo, Carl.

— Sim, senhor.

Passo as próximas duas horas dando um depoimento e respondendo a perguntas sobre meus paradeiros. O comandante Shaw coletou minhas digitais e tirou fotos minhas para comparar no sistema e certificar-se de que não sou um assassino em série.

Em seguida, faço um passeio com Shaw, Warren, o cara da Vida Silvestre, e outro policial, para lhes mostrar onde encontrei o corpo.

Os lobos partiram há tempo, claro, mas a rasa cova onde a encontrei permanece exatamente como deixei.

É meia-noite quando finalmente me liberam. Conforme saio, consigo escutar Warren explicando como ursos às vezes enterram suas vítimas para retornar depois.

Ótimo, rapazes. Acreditem no que quiser.

Espero apenas que não se esqueçam de contatar a mãe de Summer para informá-la de que seu bebê nunca mais voltará para casa.

Exausto para dirigir de volta à pousada de Gus, alugo um quarto em uma cidade próxima.

Pego no sono fazendo pontos em um mapa que a MAAT gerou para mim. Eles avançam pelo estado, seguindo a faixa roxa do padrão de caça do assassino.

Cada ponto é uma Summer ou Chelsea em potencial.

Preparo-me para mais encontros constrangedores com agentes de segurança locais à medida que continuo desenterrando corpos.

Em algum ponto sua resposta padrão deixará de ser "Foi um urso."

Espero eu.

Capítulo 49
CONTAGEM DE CORPOS

Lily Ames era de uma cidade próxima a Seattle. A última vez que seus pais a viram foi há aproximadamente dois anos, quando Lily decidiu fazer uma trilha pelo país. Havia mencionado algo sobre conhecer Yellowstone e Montana. Dois dias após Summer, encontro-a um metro abaixo da terra, cerca de trezentos quilômetros de distância da entrada mais próxima do parque.

Sua garganta fora cortada ao ponto de sua coluna se tornar visível pela nuca. Os olhos de Lily estão preenchidos com terror.

Há uma ferida amarela na lateral de seu rosto, insinuando que sofreu algum tipo de lesão muito antes de seu coração parar de bater.

Usando minha espátula e, em seguida, minhas mãos, retiro o restante de terra ao redor de suas pernas e inspeciono as solas de seus pés. Estão completamente ensanguentadas.

Ela correu antes de ser assassinada.

Ele estava brincando com ela.

Coloco um plástico sobre o corpo e então preencho o buraco.

Coloco uma bandeira laranja como um marcador temporário de sepultamento para que a polícia saiba onde encontrá-la quando eu ligar para fazer minha denúncia anônima.

Michelle Truyols era de Alberta e fez o trajeto até Montana trabalhando primeiramente como garçonete, então apelando para a prostituição em algum momento antes de alcançar a fronteira. De acordo com uma história de jornal, uma amiga relatou que Michelle conheceu um caminhoneiro de longas distâncias que tinha problemas com drogas. Michelle parece ter adquirido tal problema.

Seu corpo está a dezoito metros da estrada, atrás de um pequeno cume no mesmo tipo de depressão rasa que estavam as outras garotas. Há ferimentos sobre todo seu braço direito, como se tivesse sido literalmente agarrada na rua e arrastada para cá.

Longos cortes percorrem suas costas até o estômago, como se tivesse sido atingida de cima e em seguida pressionada contra o chão.

Coleto minhas amostras e tiro as fotos e, então, enterro-a novamente, colocando outra bandeira laranja para a polícia.

O local de sepultamento de Stephanie Grant é embaixo de uma touceira de vegetação mista, assim como as outras. Consigo detectá-las facilmente agora, através da combinação do padrão de crescimento com a época em que as mulheres desapareceram. Está se tornando extremamente preciso. Nosso assassino tem uma vítima e um local preferidos para enterrá-las. Encontrei-a quando subi numa colina e observei. Seu corpo estava quase me chamando.

Fiquei atordoado. Cinco corpos até o momento. Cada um perdido e quase esquecido.

A sensação de ser a primeira pessoa a colocar os olhos neles, a primeira pessoa a saber que eles existem, é desconcertante.

Todos os pontos vermelhos na faixa roxa do mapa da MAAT provaram-se ser um acerto. Isso me diz algo muito assustador.

Estatisticamente falando, há algo de errado quando as probabilidades e estimativas superam as expectativas. Não é que a MAAT seja tão certeira assim. Na verdade, devem existir muito mais corpos do que pontos vermelhos.

A MAAT está me mostrando apenas os pontos com noventa por cento de probabilidade ou mais. Quando ajusto o alcance para incluir cinquenta por cento ou mais, algo terrível acontece.

Minhas duas dúzias de pontos tornam-se centenas.

Sei como encontrar um tipo de sepultura, mas quem sabe se o assassino possui outros métodos de livrar-se dos corpos? Posso estar apenas encontrando os crimes improvisados, em que não houve tempo suficiente para esconder o corpo de maneira eficaz. Dito isso, ele parece estar fazendo um trabalho bom o suficiente.

Montana tem um milhão de residentes e ainda mais turistas que a visita a cada ano. Há também o tráfego de pessoas dirigindo pelo estado, atravessando o país e indo e vindo do Canadá.

Um olho atento seria muito eficaz em detectar presas vulneráveis, mais prováveis de desaparecer sem causar muita confusão.

Assim como me acostumei a encontrar a depressão e a vegetação que indicam que um corpo está enterrado abaixo, o assassino pode ser capaz de medir, em um rápido olhar, a vulnerabilidade de uma vítima.

Poderiam ser os visíveis sinais de dependência química. Ou os traços de que não possuem família ou amigos próximos à área.

Assusta-me pensar que essa é uma habilidade que o assassino pode aprimorar mais e mais a ponto de tornar-se absolutamente destemido.

Conforme jogo a terra em volta do corpo de Stephanie e posiciono sua bandeira, percebo algo.

Embora seja importante continuar localizando os corpos, a menos que encontre seu DNA e obtenha uma combinação, não serei capaz de pegar o assassino a partir de algo deixado para trás por descuido.

Tenho que entender como o assassino pensa. Tenho que saber por que ele faz o que faz.

Não vou encontrar isso enterrado. Tenho que ir aos lugares em que esteve e ver o que ele viu.

Tenho que fingir ser o assassino.

Capítulo 50
ANTROPÓLOGO

Faz dez dias que deixei o hospital, e tenho ignorado todos os e-mails que minha supervisora tem me enviado. Tenho medo do que eles podem ter a dizer. Estou chegando perto, mas preciso de mais informações.

Dr. Seaver, um antropólogo de meia-idade que atualmente leciona na Universidade do Estado de Montana, me guia pelos degraus em direção ao porão onde seus espécimes estão armazenados.

— Quer ver a parada boa? — ele pergunta, dando-me um tipo de olhar diabólico por cima de seu ombro.

Encontrei seu nome após fazer uma busca por assassinatos ritualísticos na área. Seaver, originalmente de Cornell, atualmente faz parte de um estudo interdisciplinar o qual examina a violência e a cultura humanas. Ele despertou meu interesse por ter escrito uma tese comparando homicídios contemporâneos com precedentes históricos.

Alcançamos o fim das escadas e chegamos a uma estreita passagem entre fileiras de gabinetes. As escassas lâmpadas não fazem muito esforço para lutar contra a escuridão.

O aroma de coisas em decomposição confere uma sensação de mofo no ar. É um anacronismo se comparado com laboratórios modernos, de ambiente controlado e armazenamento a vácuo.

— O laboratório de verdade fica no Museu das Montanhas Rochosas, mas lá é principalmente sobre paleontologia. Pré-Holoceno. Nosso estudo certamente data dessa época, mas a maioria das amostras é, por comparação, mais contemporânea.

Ele me leva a um pequeno cômodo com uma mesa de trabalho. Cinco caveiras repousam em caixas de plástico transparente separadas. As cores variam entre marrom-escuro para quase branco descolorado.

— Aqui, coloque um par de luvas e dê uma olhada. — Ele retira a primeira caveira e a entrega a mim. — O que pode me dizer sobre isso?

O crânio está completo em sua maior parte, com exceção do maxilar. A testa parece levemente espessa e os ossos da bochecha são mais amplos que a média europeia, mas, de maneira geral, parece contemporâneo.

— Asiático?

— Correto. E essa aqui?

Ele posiciona outra caveira em minhas mãos. Essa tem características similares, com uma testa levemente mais alta.

— Nativo americano?

— Correto novamente.

A terceira complica um pouco, mas creio que seja subsaariana. Identifico a quarta como da Europa Central e a última do Sudeste da Ásia.

— Pontuação perfeita na identificação de etnia geral, doutor Cray.

— Tive muitas aulas de antropologia.

— Mas se atentou muito aos detalhes e falhou em enxergar a situação como um todo — ele responde.

Olho novamente as caveiras, tentando compreender o que deixei passar. Seaver pega a do meio e a coloca novamente em minhas mãos. O rosto ainda conta a mesma história. Ao que tudo indica, essa é europeia. Procuro por quaisquer outras características, examinando os dentes em busca de variações. Não detecto nenhuma.

Giro a caveira para olhar o osso occipital. Há uma correlação entre espessura e forma entre as raças. Em pessoas brancas, é possível perceber o dimorfismo sexual – diferenciar machos de fêmeas – por meio das características desse osso.

Logo acima do osso vejo o que Seaver está querendo que eu veja: uma enorme fratura. Examino as outras caveiras e encontro traumas similares.

— Todas foram assassinadas.

— Exatamente. E da mesma maneira: trauma contundente na nuca. Não é o tipo de coisa que é feito em uma batalha. É a maneira de matar alguém que está ajoelhado ou deitado. Em minha pesquisa, aproximadamente vinte e cinco por cento das mortes em sepulturas pré-históricas são provenientes da violência. Estatisticamente falando, fora as doenças infantis, a principal causa de morte era outro humano.

— Essa era a regra até o desenvolvimento da agricultura. Mesmo então, a violência não teve queda considerável até a época do Iluminismo. E essa violência não era cometida por algumas exceções; eram pessoas comuns. Alguma vez no passado eu poderia ser o homem segurando essa pessoa enquanto você esmagava a nuca dela.

Estou conturbado com a maneira casual como ele sugere isso. Tenho a impressão de que ele imaginara esse cenário muitas vezes.

Ele alinha as caveiras em uma fileira. Suas assombrosas cavidades oculares nos encaram.

Seaver aponta a elas, contando as histórias uma por uma.

— Essa foi assassinada há seis mil anos, em um local que hoje em dia é a Hungria. Essa morreu há três mil anos na China. Essa morreu há mil anos em Wyoming. Essa me foi enviada pelo Projeto Genocídio; a vítima estava em uma vala comum em Darfur, há cerca de cinco anos. A última foi encontrada num bosque em Colorado há vinte anos. Ainda não sabemos quem eram ou por que foram mortas.

— Cruel — respondo.

— Não, doutor Cray. — Seaver sacode a cabeça. — Esse é o ponto. Essas estão longe de ser as mortes mais cruéis com as quais já me deparei. Na verdade, são as mais humanitárias. Essas pessoas morreram serenamente. Tenho outras caveiras e ossos com marcas de cortes e facadas infligidos muito após a vítima já estar morta. Tenho clavículas com marcas de dentes, não de canibalismo, mas de alguém tentando morder a vítima até a morte, após estarem incapacitadas.

Posso mostrar-lhe locais de assassinatos que fariam o comandante de campo de concentração nazista mais durão sentir vontade de vomitar. — Ele acena às caveiras. — Isso é matança. É o assassinato que te interessa.

— Qual a diferença?

— Matança é a solução para um problema. Assassinato é algo que você faz porque quer fazer. Você se divorcia de sua esposa porque não a ama. Você a assassina porque a odeia.

O homem que matou Juniper certamente obteve muito prazer em fazê-lo. Poderia tê-la estrangulado ou cortado sua garganta, mas não o fez. A ação de matar era seu propósito. O que me leva de volta ao método.

— Você já ouviu falar de alguém fazendo um assassinato parecer um ataque de animal?

— Disfarçando após o fato?

— Não. Matar alguém da mesma forma que um animal o faria.

— Quase todo ato de morte premeditada na batalha envolve algum tipo de simbolismo animal. Mascotes animais para unidades militares. Utilizar garras e dentes de animais. Homens pré-históricos vestiam a pele de outros predadores em uma tentativa de se apoderar de seus poderes.

— E quanto ao próprio ato de matar? Existe algum caso no qual alguém conscientemente utilizou os métodos mortais de um animal?

— Ah, isso é mais desafiador. Até o momento em que fomos às savanas, éramos onívoros oportunistas que apenas comiam coisas muito menores do que nós. Tivemos que inventar a lança e projéteis, pois nossos dentes e unhas não eram adaptados à caça. A mímica seria um jeito ineficaz de tentar matar alguém, com algumas exceções.

— Exceções? Como o quê?

— Algumas armas que se assemelham à maneira como um animal atacaria.

— Tipo qual?

— Siga-me.

Capítulo 51

DENTE DE TUBARÃO

Seaver me guia a uma parte diferente do portão e retira uma caixa de papelão empoeirada de uma gigantesca estante. Ele levanta a tampa e revela um liso porrete com triangulares dentes brancos saltando pelos lados, como a lâmina de uma serra elétrica.

— No Havaí isso é chamado de *leiomano*. Utilizam dentes de tubarão-tigre nas lâminas. São, de certa forma, similares à obsidiana *macuahuitl* que utilizavam na Mesoamérica. Essa foi encontrada em um morro em Illinois. Os dentes eram de um tubarão-branco. Os Construtores de Montículos obviamente negociaram muito para obter acesso a eles.

Ele me passa a arma. As pontas dos dentes ainda estão afiadas. Odiaria isso me cortando.

— Um fato engraçado sobre isso é que alguns antropólogos consideram que essa seja uma arma mais humana que a espada. Na mente deles, aqueles que a empunhavam tinham o coração mais gentil do que são creditados. A realidade é que esse é o tipo de arma que é feita quando não se tem ferro ou bronze. Ao ser cortado com isso, você morre pela infecção de mil feridas que não podem ser costuradas tão facilmente quanto um corte.

Devolvo-a.

— Não acho que alguém confundiria uma vítima disso com um ataque de tubarão.

— Não. Era algo mais simbólico para os havaianos. Está falando de algo mais prático? — Ele devolve a arma à caixa e a caixa à estante, em seguida sai andando. — Vamos seguir algumas fileiras.

Seaver remove uma longa faca curva de uma gaveta.

— Essa é uma *karambit*. É projetada para assemelhar-se a uma garra. Bastante prática. Pode-se encontrar versões modernas na maioria das lojas de facas.

Ele revira outra gaveta e puxa um cabo de metal com pregos afiados.

— Essa é a cabeça de uma *zhua*, uma vara com garras usada para puxar homens de cavalos e afastar escudos.

Examino os ganchos na extremidade. Essa é próxima, mas não deixaria os mesmos cortes profundos que encontrei nas vítimas.

Vamos até outro gabinete, e ele vasculha algumas caixas até que encontra a que está buscando.

— Já ouviu falar da *bagh nakh*? Esta é da Índia, mas existem variações em outras culturas. No século dezenove, os rajás fariam com que homens lutassem entre si com isso até que sua pele descolasse. — Ele desembrulha um pedaço de pano e segura um conjunto de soqueiras de metal com quatro longas lâminas para fora.

Estou chocado. Embora eu consiga imaginar que esse seria o tipo de arma que um assassino utilizaria, jamais pensaria que algo assim tenha sido amplamente usado.

— Aqui — ele diz, estendendo-a em minha direção. — Segure-a. Nos Grandes Assassinatos de Calcutá, isso era dado às garotas hindus para se proteger.

Aperto a arma em minha mão. As garras saltam aproximadamente dois centímetros e meio acima das articulações de meus dedos. Consigo facilmente imaginar como uma versão disso com lâminas similares as da *karambit* poderiam assemelhar-se à garra de um animal. Se a lâmina fosse moldada a partir de uma garra de urso verdadeira, a semelhança seria ainda mais ressaltada.

Conforme seguro a *bagh nakh* contra a luz, tenho um vislumbre dos cortes no corpo de Chelsea. Deslizo a arma para fora da minha mão e a devolvo. Digo ao Seaver que quero tirar algumas fotos, mas a verdade é que não quero mais tocá-la.

— Já ouviu falar de alguém usando algo desse tipo para matar pessoas aqui nos Estados Unidos? — pergunto.

— Não ficaria surpreso se algum louco de artes marciais fosse atrás de seu colega de quarto com um desses, mas não. Seria necessário muita força para matar alguém com isso.

Penso nos profundos cortes no corpo das garotas.

— Quão forte?

— Não sei. Mas forte o suficiente para atingir uma artéria.

Pego a arma novamente e uso meu celular para capturá-la de todos os ângulos.

— Obrigado, doutor Seaver. Só mais uma pergunta. Você já ouviu falar de alguém que tenha confundido um ataque humano com um ataque animal?

— Ouvi relatos de ataques de lobos na França que ocorreram centenas de anos atrás, que podem ter sido trabalho de um homem. Isso deu origem às lendas de lobisomem naquela região.

— E por aqui?

— Como o *wendigo*?

— Já ouvi o nome. Mas não sei muito sobre isso.

— É uma lenda algonquina. Uma criatura metade homem que devora pessoas. Os indígenas levavam essa lenda muito a sério, mas ela está mais associada ao canibalismo. É o que quer dizer?

— Na verdade não. Mas vale a pena dar uma olhada. Estava apenas me perguntando se você conhece algum caso recente de confusão entre pessoa e animal.

— Não. Recente não.

— Bom, obrigado pelo seu tempo.

— A menos que considere 1980 recente.

— Perdão?

— O Monstro de Cougar Creek? É uma história local, mas chegou a passar em alguns desses documentários idiotas da TV a cabo.

— Espere, o que é isso?

— Me mudei pra cá depois, mas, durante um certo tempo, esse era como o Homem-Mariposa ou Pé-Grande dessa região. Viajantes próximos a Red Hook disseram que viram algo espreitando seus acampamentos durante a noite. Acredito que até tenham sido disparados tiros, mas não me lembro de muita coisa. Todos falavam sobre isso; de repente, todos pararam.

— O que eles disseram terem visto?

— Um homem andando em quatro patas. Como um enorme gato. Ou o contrário. Tenho certeza de que você pode pesquisar.

— Chegou a atacar alguém?

Seaver dá de ombros.

— Talvez? Acho que houve uma história sobre um campista ter o peito cortado. — Ele gesticula com a mão, traçando um caminho pelo seu corpo que eu havia visto muitas vezes nos últimos dias.

— Obrigado, doutor Seaver.

Deixo-o em seu porão com suas caveiras e armas de assassinato.

Capítulo 52

NÃO RESOLVIDO

Em junho de 1983, um grupo de dezessete campistas, a maioria recém-formada em Chilton High School, fez uma viagem à Floresta Nacional de Beaverhead. Algo aconteceu durante a primeira e única noite da viagem de acampamento. Encontrei, em bibliotecas públicas próximas a Red Hook, diversas versões dessa história, as quais variam nos detalhes, embora a espinha dorsal delas seja francamente consistente.

Os campistas passaram diversas horas caminhando pelo bosque até uma remota nascente. Durante o caminho, diversos deles pensavam estar sendo seguidos por um grande animal, possivelmente um urso ou leão da montanha.

Mais relatos de pessoas que também estavam na área surgiram, todas dizendo que algo na floresta os observava. Essa criatura ficaria em duas patas para observá-los e, então, fugia sorrateiramente quando percebida.

Os campistas de Chilton High relataram ver algo alto e ágil, muito magro para ser um urso. Embora não tivessem conseguido ver com clareza, relataram também que a pele era de um marrom mais claro ou bronzeado do que o preto ou marrom de um urso.

Após erguerem as barracas, três deles entraram na floresta em busca de lenha. Voltaram correndo após um campista dizer que havia visto um grande gato em um tronco os observando.

Um deles afirmou ter sido perseguido por ele, mas, quando olhou para trás, viu brilhantes olhos amarelos na mesma altura que os dele.

Os outros campistas consideraram apenas uma brincadeira ou a aparição confusa de um leão da montanha e decidiram que estavam seguros, por estarem em grupo.

Em algum ponto após as duas da manhã, quando o último deles havia deixado a fogueira para dormir, diversos campistas disseram que foram acordados pelo som de algo rondando fora de suas barracas.

Um dos membros do grupo, que havia levado consigo um rifle, saiu para investigar, mas não conseguiu ver nada.

Um tempo depois das três da manhã, o acampamento acordou com o som de gritos.

É aqui que as versões começam a variar.

True Tales of Mountain Creatures diz que uma grande criatura de aparência felina que andava sobre duas patas tentou arrastar uma das garotas de uma barraca, mas foi impedida por um grupo de campistas, e um membro recebeu um corte fatal e foi carregado.

Big Sky Mysteries diz que os estudantes viram uma aparição fantasmagórica de um nativo americano na orla exterior do acampamento comandando um grande puma a atacar os campistas. Tal aparição teria desaparecido tão rápido quanto apareceu.

Angel Encounters afirma que os garotos do grupo se depararam com as garotas em um tipo de encontro sexual com espíritos masculinos metade gato, mas discordaram de tal afirmação.

Talvez a história mais exata, ou ao menos a que melhor se alinha com a experiência dos campistas, foi publicada em um artigo do *Montana Tracker*, que detalhou o encontro e afirmou que um dos estudantes recebeu uma lesão quando algo escalou sua barraca. O artigo está acompanhado de uma foto preto e branco de quatro estudantes sentados em um sofá animadamente explicando sua experiência.

Há uma excentricidade em suas expressões que poderia se tratar da cara que alguém faz quando tenta esconder uma pegadinha, ou a confusão e o desconforto de lidar com tamanha atenção. Pelo tom do artigo, fica bem claro que o repórter não os levou a sério.

Parece que ninguém os levou, além dos autores sensacionalistas dos livros que encontrei na biblioteca.

É uma história fácil de ignorar. Há um grupo de adolescentes do ensino médio na floresta já preparados para fazer brincadeiras. Adicione a isso seja lá o que estiverem bebendo e fumando, e você tem a oportunidade perfeita para um verdadeiro ataque de animal fugir de suas proporções.

Mas, quando olho a foto do artigo, a expressão de uma garota de cabelos negros na beira do sofá me parece familiar. Ela se assemelha exteriormente a como me senti quando fui interrogado pela primeira vez pelo detetive Glenn – confuso e assustado.

A legenda indica seu nome apenas como Elizabeth L. Não sei o que os outros estudantes viram naquela noite, ou se apenas estavam tentando fazer parte da história, mas ela possui os olhos de alguém que testemunhou algo que prefere deixar para trás.

Infelizmente, um primeiro nome e apenas a primeira letra do sobrenome não fornecem informação suficiente para investigar algo. A menos que...

Levanto da mesa e pergunto à bibliotecária se eles mantêm anuários escolares.

Dez minutos depois, estou de volta à mesa com três edições do Anual dos Campeões de Chilton, analisando as páginas em busca de Elizabeth L.

Não é difícil encontrá-la. Cada turma tem, em média, cinquenta alunos.

Seu rosto salta imediatamente. Ela está sorrindo e olhando para um futuro promissor, totalmente contrastante com a garota assustada da outra foto.

O anuário mostra seu sobrenome: Lee. Sua melhor amiga é Brandy Thompson e sua citação favorita é "Porque vagabundas como nós, amor, nascemos para comandar".

Uma rápida busca na internet traz como resultado uma Elizabeth Lee Collins morando na cidade de Lodge Pine. Registros de propriedade mostram um endereço. Quando digito o endereço em uma ferramenta de busca, consigo o telefone do Fornecimento de Aquacultura de Lodge Pine, onde presumo que sejam vendidos equipamentos para piscicultura.

Tenho seu número agora, mas devo ligar? Investigar histórias sobre o Monstro de Cougar Creek está muito distante de encontrar meu assassino. Se eu for atrás de toda lenda urbana maluca do sul de Montana, morrerei de velhice antes de conseguir algo concreto.

Parece ridículo, especialmente considerando a extravagância em algumas das histórias – fantasmas nativos, orgias animais –, mas, ainda assim... há algo sobre a assombrada expressão nos olhos da jovem Elizabeth. Quero saber o que ela viu.

Impulsivamente, disco o número e xingo a mim mesmo por não ter pensado antecipadamente no que vou falar.

— Fornecimento de Aquacultura. Como posso ajudá-lo? — É uma voz feminina.

— Elizabeth Lee?

— Agora é Collins.

— Perdão. Sim, claro. Isso é um tanto quanto constrangedor, mas estive fazendo algumas pesquisas e queria saber se poderia te fazer algumas perguntas.

— Oh, Deus. Isso é sobre o negócio de Cougar Creek, não é?

— Uh, sim.

— Escute. Aquilo foi apenas uma farsa que meus amigos tramaram. Tive a sensação de que, uma vez que essas vítimas de ataques animais começassem a aparecer, eu seria arrastada de volta a isso. Não tenho nada para acrescentar.

— Uma farsa.

— Sim — ela diz, seca. — Se quiser saber mais sobre isso, sugiro que vá perguntar para aquele professor maluco que está encontrando corpos.

Não havia percebido o quão conhecido esse assunto havia se tornado.

— Como sabe disso?

— Meu marido é policial. Todos sabem. De qualquer forma, vá falar com o professor.

— Eu sou ele.

— Perdão?

— Theo Cray. Sou eu quem está encontrando os corpos.

Ela leva um tempo para responder.

— Você que encontrou as garotas?

— Sim, senhora.

— E o que você acha que as matou? — ela pergunta.

— Um homem.

— Um homem?

— De carne e osso.

— E o que isso tem a ver comigo?

— Você viu algo naquela noite.

— Eu disse que era uma farsa.

— Estou olhando para uma foto sua que foi tirada apenas alguns dias após o acontecido. Aquela garota não pensava que foi uma farsa.

— Foi há muito tempo. Ela não sabia muito.

— Gostaria de falar com você, de qualquer forma.

— Eu comentei que meu marido é policial?

— Sim, senhora.

— Certo. — Ela suspira. — Você tem nosso endereço?

Capítulo 53
SOMBRAS

Elizabeth e o marido moram em uma conservada casa de dois andares localizada em diversos hectares de propriedade. Quando passo pelo portão, três vira-latas babões saltam um sobre o outro para me receber.

Após eu devidamente coçar a orelha de cada um, eles correm para perseguir alguma ameaça invisível.

Elizabeth está sentada na varanda com um jarro de chá gelado repousando sobre uma mesa. Ela está um pouco mais robusta do que na foto tirada logo após o ensino médio, embora os olhos e o cabelo ainda sejam os mesmos.

— Então você é o homem que está desenterrando corpos? — ela pergunta.

— Acho que pode se dizer isso.

Ela indica para que eu me sente.

— Thomas disse que você perdeu uma amiga.

Presumo que Thomas seja seu marido policial.

— Uma ex-aluna.

— Ouvi que a princípio você foi tido como suspeito.

— Isso foi traumático.

— Aposto. Aposto que foi. Mas você está aqui para falar sobre Cougar Creek. Sério, está perdendo tempo. Como eu disse, foi uma farsa. Isso é tudo que tenho a dizer.

Ela diz isso como um discurso decorado. Posso afirmar que isso tem pesado muito para ela.

— Duas pessoas pensam que há — digo.

— Perdão?

— Duas pessoas veem uma possível conexão. Eu e você. Quando liguei, você disse que estava esperando alguém entrar em contato mais cedo ou mais tarde. Somos as duas pessoas que possuem o conhecimento mais íntimo sobre isso até o presente momento, e ambos chegamos à mesma conclusão de que os acontecimentos podem estar relacionados.

— Talvez seja hora de você ir. Não quero ter que ordenar que meus cachorros o ataquem. — Ela diz isso sem convicção.

— Boa sorte com isso. Conheci seus cachorros.

Ela sacode a cabeça.

— Animais imprestáveis. — Ela se resigna e aceita minha teimosia. — Certo. Entenda que eu não tinha uma clara ideia do que estava acontecendo na época, e, após o fato, meus amigos exageraram sobre o que aconteceu, enquanto outros simplesmente enlouqueceram. Certa vez li até mesmo uma história que dizia estarmos tendo algum tipo de orgia animal-fantasma diabólica. Eu era virgem quando subi aquela montanha e continuei sendo virgem quando desci, muito obrigada.

— Então o que aconteceu?

Ela leva um momento para reunir as ideias.

— Bom, como você provavelmente sabe, não fomos os primeiros a encontrar o Monstro de Cougar Creek, ou seja lá o que fosse. Na verdade, foram as histórias de algo espreitando lá que fizeram Reese Penny e Alex Danson organizarem toda a viagem. Eles achavam que era algo como alienígenas ou o Pé-Grande. De qualquer modo, tornou-se um acampamento de formatura. Éramos dezessete no total.

— O que você sabia sobre isso antes?

— Viajantes disseram que viram um animal em duas patas os observando.

Quando voltaram de uma pesca, encontraram seu acampamento completamente destruído. Havia até uma foto.

— Uma foto?

— É. Acho que o primo de Alex tirou algumas semanas antes. Eu vi uma cópia mimeografada borrada dela. Poderia ter sido qualquer coisa.

— O que parecia?

— Na época, acho que Reese disse que parecia o Pantera Negra, dos quadrinhos. Ele até colocou uma capa de quadrinhos ao lado da foto. Talvez. Mas essas novas garotas, essas vítimas, foram atacadas por um urso?

— Há cinco marcas de garras, o que indicaria um urso. Um gato normalmente teria quatro.

— Thomas diz que os caras do Departamento de Vida Silvestre acham que pode haver um gato polidáctilo por aí, e é por isso que há toda essa confusão. Tanto grandes felinos quanto ursos são conhecidos por enterrar suas presas.

— Senhora Collins, eu vi essas sepulturas. Um animal não fez aquilo.

— Elizabeth. Mas você acha que o Homem Cougar pode ter feito?

— Você ainda não me disse o que viu.

— Certo. Certo. Então trilhamos rumo à fonte termal, e alguns disseram que achavam que estávamos sendo observados. Lucy Plavin, outras duas garotas e eu começamos a ficar para trás, colhendo flores e conversando. Logo estávamos isoladas do restante, mas não era uma trilha difícil de seguir. Andávamos juntas, fazendo barulho, rindo e tal, quando Carey Sumter para e pergunta: "O que é aquilo?". Ela aponta para algo no cume à esquerda acima das árvores, mas o restante de nós não viu nada. Ela disse que era algo grande, e digo que, se fosse algo, era apenas um urso. Agora ela está pálida. Assustada. Ela viu algo, mas a convencemos do contrário. Dez minutos depois, ela está rindo conosco e seja lá o que tenha visto já estava fora de seu pensamento.

— Somente quando chegamos até a fonte e começamos a erguer o acampamento que descobrimos que três ou quatro outras pessoas viram algo nos observando. É aqui que começa a ficar preocupante... Foram três aparições diferentes em momentos distintos. Quando comparamos, todos tinham o mesmo a dizer: estava no cume à esquerda, primeiro parecia ser um homem, mas então fugiu sorrateiramente como um gato.

— Você achou que alguém estava fazendo uma brincadeira?

— Bom, sim. Pensei que Reese ou Alex estavam fantasiados zoando a gente ou um de seus amigos tivesse se escondido nas árvores, mas eles pareciam ser os mais céticos de todos, tentando convencer Carey e os outros de que era apenas um urso. Eles insistiam que era magro demais para ser um urso. Disseram que parecia com a foto de Alex.

— Você o viu novamente?

Seu olhar se prende ao meu, como se eu tivesse feito a pergunta mais estúpida do mundo.

— Se o vi novamente? Porra, sim. Quando tentou me puxar para fora de minha barraca.

Capítulo 54

ENCONTRO

— Nossos nervos já haviam se acalmado quando abrimos a terceira caixa de cerveja, e aqueles que subiram até lá para namorar se encaminharam para suas barracas. A maioria de nós já tinha ido dormir quando começou um tumulto fora das barracas. Carey, Janet, Vivian e eu havíamos decidido dividir uma barraca, pois confiávamos nos garotos menos ainda do que naquilo que possivelmente estivesse à espreita.

Ela faz uma pausa e, então, continua:

— Uma delas acordou com o som do zíper da barraca sendo aberto. A princípio, pensou que fosse outra garota, ou então um dos garotos fazendo alguma brincadeira, mas quem ou o que quer que fosse já havia desaparecido quando ela pegou sua lanterna. Pouco tempo depois, Stacey Kavanaugh ouviu algo e gritou, fazendo com que todo mundo acordasse. Estávamos de volta à fogueira e comparávamos o que havia acontecido. Metade das barracas relatou que ouviu algo rondando e que viu uma sombra passando. Estabelecemos um consenso de que deveria ter sido um urso ou um gato. As garotas decidiram dividir os garotos em busca de proteção, o que teria sido o plano perfeito para que Reese e Alex inventassem histórias. No entanto, eles pareciam tão perturbados com os acontecimentos quanto nós. Eu sabia que Scott Cook não ligava tanto assim para as meninas quanto achavam que ele ligava e, por isso, acabei dividindo uma barraca com ele. Ele também era capitão da equipe de luta livre. Me senti segura. Pobre Scott.

— O que quer dizer com isso?

— Pensei que soubesse dessa parte. Bom, eu estava dormindo em cima do saco de dormir porque fazia calor. Scott dormia tranquilamente, enrolado no canto da barraca com Depeche Mode tocando em seu *walkman*. A princípio pensei que fosse um sonho. Ouvi um som que não consegui identificar. Mais tarde, percebo que é o zíper da barraca sendo levantado bem devagar. Meus olhos estão fechados e ainda estou um pouco sonolenta quando sinto algo encostando em minha perna. Achei que fosse Scott fazendo alguma brincadeira e, por isso, decidi ignorar para ver até onde ele iria. Então, de repente, algo agarrou meu tornozelo e fui puxada para fora da barraca.

O rosto de Elizabeth acende ao se lembrar disso. Seu corpo gira ao ser inundada pela memória muscular.

— Eu gritava e tentava me agarrar ao saco de dormir de Scott. À medida que era puxada para fora, tentava me segurar nas abas da barraca, mas a coisa era mais forte do que eu e rapidamente perdi a força nas mãos. Foi então que rolei de costas e vi essa sombra... essa coisa.

Ela faz uma pausa.

— Scott correu para fora da barraca e pulou em cima dela. Então... então, ah, merda. Foi então que essa coisa cravou as garras nele. Lembro de ver o braço da coisa recuar e golpear Scott. Foi então que Reese disparou a pistola que havia levado com ele. Até então, ninguém sabia que ele a tinha. A coisa me soltou e correu de volta para a floresta.

— Ela ficou ferida?

— Não sei. O Scott com certeza ficou. Não somente a coisa o atingiu, como Reese também atingiu seu ombro com o tiro. É por isso que nenhuma das histórias relatadas é clara o suficiente. Era contra a lei portar uma arma na Floresta de Beaverhead, e, além disso, Reese já tinha antecedentes. Nenhum dos ferimentos era fatal. Os cortes eram sujos, mas fomos capazes de remendá-los bem o suficiente para que Scott conseguisse chegar a uma clínica em Red Hook. A ferida da bala não era tão profunda e poderia se passar por um corte.

Concordamos em deixar de fora a parte em que Reese atirou no Scott, mas, com mais de uma dúzia de pessoas, logo todos sabiam. Quando o delegado perguntou a Scott o que acontecera, ele negou ter sido baleado e foi isso.

— E quanto ao Monstro de Cougar Creek?

Elizabeth dá de ombros.

— O que tem ele? Todos, até mesmo alguns de nós que estavam lá, acham que estamos inventando ou que tivemos um embriagado encontro com um leão da montanha. Chegou aos jornais. Alguns caçadores do Pé-Grande apareceram durante um tempo, mas foi a última vez que qualquer um viu o Monstro de Cougar Creek. Ele nem sequer foi mencionado alguns meses depois, quando aqueles viajantes da Califórnia desapareceram.

— Viajantes? Não ouvi falar nada sobre isso.

— Antes de subirmos, havia ao menos duas pessoas, forasteiros que foram vistos subindo, mas nunca retornaram. Depois, vieram três viajantes, hippies ou algo do tipo, que caminharam até Red Hook e subiram a montanha. Também não foram vistos novamente. Não houve nenhuma denúncia de desaparecimento na área. Acho que um guarda-florestal fez uma busca, mas foi o fim dessa história. Na verdade, ouvi dizer que outros forasteiros, pessoas que vieram em busca do Homem Cougar, também desapareceram. Mas quem sabe? Talvez seus carros estejam parados em um estacionamento de trailers, certo? Provavelmente é só conversa.

— O que você acha que a agarrou?

— Eu diria que era um homem, mas não cheirava ou agia como um. Scott ainda tinha as marcas das garras em seu peito, mas passou a dizer às pessoas que foi atacado por um leão da montanha. Ele cansou de tentar contar o que realmente aconteceu. Morreu em um acidente de carro alguns anos depois. Bêbado. Pobre Scott.

Ficamos em silêncio por um minuto, olhando para as extremidades opostas da varanda. Então, Elizabeth me encara.

— O que era? O demônio. Nós nunca mais fomos os mesmos depois daquilo. Reese acabou se matando com a mesma arma que usou para atirar contra Scott.

Alex caiu nas drogas e começou a traficar, sendo preso algumas vezes. Carey Sumter começou a ter pesadelos e se mudou, assim como a maioria dos outros.

— Mas você decidiu ficar?

— O demônio me pegará onde ele quiser. Não faz sentido fugir. Além disso, casei com um policial.

Reconheço, no olhar distante de Elizabeth, a mesma garota confusa e assustada sentada no sofá daquela velha foto.

As similaridades entre esse Homem Cougar e meu assassino são muito fortes para serem ignoradas. Pode ser coincidência, mas suspeito que tais encontros no passado podem ser fruto de tentativas do assassino de aprender a caçar, testes que fez durante seus primeiros anos.

— As pessoas desaparecidas estavam na mesma área?

— Até onde eu sei, sim. O vale ao redor da nascente. Por quê?

— Seria capaz de me mostrar em um mapa?

— Claro, mas há décadas que não há desaparecimentos ou aparições nessa área. Eu sei, ainda presto atenção nisso.

— Compreendo. Mas quero ir lá.

— Por quê? Ele já se foi faz tempo.

— Mas pode ser que ele tenha começado por ali. Preciso ver com meus próprios olhos.

Capítulo 55
GEOESPACIAL

De volta à lanchonete de Jilian, me debruço sobre uma mesa cheia de mapas e diagramas. Minha torta de cereja, já pela metade, é posta de lado conforme tento encontrar sentido nos dados, esperando que algo salte dos objetos e me ajude a conectar todos os pontos.

A primeira impressão é de que as aparições do Monstro de Cougar Creek não tenham nenhuma ligação com o assassino de Juniper. O homem que matou tanto a ela quanto as outras é invisível a ponto de as autoridades ainda duvidarem de sua existência. Esse Homem Cougar, entretanto, quase quis ser visto, aparecendo a ponto de tornar-se o Pé-Grande do sul de Montana e, então, desaparecendo abruptamente na noite em que atacou Elizabeth – supondo que de fato tenha sido ele.

Quanto mais eu penso, mais plausível me parece a teoria de que esse era o assassino em sua fase *Batman Begins*. Após quase ter levado um tiro, ou de fato ter levado, ele teve que alterar suas táticas e aprender a se esconder. O que passou a fazer muito bem.

Esse jovem assassino era desastrado e sem-vergonha, atacando no meio de um acampamento lotado. O assassino mais recente é muito mais seletivo em relação às suas presas, provavelmente observando-as por uma considerável quantidade de tempo antes do ataque. Isso requer paciência. *Ou seria essa a adrenalina da caça? Será que ele sente tanto prazer em perseguir as vítimas quanto em matá-las?*

— Planejando uma trilha? — pergunta Jilian, inclinando-se sobre meu ombro.

Ela teria me assustado, mas pude sentir seu perfume antes que falasse. Me lembra glicínias.

— Tipo isso...

Ela desliza pelo banco à minha frente. Não está vestindo seu avental. Em vez disso, está usando uma camisa de colarinho branco que combina bastante com sua aparência.

— Você está... bonita — digo.

— Deveria me ver com shorts de caminhada.

Dou um fraco sorriso e ela bate de leve no mapa.

— Foi uma cantada, Theo. Algumas garotas fazem isso de vez em quando. Mas não espere muito mais.

— Ah. — Reúno o mapa e os diagramas. — Não é esse tipo de trilha.

— Está procurando corpos. Eu sei.

— Na verdade não nesse caso. É mais curiosidade.

— Você tem ido e voltado por duas semanas. A curiosidade tomou conta do seu corpo. Talvez dessa vez possa aceitar uma companhia?

Pensei nela mais do que percebi. Conforme visitei lugares cada vez mais sombrios, me encontrei torcendo para voltar a essa mesa, comer torta e aproveitar alguma semelhança com a normalidade.

Às vezes a observo pelo restaurante, a maneira fácil como ela sorri e como lida com a variedade de emoções humanas sem perder a noção de quem é. Parte de mim deseja ter essa presença nos lugares sombrios, enquanto outra tem receio de contaminá-la com toda essa maldade.

— Não sei se eu seria uma boa companhia.

— É por isso que você precisa de uma.

— Pode não ser seguro.

— Protegerei você — ela responde.

— Bem, vimos que tenho sido muito eficaz em fazer isso por mim mesmo.

— Gus diz que você está se saindo bem com o treinamento.

— Você se refere aos encontros às seis da manhã em que ele balança um saco de lavanderia na minha cabeça?

— Chame do que quiser, mas consigo ver uma diferença. Seu rosto está diferente. Você já não está mais tão retraído. Ele ainda fará de você um homem.

— Acho que não há tempo suficiente no universo para isso.

— Ainda mais um motivo para que você necessite de companhia no bosque do lobo mau.

— Não sei...

— Todos da mesa que já foram treinados para combate poderiam, por favor, levantar as mãos? — Jilian levanta o braço. — Certo, foi isso mesmo que imaginei.

Esqueço que ela fez parte do exército. Ela é tão... feminina. Eu reclamaria novamente sobre não ser seguro, mas não tenho motivos para pensar que ela está mais segura aqui. Além disso, o Monstro de Cougar Creek não é visto há décadas. Duvido que visitaria novamente um lugar que quase o matou. E, ainda assim... nada disso faz sentido.

— Certo — ela diz. — Está combinado. Você me busca de manhã.

— Não concordei com nada.

— Tarde demais.

Sei que é inútil argumentar com ela. E, para ser sincero, a ideia de não ter que dividir sua atenção com um restaurante cheio de pessoas me agrada.

— Alguns homens estiveram aqui ontem procurando por você — ela diz.

— Sério? Quem?

— Não disseram. Pareciam policiais. Não os reconheci. Um deles usava um relógio adiantado em duas horas. Talvez fossem forasteiros.

— Policiais? Não sou difícil de capturar.

— Pode ter sido uma casualidade. Ouvi dizer que agora estão em busca de um leão da montanha.

Solto um gemido.

— Sim. Cinco garras. Polidactilia em gatos geralmente resultam seis ou mais, não cinco. Nunca ouvi nenhum caso em que isso tenha acontecido em grandes felinos. Não que isso faça alguma diferença, porque eles com certeza vão inventar a teoria que quiserem.

— O que vamos procurar amanhã? Não serão corpos, certo? Quer dizer, de qualquer forma eu toparia. Eu acho.

— Não. Procuraremos o Monstro de Cougar Creek, ou o Homem Cougar, como às vezes o chamam.

Jilian levanta uma sobrancelha, esperando para ver se estou brincando.

— Levarei minha arma.

— Tenho certeza de que ele não está mais lá.

— A arma não é pra ele.

— Ah, você confia no professor louco a ponto de fazer uma trilha com ele, mas somente se estiver armada?

— Mais ou menos. Também, como eu disse, espere só até que você me veja usando shorts de caminhada.

Capítulo 56

A RAVINA

Deixo Jilian ficar alguns passos à minha frente, principalmente porque essa parte do barranco é estreita demais para que possamos andar um ao lado do outro. Principalmente. Ela não estava exagerando sobre os shorts de caminhada.

Mesmo estando distraído com ela, ainda não consigo parar de pensar no sentimento desconcertante que essa trilha está me dando. Certamente parte disso é causada pela vívida imagem da história de Elizabeth e o terrível pensamento de tudo o que sei que já aconteceu por aqui, mas é também causada pela geografia.

A trilha segue um gradual aclive entre dois cumes íngremes. Havia um riacho aqui certo tempo atrás, mas há anos que tem sido desviado, deixando um leito rochoso seco que venta por entre as colinas.

As árvores que seguem nas laterais são tão altas que o único momento em que o barranco não está escuro é próximo do meio-dia.

— Este lugar é estranho — diz Jilian. Estou aliviado em ouvi-la dizer isso, pois não queria causar nenhum desconforto desnecessário a ela.

— É porque estamos vulneráveis. Ninguém se sente confortável quando está preso em um buraco apertado.

— Foi isso que ele disse — ela responde com uma risadinha.

Entendo a piada um segundo atrasado e sou obrigado a dar um sorriso forçado quando ela olha por cima do ombro para ver o que achei.

— Certo... Alguns psicólogos evolucionários acham que somos projetados para sentir mais conforto em alguns ambientes do que em outros. Esse conhecimento é utilizado na construção de parques. Eles não são projetados para recriar fielmente a natureza, mas para nos acalmar. Um pequeno corpo de água em um amplo espaço aberto com um aglomerado de árvores para se esconder caso apareça algum grande predador. Buscávamos isso quando trocamos a selva pela savana. É o que pintores paisagistas medievais tentaram representar e como propriedades e os estados foram projetados durante centenas de anos. Esse lugar é o oposto de tudo isso.

— Sim, mas acho que consigo entender por que um grupo de adolescentes gostaria de vir até aqui, especialmente após a formatura. Parece muito distante das autoridades.

Mantenho os olhos nas sombras, tentando imaginar como reagiria caso olhasse para cima e avistasse alguém... ou algo... nos observando.

Há milhares de lugares para se esconder, e não há dúvidas de que estamos sendo observados. Cougar Creek recebeu esse nome de alguns colonizadores que viviam nas redondezas há cem anos. Estatisticamente, o número de aparições de leões da montanha é menor aqui do que em outras áreas, provavelmente devido à caça excessiva por conta do nome. Dito isso, tenho certeza de que mais de um carnívoro sabe que estamos aqui.

Jilian pausa para colocar uma porção de seu cabelo loiro-escuro atrás da orelha. Em seguida, dá um gole em seu cantil.

— Está dando conta, garoto da cidade?

— Esse garoto da cidade fazia trilhas por Belize quando você ainda segurava pompons.

— Pompons? Softbol e vôlei. Eu gostava de bater em coisas. O que fazia em Belize?

— Caçava um assassino — respondo.

— Sério?

— *Culicidae*. Mosquitos. Estávamos rastreando uma espécie que apresentava maior incidência de transmissão de malária do que outras. Eu era apenas um universitário seguindo um pesquisador de campo e coletando espécimes, enquanto o governo tentava erradicá-los dos pontos de perigo.

— Qual foi o resultado?

— Uma espécie levemente menos infecciosa preencheu o nicho. Estatisticamente falando, salvamos onze vidas. Eventualmente, métodos de erradicação mais eficientes fizeram com que a diferença se tornasse mais significativa.

— Interessante. — Ela continua andando por um momento. — Isso é o mesmo para você?

— Como?

— A forma como você encontrou as outras vítimas e o que está fazendo aqui é como caçar uma doença.

— Não sou exatamente um epidemiologista, se é isso que você quer dizer. Está fora da minha área. Construo modelos matemáticos baseados em sistemas biológicos.

— Um generalista.

— É, acho que se poderia dizer isso. Até a biologia pareceu ser muito restritiva, então tive que pensar numa forma de torná-la mais exótica.

— Tipo como?

— Para minha tese de doutorado, criei um ambiente pentadimensional e o habitei com vida sintética. Então, introduzi vetores de doenças.

— Não vou nem ao menos fingir que sei o que isso significa.

— Foi um pouco ambicioso. Eu estava tentando encontrar traços comuns entre sistemas muito diferentes. Uma foto engraçada de um gato se espalha pela internet de uma forma não muito diferente da que o vírus da gripe se propaga. Eu queria criar um modelo muito complicado, completamente bizarro, e então procurar semelhanças.

— E conseguiu?

— Muitas. Nenhuma delas estava incorporada ao sistema, mas certas coisas são inevitáveis. Foi dessa forma que consegui encontrar o paradeiro de todas as outras vítimas. Meu modelo puxava os padrões que não eram óbvios.

— Esperto.

— Meio esperto. Pude descobrir muito sobre o que os locais de sepultura e os de potencial interceptação tinham em comum, mas isso não me dá nenhum tipo de informação sobre o assassino.

Jilian pensa nisso por um momento, então responde:

— É por isso que estamos aqui. Se esse for seu assassino no começo da carreira, este lugar nos dará mais informações sobre ele.

— Talvez. Pode ser que esses casos não estejam conectados a ele, mas, mesmo assim, contenham alguns dados que me ajudem a entender melhor esse tipo de comportamento.

Alcançamos o nível do solo e continuamos caminhando sob uma densa copa de árvores. Após meia hora, chegamos à pequena nascente onde Elizabeth e seus amigos acamparam.

O lago escuro se torce em uma curva. Há uma descarga de espuma em um de seus lados. Ocasionalmente, uma bolha soluça. Embora não seja avassalador, o cheiro de enxofre se faz presente.

Afloramentos rochosos cercam o local, criando um tipo de caldeira acentuada. A presença de uma fonte termal sugere atividade vulcânica latente, insinuando que isso pode realmente ter sido um vulcão no passado.

Aponto para cima.

— Vê a maneira como as bordas ásperas do penhasco cortam o céu azul como dentes negros? Uma característica geológica como essa seria chamada de boca do inferno em outros lugares em que estive.

— Bizarro — diz Jilian, observando-as de modo desconfiado.

Retiro as imagens de satélite da área que trouxe comigo. Leva um momento para me localizar no mapa, mas encontro o que estou procurando.

— Por aqui.

Jilian me segue conforme corto por entre arbustos para chegar a uma queda de pedras.

Escalamos até estarmos a bons vinte metros acima da nascente. Encontro uma estreita borda onde podemos nos sentar.

Daqui de cima, a clareira se torna um pequeno círculo de grama com o minúsculo lago no centro. Na minha mente, consigo imaginar as barracas espalhadas pelo local: pequenas, quase de brinquedo, insignificantes.

— Como se sente aqui em cima? — pergunto.

— Como um deus.

— Ou um demônio.

Jilian assente.

— Acha que ele os observou daqui?

— Acho que os observou durante todo o trajeto. E os outros. Esse lugar abaixo de nós... é especial. Teria sido o lugar dele.

— Sua zona de abate?

— Provavelmente mais de uma vez.

Pego o mapa termal da minha mochila e o oriento de acordo com o lugar que estamos observando.

— O que é isso?

— Os guardas-florestais estiveram por toda parte e nunca encontraram nada. Mas há uma dúzia de lugares que não pode ser vista do chão.

Alinho a parte mais fria do mapa com um precipício a aproximadamente vinte metros de distância. Há uma superfície com cerca de três metros de elevação e diversas fissuras. Acima dela há uma pequena borda.

— Segura minha bolsa?

— O que está fazendo?

— Estava procurando por um lugar que um gato ou urso não conseguissem alcançar, mas que um primata talvez conseguisse.

— O quê, uma saliência?

— Não. Uma caverna.

Capítulo 57

COVIL

Tenho que enfiar meu pé em uma pequena rachadura na parede rochosa e segurar na borda superior tão firmemente que meus dedos ficam brancos enquanto subo.

Consigo imaginar que um leão da montanha ou um urso conseguissem alcançar este local se estivessem realmente dispostos, mas não acho que o fariam com certa regularidade se houvesse melhores lugares para viver.

— Theo? — Jilian chama.

— Só um segundo. — Rolo para o lado e recupero o fôlego enquanto ignoro as feridas do meu corpo, que ainda estão cicatrizando. — Certo — digo, após me sentar.

A imagem termal sugere que possa existir uma passagem profunda por aqui. Efetivamente, há um vão nas pedras, como um afiado triângulo. Aberto o suficiente para um homem deslizar por ele.

Pego minha lanterna do bolso e ilumino o abismo. Após aproximadamente três metros a parede faz uma curva para a direita, indicando que a caverna torce para o lado.

— Se eu não voltar em dez minutos... vá buscar ajuda.

— Por que não posso ir com você? — ela grita da base da parede.

— Apenas espere. Deixe-me ver o que há aqui.

— Certo. Mas após dez minutos eu não vou buscar ajuda. Vou atrás de você.

Fico com um sentimento de ansiedade e olho para a clareira. Não sei se é o nervosismo sobre o que há aqui dentro ou o pensamento de deixá-la sozinha.

Pego minha arma e a abaixo para que ela pegue.

— Toma.

— O que você vai usar?

— Bom senso?

— E no que isso te ajudou até o momento? — Ela recusa a arma. — Se eu precisar dela para ir atrás de você, então seria melhor que você já estivesse com ela.

Não faz sentido discutir com ela. Devolvo a arma à cintura e piso dentro da caverna.

Sou inundado por um aroma amargo e úmido que não consigo identificar. Senti o cheiro de diversos cadáveres nas últimas semanas. É algo diferente.

Vou mais fundo na caverna, e, assim que dobro a curva na passagem, as paredes começam a se alargar. O topo fica menor, mas ainda consigo andar apenas levemente curvado.

O chão é uma camada de terra cobrindo uma lisa superfície rochosa. Busco por qualquer sinal de habitação, mas encontro apenas pedras e alguns galhos secos que provavelmente foram trazidos para dentro por uma tempestade.

É certamente funda o suficiente para alguém viver ou ao menos passar alguns dias de férias enquanto mata outras pessoas.

Continuo indo mais longe, procurando algo, embora não saiba exatamente o quê. Faz mais de trinta anos desde que Elizabeth teve sua experiência e, supondo que o Homem Cougar realmente tenha passado por aqui, não sei o que eu deveria estar procurando.

Na verdade, não estou sendo sincero. Acho que eu esperava ver uma pilha de ossos daqueles viajantes desaparecidos. Tudo que tenho é um chão sujo.

Após mais dez metros, chego ao fim da caverna. Apenas para ter certeza, olho novamente e aponto a luz para todos os lugares onde o chão se encontra com a parede, procurando por pequenas passagens para outras câmaras.

Nada.

O estranho aroma ainda está presente, mas não sinto o cheiro da decomposição de corpos.

Tenho alguns outros pontos no mapa para verificar, mas duvido que qualquer um deles seja tão promissor quanto esse lugar. Viro e sigo em direção à luz do sol que salta pelo canto.

Quando chego à dobra, desligo minha luz. Consigo enxergar com clareza a frente da caverna, mas, no meio segundo que levo para apertar o botão, vejo algo que me diz para ligá-la novamente.

Uma característica tão sutil. Alguns centímetros para a esquerda ou direita e eu poderia jamais tê-la notado. Quando ilumino a área, os detalhes tornam-se claros.

Quatro longos arranhões, do tipo que se faz quando se arranha a parede com garras de metal.

Tenho que tomar cuidado com o viés de confirmação, mas não consigo imaginar outra explicação. Parece que o Monstro de Cougar Creek decidiu afiar suas garras antes de sair à caça.

Tiro algumas fotos, coleto uma lasca do entalhe, verifico as outras paredes e corro para Jilian.

— Achei! — grito.

— Achou o quê?

— Ele esteve aqui! Marcas de garras. Quatro delas.

— Como sabe que não são as garras de um felino?

— Felinos não deixam pedaços de metal quando arranham pedras.

Em meio à minha empolgação, consigo vislumbrar um certo incômodo nos olhos de Jilian. As coisas de repente ficaram muito sérias para ela. Ela subiu a montanha comigo para investigar uma lenda de décadas. Eu acabo de ligar isso com o presente.

— Havia... mais alguma coisa? — ela pergunta.

— Não. Apenas as marcas. A polícia pode fazer um trabalho melhor de análise do chão.

— Acha que virão até aqui pra isso?

— Não sei. Agora que existem provas, o marido de Elizabeth pode se interessar.

— Arranhões na parede?

Começo a perceber o que ela está pensando. Isso pode ser significativo para mim, mas talvez não seja para mais ninguém, especialmente quando a polícia ainda está convencida de que estão atrás de um animal.

— Sim. Entendo o que quer dizer. Mas isso pode ser útil para mim.

— Acho que é melhor — ela responde, provavelmente aliviada por não termos encontrado uma caverna repleta de vítimas. — Talvez isso signifique que as histórias dos outros viajantes desaparecidos sejam apenas histórias?

— Possivelmente.

— E não tem como eles estarem enterrados lá em cima?

— Não. É solo rochoso. — Examino o restante da caldeira. — Não acho que exista um lugar por aqui em que seja possível esconder um corpo sem enterrá-lo.

— Você seria capaz de encontrar um corpo enterrado?

— Não da mesma maneira que encontrei os outros. Já faz muito tempo.

— Talvez não haja nenhum.

Observo o vapor que sobe da nascente e flutua com a brisa.

— É...

— Theo? Theo?

Deixo minha atenção retornar ao presente.

— Sim?

— O que foi?

Ainda encaro a fonte termal. A ansiedade começa a me preencher novamente.

— Ele não os enterrou...

Capítulo 58

EXTREMÓFILO

Jilian me observa à medida que ando em volta do lago. A borda exterior tem uma coloração amarelada de enxofre, enquanto o centro é um escuro vazio onde uma bolha de gás ocasionalmente quebra a superfície. É raso por volta dos primeiros três metros; após isso, a extremidade traseira cai dramaticamente.

Estico uma mão e meço a temperatura em pontos diferentes. A extremidade escura, o lado mais fundo, é muito mais aquecida. Nada escaldante, mas como um banho morno.

— No que você está pensando? — ela pergunta.

— Você sabia que descobriram micróbios nas fontes termais em Yellowstone que prosperaram em temperaturas muito mais altas do que achávamos que seria possível? Extremófilos. São o motivo de acharmos que possa existir vida em outros planetas.

Ela me lança um olhar inquieto.

— Hum, ótimo. Então agora você acha que estamos lidando com alienígenas?

— Um segundo.

Viro-me em direção ao arbusto e começo a procurar por um galho grande. Encontro algo parecido com um ancinho medieval deformado e o levo ao lago.

— Você acha que pode ter um corpo aí, não acha?

Sondo a água com o galho e confirmo que a queda é tão íngreme quanto eu havia estimado.

— Centenas de pessoas estiveram nessa piscina — digo em voz alta, racionalizando meu processo de pensamento.

— Elas teriam encontrado algo se estivesse aqui. — Jilian tenta fazer isso parecer um fato.

— Não se... — Paro de falar quando minha mente começa a se concentrar em algo.

Não há como evitar. Preciso investigar o fundo do lago.

Tiro minha camisa e a coloco em um tronco. Ainda focado no lago, começo a desamarrar meus sapatos.

— Theo... você não vai entrar aí.

Lanço um olhar a ela.

— Desculpe se isso te deixa desconfortável. Estou usando uma cueca apertada.

— Você é um idiota.

Tiro a calça e dou um passo para dentro da água. Meu pé já está mais quente que o resto do meu corpo. Entro até que a altura da água esteja em meu peito.

A temperatura da água começa a aumentar drasticamente conforme vou em direção à parte escura.

— Como está? — ela pergunta.

— Aqui está bom. Ali? Boa pergunta.

— Promete que não vai mergulhar? Deve estar cozinhando lá embaixo.

Conforme ela diz isso, uma bolha estoura na superfície, próximo ao meu rosto.

— Tecnicamente, sim. Mas não é a água que me assusta.

— São os extremófilos?

— Vá buscar ajuda se eu não voltar em dez.

— Vou pra casa e esquecer que um dia te conheci — ela responde.

Respiro fundo e mergulho. Conforme desço, a água fica extremamente mais quente. Sinto no meu couro cabeludo e na nuca. Quando coloco os braços à frente, meus nervos parecem agulhas em chamas.

Impulsiono-me com as pernas, descendo ainda mais, e bato numa parede de água ainda mais quente. Minhas mãos começam a queimar, então recuo e sigo em direção à superfície.

Quando volto, a sensação do ar gelado em meu rosto é como um tapa.

— Meu Deus — diz Jilian, agora sentada no tronco. — Seu rosto está vermelho-beterraba.

— Está quente.

— Satisfeito?

Nado cachorrinho até a margem.

— Estou satisfeito que nenhuma pessoa sensata iria até lá.

— Ótimo. Vai sair agora?

— Não. Isso só confirma minha suspeita. Pode me passar o galho?

— Para que você possa cutucar os corpos? — Ela não se move.

— Bom, se você não me der o galho, terei que usar meus dentes. Sua escolha.

— Nojento. — Ela o arremessa, espirrando água em mim.

— Obrigado.

Seguro uma extremidade do galho e o empurro para a frente, como uma lança, e mergulho novamente. Vou tão longe quanto fui da última vez e uso o galho para cutucar o fundo.

A outra extremidade colide com pedras e o que parecem ser troncos. Consigo sondar por apenas um minuto até que o calor se torna insuportável. Nado de volta à superfície para recuperar o fôlego e esfriar. Jilian não parece nem um pouco contente.

— Foi para isso que você veio — digo a ela. — Eu disse que poderia haver corpos.

— Eu não esperava que um deles fosse o seu. Não vim até aqui para vê-lo cozinhar como uma lagosta.

— Ficarei bem.

— Você já ouviu falar sobre o sapo e a panela de água fervendo?

— Isso é um mito. Eles saltam para fora. Sempre saltam para fora. — A menos que sejam professores determinados que não sabem o que estão fazendo.

Mergulho novamente e sondo outra área. Dessa vez, o galho atinge uma pedra que abre caminho quando a empurro, como se tivesse sido empilhada sobre outra pedra. Tenho que voltar para cima antes que possa investigar mais.

— Por que é você quem deve fazer isso? — Jilian pergunta quando apareço na superfície.

— Não consegui fazer com que a polícia fosse a cinco quilômetros da delegacia quando encontrei o primeiro corpo. O que acha que diriam se eu falasse que isso está ligado ao Monstro de Cougar Creek?

Mergulho mais uma vez e volto a investigar. Meu galho apunhala algo que parece ser de madeira. Quando o retraio, posso afirmar que encostou em alguma coisa diferente.

Cuidadosamente puxo e me estico para tocar seja lá o que apunhalei. Meus dedos sentem uma fileira de algo fino e curvo.

Tento não me precipitar. Pode ser a caixa torácica de um veado. Deslizo os dedos por trás e verifico a vértebra em busca de notáveis espinhas dorsais, do tipo que é possível encontrar em um veado ou urso.

São curtas e cruas. Exatamente como as dos humanos.

Coloco a cabeça para fora da água. A expressão de Jilian muda no momento em que ela me vê.

— Você encontrou algo.

— Sim...

Nado até a margem, arrastando meu achado atrás de mim, e o desloco até a parte mais rasa do lago, onde a água é clara.

Jilian ajoelha-se para olhar a caixa torácica.

— Humana?

Deixo-a na água e deslizo para a grama.

— Adulta. Provavelmente feminina.

— Tem mais?

— Provavelmente. A água ou a bactéria corroeu o tecido conjuntivo. Precisamos deixar esta aqui até que alguém possa removê-la apropriadamente. Começará a se decompor assim que for exposta ao ar.

Estudo as características superficiais do esqueleto parcial e percebo várias marcas de garras salientes pelas costelas.

Jilian também as percebe.

— É ele.

— Definitivamente.

— O que é aquilo?

Olho para onde ela aponta. Algo metálico cintila contra o osso escuro. Percebo um minúsculo pedaço de alguma coisa cravado no lado esquerdo das costelas. Talvez um pouco impulsivamente, eu o solto com meus dedos.

Quando raspo a sujeira e as algas percebo que é uma afiada ponta de faca. Talvez até uma ponta de garra.

Seguro para que Jilian veja.

— Isso não veio de um felino ou urso. Agora eles vão acreditar no que dizemos. Eles têm que acreditar.

Capítulo 59
ASSOMBRADO

Caminhamos o primeiro meio quilômetro no mais completo silêncio, ambos processando nossa descoberta. Após tirar diversas fotos, arrastei a caixa torácica de volta ao centro do lago para aguardar os mergulhadores policiais.

Quando saí do lago, Jilian me deu uma garrafa d'água para que eu me lavasse, dizendo que não caminharia ao lado de alguém que cheirava a bomba de peido.

Admiro sua habilidade de recompor-se tão rapidamente do que acabou de ver, e então compreendo que, na verdade, ela nunca esteve intimidada. Suspeito que já tenha lidado com a morte em mais de uma ocasião diferente.

Mesmo assim, ela permanece alerta. À medida que descemos a estreita passagem, vejo que por diversas vezes ela olha por cima do ombro e analisa o ambiente.

A viagem de volta é mais desconfortável que a de ida. Inicialmente penso que a causa seja o fato de termos acabado de ficar cara a cara com a morte, mas então começo a ficar paranoico.

— Era a criança de alguém — diz Jilian, quebrando o silêncio.

— Sim. Desaparecida por mais de trinta anos, eu acho.

— Você acha que tem mais lá?

— Sim.

— Por que acha isso?

— Não tive dificuldade em encontrar essa. Ele colocou uma pedra sobre o peito para afundar o corpo. As chances de eu ter libertado o único conjunto de ossos ali são muito remotas. Estou certo de que há outros.

— Bem ali, nesse lago, o tempo todo. Todas as pessoas nadando e brincando, e, Deus me livre, bebendo aquela água, com um cemitério bem abaixo de seus pés. É errado.

— Foi arriscado.

Ela se vira para me olhar.

— O que quer dizer?

— Aqueles corpos poderiam ter inchado com os gases e emergido à superfície. Não é uma forma inteligente de se livrar deles. Seria melhor apenas enterrá-los na mata.

— Então por que ele o fez? — ela questiona.

— Não sei. As pessoas me confundem.

— Ele não é uma pessoa.

— É, sim. Uma horrível. Se eu tivesse que dar um palpite, diria que ele provavelmente gostava da ideia de ter todos os corpos em um único lugar. Deveria sentir orgasmos ao ver as pessoas nadarem naquele lago.

— É nojento.

— É motivador.

— Quê? Como?

— Essa foi sua fase jovem e ele eventualmente se tornou mais esperto, mas existia e, com certeza, ainda existe uma adrenalina para ele. O suficiente para fazer com que seja descuidado. Ele é capaz de cometer erros.

Jilian para. Observo enquanto ela inclina a cabeça para o lado por um momento e, em seguida, volta a andar.

— O que foi? — pergunto.

— O que foi o quê?

— Você parou.

— Parei? Acho que ouvi alguma coisa.

Essa tensão entre o instinto do animal e o raciocínio do humano que ignora qualquer coisa que não se encaixe em pequenas categorias de sentido é fascinante para mim. Eu acabei de observar Jilian detectar algo e, então, rapidamente esquecer sobre isso por não ser capaz de classificá-lo.

— Está sentindo uma dormência na nuca e um aperto no estômago? — pergunto.

— Sim. Você também?

— Sim.

— Acho que estamos sendo observados — ela sussurra sem se virar.

Continuamos caminhando sem dizer nada. Ambos nos esforçamos para parecer o menos interessado possível no que quer que esteja nos seguindo. Continuamos andando enquanto, com nossos olhos, fazemos uma busca pela trilha.

Após outro meio quilômetro, chegamos a uma parte onde as árvores se diluem. Jilian sussurra:

— Não há onde se esconder aqui. Mas, após a próxima curva, fica mais espesso. Se eu fosse um atirador de elite...

— É ali que estaria.

— Sim, senhor.

— Continue andando.

Deixo-a ganhar certa distância em relação a mim e, então, silenciosamente começo a escalar para o cume. Espero enquanto ela dobra a curva antes de ir ao topo, querendo que o foco de qualquer observador seja ela surgindo pela ravina.

A floresta forma uma península conforme a ríspida trilha se torce em um U.

Se o que ou quem estiver nos perseguindo está no aglomerado de árvores à minha frente, há apenas um estreito caminho para sair.

Eu pondero entre tentar ser furtivo ou fazer uma aproximação direta e decido apenas correr em velocidade máxima por entre as árvores, rezando para não bater em um leão da montanha.

Um quarto do caminho entre as árvores, um galho quebra em algum lugar distante. Pássaros grasnam e diversos sabiás levantam voo, batendo as asas ferozmente.

Dez metros à frente, um galho se levanta. Não tenho certeza se acabo de ver uma sombra passar ou se são apenas as árvores que balançam.

Repentinamente receoso de ter me separado de Jilian, corro até a borda da península e a vejo trilhando o caminho.

Ela me encara e levanta as sobrancelhas, silenciosamente me questionando. Dou de ombros.

Conforme faço o caminho de volta, percebo uma mancha de terra logo abaixo da saliência de alguns galhos.

Há uma clara pegada de bota. Toco-a para medir a umidade. É recente. Deve ter sido feita há menos de uma hora.

Pego meu celular para tirar uma foto. Quando coloco uma nota de dólar ao lado para comparar o tamanho, consigo perceber o tamanho do calçado de quem a deixou. Era grande, ao menos um tamanho 46 ou 47. A depressão indica que quem o calçava é bem pesado.

— Então? — pergunta Jilian após eu deslizar a colina e me juntar a ela.

— Vi uma enorme pegada de bota. Provavelmente um caçador.

— Caçador? Não há caças por aqui.

— Certo. Talvez um viajante. Sei que às vezes eu tento evitar pessoas.

— Sim... Percebi. Certeza de que não era nosso perseguidor?

— Era uma pessoa alta e pesada. Não é material ninja.

Parecendo satisfeita com minha resposta, ela continua a caminhar.

Conforme penso a respeito, percebo que alguns minutos atrás eu analisava como ela rapidamente ignorava seus próprios instintos, e aqui estou eu dizendo a ela que não há nada com que se preocupar, pois a pegada que encontrei não corresponde às minhas expectativas.

Estudo o cume à nossa frente e sinto meu estômago retrair novamente.

Capítulo 60

CENÁRIO

Quando chegamos de volta ao meu Explorer, o sol já se punha contra um céu vermelho-ensanguentado. Jilian e eu entramos e trocamos olhares que expressavam o alívio por termos conseguido achar o carro antes do anoitecer.

— O que acontece agora? — ela pergunta, conforme pegamos a rodovia.

— Está falando do corpo? Eu mando um e-mail anônimo à polícia com uma foto e a localização.

— Acha que isso engana alguém?

— Não, mas tive muitas experiências frustrantes com os agentes da lei por aqui. — As laterais do meu corpo ainda doem da surra que levei de Gunther.

— Então, o que fará em seguida?

— Encontrar mais corpos, eu acho. Não há muito que eu possa fazer. Eles possuem muitas ferramentas forenses. Talvez possam envolver o FBI. Em algum momento terão que desistir da ridícula teoria de animal selvagem.

— Mais corpos — ela diz, olhando o céu que escurece pela janela. Há apenas mais um carro na estrada, e está a uma boa distância do nosso.

— Na verdade, quero ver se encontro vítimas mais velhas.

— Como as daqui?

— Sim. E talvez de outros lugares. O problema é que ele é muito mais inteligente agora, sabe como evitar a polícia. Até onde sei, seus abates estão isentos de seu DNA. O fragmento de metal na caixa torácica? Duvido que ele deixaria isso acontecer agora. Seus métodos evoluíram junto com a perícia moderna.

— Mas os assassinatos antigos...

— Ele pode não ter sido tão inteligente. Ele foi inteligente ao usar a fonte termal para apagar qualquer traço dele, mas isso não esconde o fato de que há um assassino à solta. Agora ele está invisível. Talvez haja mais pistas para serem encontradas ao investigar seu passado.

— Então você vai investigar assassinatos antigos?

— Denúncias de desaparecimento. Estranhos ataques de faca. Qualquer coisa que tenha acontecido nas últimas décadas e que possa se encaixar.

Percebo que passei a saída e dou meia-volta.

— Me pergunto como ele é... Será que seríamos capazes de reconhecê-lo?

— Tenho pensado nisso. Acho que não. Ele é inteligente e provavelmente não é socialmente desajeitado.

Jilian observa as nuvens na luz fraca.

— De onde vem alguém assim?

— Sociopatas formam dois por cento da população. Eles simplesmente não sentem o que eu ou você sentimos em relação aos outros. Se você entrar em contato com cerca de cinquenta pessoas durante um dia, uma delas será um sociopata.

— Mas não um assassino.

— Não. Mas se possuíssem um botão mágico que pudessem apertar que mataria alguém e eles ganhassem algo com isso, livres de riscos, não hesitariam.

— Uma pessoa saberia se fosse um sociopata?

— Li muito sobre isso quando era adolescente.

— Autodiagnóstico?

— Talvez um pouco. Posso afirmar que, se for inteligente, você ao menos suspeitaria. Se não for, você apenas presumiria que é assim que todas as pessoas se sentem.

— E o que o jovem doutor Cray deduziu sobre si mesmo?

— Socialmente inepto. Definitivamente.

Há um flash de luz em meu retrovisor. A princípio não dou muita atenção para isso, mas então percebo que estivemos em uma estrada reta, onde não há desvios durante quilômetros.

Jilian me flagra olhando no retrovisor.

— O que foi?

— Nada.

— Theo — ela diz com um tom de advertência.

— Acho que alguém acabou de dar meia-volta, exatamente como fizemos.

— Estão nos seguindo?

— Boa pergunta. Pegue o celular.

Levanto-o na altura do ombro e ligo a luz interna.

— Estamos fingindo estar perdidos?

Desvio o olhar da estrada e encaro o celular.

— Sim. Assim que o carro passar, me diga quantas pessoas estão lá dentro.

— E se pararem atrás de nós?

— Não farão isso, a menos que queiram deixar óbvio que estão nos seguindo.

Vejo o carro se aproximar e passar pelo canto do meu olho.

— As janelas eram escurecidas. Era um Yukon verde-escuro.

— Por acaso conseguiu ver a placa?

— De Montana. Mas não o número.

— Interessante. Provavelmente nada.

— Nada?

— É.

— Tá. — Ela parece mais entretida do que preocupada.

Desligo a luz. Jilian ainda me olha, enquanto a luz do painel ilumina seu rosto. Há uma ondulação de sorriso em seus lábios.

Sei o que significa esse olhar persistente.

Ou, ao menos, acho que sei.

Isso tudo ainda é uma aventura para ela. Acho que não consegue entender.

Ou talvez seja eu quem não entende.

Impulsivamente, talvez por culpa da adrenalina, me inclino para seu espaço pessoal, e seus lábios se param levemente. Dou-lhe um beijo intenso, porém rápido.

Ela está sorrindo quando recuo.

— O quê? — pergunto.

— Esse provavelmente foi o primeiro encontro mais mórbido que alguém já teve.

— Você que pediu.

— Pedi. Pedi.

Ela leva uma das mãos à minha nuca, sinalizando que ainda não acabamos de nos beijar.

— Você percebe que pode ter sido o assassino que acabou de passar por nós?

— Você percebe o quanto é excitante essa adrenalina?

Há algo nela que não me deixa resistir no momento. Agarro-a pela nuca e pressiono os lábios dela contra os meus novamente, dessa vez mais vigorosamente. Minha língua encontra a dela, e elas brincam de vaivém.

Deslizo uma mão por baixo de sua blusa e sinto os peitos pelos quais estive obcecado durante todo o dia. Na verdade, desde que a conheci.

Em um determinado momento, sua mão toca minha coxa e viaja para cima até massagear meu volume.

Ela sussurra em meu ouvido:

— Vamos fazer algo a respeito disso?

Recuo e inclino sobre minha porta.

— Me desculpe. Eu...

— O quê? Sou eu?

— Não! Sou eu! Isso tudo é muito sombrio. Esses lugares são sombrios. Não deveria tê-la levado lá.

— Se eu não tivesse ido com você, não estaríamos aqui agora.

— Uma hora atrás estávamos procurando um cadáver.

— Aquilo esteve morto há trinta anos.

— E o assassino ainda está por aí.

— Sim, Theo. Está. E o rebelde babaca que matou meu marido também está por aí, e nunca terei um desfecho em relação a isso.

— Desculpe. Desculpe.

— Não diga isso. Está arrependido de ter me beijado?

— Não.

— Você deveria ser capaz de segmentar tudo isso. O problema é que você tem apenas um compartimento.

— É como mantenho o foco.

— Já considerou o fato de que isso pode ser o responsável por fazê-lo andar em círculos?

Ela tem razão. A MAAT não me avisou sobre a fonte termal. A ideia surgiu de um comentário aleatório. Tenho feito a mesma coisa de novo e de novo.

Encaro-a. Ela cruza os braços e me observa com seu sorriso convencido no canto dos lábios.

— E agora?

Desligo a parte professor do meu cérebro e digo a primeira coisa que vem à minha mente.

— Pule para o banco de trás e descubra.

Capítulo 61

INTERNISTA

A dra. Debra Mead me observa por trás da enorme armação de seus óculos e produz um som entre um grunhido e um suspiro.

— Então você é o idiota que arruinou minhas amostras?

— Provavelmente.

— Por aqui. — Ela me guia pelo corredor de consultórios dos médicos-legistas.

Tomei ciência da existência dela nesta manhã, quando uma ligação que recebi antes das seis da manhã me acordou. Ao que tudo indica, o único médico-legista de Montana começa a trabalhar bem cedo.

— Theo Cray? — ela havia perguntado.

— Pois não?

— Aqui é a doutora Mead. É você quem fica me mandando corpos?

Havia algo tão direto em sua pergunta que quase confessei uma afirmação.

— Uh... talvez — respondi hesitantemente.

— Me disseram que você é professor de algo.

— Biologia.

— Vai dizer que também leciona?

— Hum, sim. Qual é o problema?

— Tenho dó de seus alunos. Venha ao consultório legista de Missoula.

— Quando?

— Já.

Mead não havia me dado nenhum tipo de informação, além da soberba exigência de que eu fosse para lá o mais rápido possível.

Quatro horas depois, uma pequena mulher de cabelos acinzentados me guia enquanto andamos pelo corredor, sem se incomodar em disfarçar seu desprezo por mim.

Por algum motivo, eu gosto dela. Talvez meu astral tenha sido levantado. Um romântico encontro com uma linda mulher no acostamento da estrada, como adolescentes excitados, é capaz de fazer isso.

— Então, uh, sobre o que é isso? — pergunto.

— É sobre eu me aposentar da universidade apenas para ser "nomeada" — ela faz aspas no ar conforme diz — médica-legista do estado pelo governador. Aparentemente, sou a única qualificada no estado depois que o último babaca saiu. Total desordem. Estavam enviando corpos a Seattle. Seattle? Jesus.

— Médica-legista do estado? Espera, há somente um médico em todo o estado?

— Sim. Temos vários legistas. Qualquer idiota que conseguir passar na prova consegue ser um legista. Mas uma autópsia oficial, reconhecida pelo tribunal, deve ser feita por alguém que sabe diferenciar a bunda do cotovelo ou uma garra de urso de uma faca.

— Então você sabe que elas foram mortas por um homem?

Ela para na porta e me lança um olhar silencioso.

— Sim, Professor Gênio. Você não é o único capaz de chamar as coisas pelos nomes que devem ser chamados.

— Então por que isso ainda não foi divulgado?

Ela deixa a pergunta de lado e indica para que eu me sente em uma cadeira.

— Sente-se e tire a camisa.

— Minha camisa?

— Coletarei sangue, pele, pelos, e tudo o mais que eu quiser.

— Não sei se compreendo.

— Você leciona?

— Já conversamos sobre isso.

— Certo. Bom, tenho uma sala cheia de corpos que devo examinar. Se eu encontrar qualquer DNA além do das vítimas, gostaria de ser capaz de dizer se é o seu. Talvez seja somente o seu. Vou querer esperma também.

— Esperma?

— Você ensina biologia? — Ela balança a cabeça. — Deus nos ajude.

— Estou confuso.

— Obviamente. Deixe-me explicar de maneira simples. Se eu encontrar qualquer DNA, preciso poder dizer que não é o seu. Prefiro não ter que esperar para descobrir. Não sou uma mulher paciente.

— Claramente.

Ela me lança um olhar desafiador.

— Ouça, espertinho, posso obter isso voluntariamente ou posso fazer com que um juiz consiga à força. Você não quer saber como retiramos uma amostra de esperma à força.

— Na verdade, quero. Você ajuda de alguma forma?

— Sim. Enfio uma agulha de vinte centímetros no seu saco escrotal e sugo como uma uva.

Solto uma risada.

— Alguém já comentou que isso é fisicamente impossível?

— Você acha que os idiotas que costumamos ver por aqui sabem soletrar *escrotal*? Então, qual vai ser?

— Não há sentido em resistir, não é?

Após coletar sangue, folículos e amostras de pele, ela me deixa a sós para providenciar a amostra final. É mais fácil do que eu esperava, o que não me surpreende, devido à recente memória que me serviu de inspiração.

Quando abro a porta, ela está parada do outro lado do corredor.

— Esqueceu como abaixa o zíper?

— Já acabei.

— Coelho desgraçado. Você deve ser um agrado às mulheres. — Ela estica a mão em direção ao pote de espécime. — Deixe-me colocar suas excreções no gelo, e, então, nos vestiremos.

— Vestir?

— Sim. Suas anotações não foram tão específicas quanto você achava que seriam. Tenho algumas perguntas sobre como você localizou os corpos.

— Corpos... eu apenas disse à polícia que encontrei Chelsea Buchorn. Ah, e teve também Summer Osbourne. — Eu sinceramente estou começando a ficar perdido.

Mead observa minha reação confusa e responde:

— Certo. Isso estava nas anotações. Temos diversos outros corpos que nos foram enviados por um Sr. Anônimo. Você acha que há algum outro aspirante a examinador forense desenterrando garotas mortas de quem eu deveria saber?

— Bom...

Ela ignora minha hesitação.

— Se estiver preocupado com as implicações legais, fale com um advogado. Nesse meio-tempo, vamos brincar de me dizer como esse outro cara pode ter encontrado os corpos e em quais condições, certo? Quanto mais cedo isso tudo for esclarecido, mais cedo seremos capazes de descobrir quem realmente cometeu esses crimes, e o FBI passará a questionar o autor em vez de o questionar.

— O FBI?

Mead dá de ombros.

— Eu não disse nada.

Ah, merda. Devem ter sido eles que nos seguiam na noite passada. A pequena dica de Mead indica que pode ser que eu seja o alvo da investigação.

Se for o caso, precisarei de toda ajuda possível para convencê-los de que estamos no mesmo lado. Isso significa fazer tudo que Mead pedir.

Passo o restante do dia explicando a ela sobre cada corpo e como os encontrei. Ela faz perguntas específicas sobre cheiros, profundidade do solo e vegetação.

Embora os técnicos que removeram os corpos tenham feito anotações detalhadas, Mead tem muita curiosidade acerca das minhas observações quando os descobri. Ela tem um particular interesse na coloração da pele.

— Alguma notícia sobre as amostras da fonte termal? — pergunto após acabarmos de examinar o último corpo.

— Fonte termal?

— Encontrei uma caixa torácica em uma fonte termal próxima a Red Hook.

— Pelo amor. É sério?

— Mandei um e-mail à polícia ontem à noite.

— Ótimo. Você nunca descansa? — ela pergunta.

— Você também não.

— Red Hook, você disse?

— Sim. Isso te lembra algo?

— Talvez. Estranho.

— O quê?

— Quando vi esses corpos pela primeira vez, me lembraram de algo que examinei anos atrás. Uma garota, uma prostituta próxima daqui. Ela tinha uma marca de garra nas costas. Quatro cortes. Não, cinco.

— Sério? Há quanto tempo?

— Uns vinte anos.

— E ninguém ligou os casos?

— Não. Ela morreu de overdose. Notei as cicatrizes quando fiz a autópsia. Tinham sarado havia alguns anos. Apenas fiz um comentário sobre elas e foi isso.

— Talvez haja uma conexão.

— Talvez. Mas no ritmo em que a polícia está agindo, eu não contaria com nada surgindo por um tempo.

Capítulo 62

PARENTE MAIS PRÓXIMO

Entre nascer e acabar na mesa de autópsia da dra. Mead anos atrás, Sarah Eaves teve uma vida difícil. Não consigo encontrar muitas informações sobre sua infância, além do hospital onde nasceu e a data de nascimento. Existem registros de prisão por furto quando tinha dezoito anos e queixas de prostituição e posse de drogas por volta dos vinte.

As três fotos criminais mostram uma linda jovem, talvez um pouco triste e que envelhecia rápido demais. Há uma janela de cinco anos entre sua última prisão e quando foi encontrada morta no quarto de uma pousada, com uma seringa em seu braço.

Isso sugere que talvez Sarah tenha ficado sóbria, mas, então, teve uma recaída que a matou.

A dra. Mead mexeu alguns pauzinhos e conseguiu obter o endereço de seu último empregador, Darcy's Bolos Quentes & Café, na estrada fora de Red Hook.

Enquanto sento aqui, saboreando meu café e usando toda minha força de vontade para não comer o resto das minhas panquecas de mirtilo, tento visualizar a garota da foto em um uniforme de garçonete e imaginar o que poderia tê-la causado um regresso ao seu passado mais obscuro.

Um homem careca de cerca de trinta anos sai de um Honda Civic desbotado e entra no restaurante. Embora Robert Moorhen não compartilhe do mesmo sobrenome de sua mãe, ele tem os mesmos olhos.

Aceno em sua direção e ele tira sua desgastada jaqueta parca para se juntar a mim.

Ele olha a pasta que descansa na minha frente.

— É sobre minha mãe?

Estou hesitante em responder, pois existem fotos da autópsia ali.

— Em partes. Obrigado por me encontrar.

— Sim. Claro. Tive o dia de folga. Como posso ajudá-lo?

— Primeiro, você compreende que não sou policial, certo? Apenas um pesquisador.

Ele assente.

— De qualquer forma, eu diria tudo o que sei, o que não é muito. Ela morreu quando eu tinha cinco anos. Fui criado pelos meus avós.

— E seu pai?

— Não esteve por perto. Era um operário de petróleo que passou a maior parte do tempo no Alasca e no Canadá. Ele e minha mãe não duraram muito. Se separaram antes mesmo de eu completar três anos.

— Não é fácil dizer isso, mas você sabe que sua mãe teve um passado conturbado...

— Os lances de drogas e prostituição? Sim, dá pra dizer isso. Meus avós nunca comentaram isso, mas meu pai me contava a história dela sempre que ficava bêbado. Não quero acreditar, mas acho que aceito. Você tem que entender que aquela não era a mulher que conheci. Não tenho muitas memórias dela, mas ela sempre esteve presente. Uma mãe realmente boa. — Robert aponta para uma mesa de canto. — Depois da pré-escola, eu costumava sentar ali e colorir. Ela verificava meu ABC enquanto servia os clientes. Então... Bom.

A memória de Robert é um contraste agudo com as fotos criminais dela, mas acredito nele.

— Quando sua mãe faleceu, os médicos perceberam algumas cicatrizes estranhas. Você se lembra delas?

Robert pensa.

— Talvez? Como uns arranhões de cachorro ou algo do tipo?

— Sim. Algo do tipo. Alguma vez ela comentou como as conseguiu?

— Eu tinha cinco anos. A essa altura da vida costumamos aceitar o mundo como ele é. Talvez tenha dito algo a respeito de tê-las adquirido quando era mais nova.

— Mais nova? Quão mais nova?

— Não sei. Quando se é criança, apenas presume-se que seus pais sempre foram adultos. É estranho. Sou mais velho hoje do que ela era quando morreu. Ainda assim a sinto como minha mãe. — Ele pausa e olha pela janela. — As cicatrizes. Talvez tenha sido brincando?

— Brincando?

— Não sei. Ela simplesmente não falava delas. Ela nunca falava de sua infância.

— Não consigo encontrar muito sobre. O que você sabe?

— Ela deixou o lar quando tinha uns dezesseis ou dezessete. Só.

— O lar?

— Sim. O lar adotivo onde morava. Nunca falava sobre ele. Desde que era um bebê, ela tinha altos e baixos.

— Você sabe algo sobre esse lar adotivo? Quem eram seus pais adotivos?

— Não. Não era longe daqui. Sei disso. Ela cresceu nas redondezas.

Interessante. Preciso perguntar a Mead se ela consegue informações sobre isso. Se esse for o lugar em que Sarah conseguiu as cicatrizes...

— Você tem algum suspeito? — Robert questiona.

— Não. Como disse, não sou um investigador. Estou apenas fazendo uma pesquisa acadêmica.

— Espero que pegue o cara que a matou.

— Também espero... — Eu paro quando percebo o que ele acabou de falar. — Calma, espera... sua mãe morreu de overdose.

— Certo. Mas não foi ela que colocou aquela agulha no braço. Alguém fez isso e administrou uma dose letal.

Deslizo o relatório da polícia para fora da pasta e o leio novamente. A causa da morte está listada como overdose acidental. Isso pode ser muito para Robert lidar, embora eu consiga perceber muita convicção na forma como ele fala.

— Não acha que sua mãe teve uma recaída?

Robert aponta a mesa onde disse sentar-se quando criança.

— Ela estava bem ali quando a vi pela última vez. Ela tinha acabado o expediente e foi para fora fumar um cigarro. Ela nunca fumava comigo por perto. E nunca mais voltou. Dois dias depois, foi encontrada a trinta quilômetros, em um quarto de motel. — Sua voz começa a aumentar. — Minha mãe pode ter sido muitas coisas... puta, drogada, ladra. Mas era uma boa mãe, porra. Ela me adorava. Se ela quisesse fugir com algum antigo namorado e se injetar, ela teria me deixado na casa dos meus avós. Jamais teria me abandonado.

Seu rosto está repleto de raiva. Não apenas de mim, mas da injustiça que o mundo causou a ele.

— Desculpe, Robert. Eu não quis sugerir o contrário.

Ele encara o estacionamento e se acalma.

— Desculpe. É que penso a respeito disso todos os dias. Quando você ligou, apenas presumi que seria sobre isso. Que haviam solucionado o... como que chama? O caso arquivado. Acho que minhas expectativas estavam altas.

— Não estão, não. Por que acha que alguém mataria sua mãe?

— Não sei. Sendo criança, pensava que poderia ser como um filme de crime: que ela viu algo que não deveria ter visto. Agora? Não sei. Não consigo imaginar qualquer pessoa que a odiasse.

— O que seu pai disse?

— Nada. Não temos exatamente uma relação próxima. Talvez tenha comentado uma vez que ela se drogava com um antigo namorado viciado. Mas pergunte para qualquer um daqui que a conhecia e estarão prontos para informar que ela jamais me abandonaria da forma como fez, a não ser que fosse levada contra sua vontade. Digo, quem deixaria uma criança aqui, sozinha?

— Não sei, Robert. Não sei. Mas investigarei isso.

Não é uma promessa vazia. Mas, para chegar ao fundo disso, preciso começar pelo início da vida obscura de Sarah – possivelmente onde ela encontrou o assassino pela primeira vez.

Capítulo 63

PROPRIEDADE

Julie Lane me recebe à porta de sua casa com um caloroso sorriso estampado em seu rosto cansado. Seu cabelo, preso em um elástico turquesa, apresenta alguns traços de cinza, o que torna difícil estimar sua idade. Do fim dos anos 1960 até o começo dos anos 1980, ela e o marido administravam um lar adotivo nessa mesma fazenda, na beira de Red Hook. Sua grande casa, que fica contra o panorama montanhoso de Montana, é cercada de altos pinheiros que se destacam em contraste com o liso pasto.

— Senhora Lane, sou Theo Cray. Nos falamos pelo telefone. Estou fazendo uma pesquisa sobre a história de Montana.

— Sim. Sim, claro. — Ela abre a porta e me conduz para dentro.

Um sofá laranja-desbotado repousa em uma sala de estar que parece ter parado no tempo desde os anos 1970. Os únicos privilégios modernos são uma TV de tela plana e um iPad com palavras cruzadas na tela.

Sento-me no sofá próximo à cadeira dela.

— Como disse no telefone, estou fazendo uma pesquisa genealógica e queria conversar com você sobre algumas crianças que passaram por aqui.

— Certo. Mas, para ser sincera, não sei dizer muito sobre a origem delas. Tínhamos todos os tipos de criança aqui. Brancas, negras, indígenas, mestiças. Não importava. Queríamos apenas dar um bom lar para elas e fizemos o melhor que pudemos para garantir isso.

Quero ir direto ao ponto e perguntar se alguma das crianças era um maníaco homicida em potencial, mas tenho que preparar o terreno antes.

— Quais eram as idades?

— Nos especializamos em adolescentes. Adolescentes perturbados, como meu marido costumava dizer. Mas eram bons.

— Sem problemas de comportamento?

Ela ri.

— Eram adolescentes. Todos tinham problemas de comportamento. Mas era só encenação.

— Entendo. Você se lembra de uma garota chamada Sarah Eaves?

A expressão dela muda por um momento; então, ela sacode levemente a cabeça.

— Não... acho que não. Talvez. Era uma das nossas?

— Ela esteve aqui no início dos anos 1980, durante dois anos, até que saiu de casa. Foi parar não muito longe daqui.

— Possivelmente. Quem sabe talvez fosse mais fácil de me lembrar se eu tivesse uma foto.

Entrego-lhe uma foto que o filho de Sarah me deu.

— Essa seria ela com cerca de vinte anos.

— Sim — ela diz após olhá-la por um instante. — Agora me lembro dela.

— Você se lembra de algo sobre ela?

— Não, não posso dizer que lembro. Como disse, não me lembro de todos eles. Sabe como é, são muitos rostos.

Está bem óbvio para mim que essa mulher esconde muito mais do que se importa em dizer.

— Acabei de falar com o filho dela. Ele estava muito interessado em saber como sua mãe era quando criança.

— Filho dela? Sarah teve um flho?

A maneira como o rosto dela acende quando um bebê é mencionado e a maneira como ela disse “Sarah” me mostra que ela tinha muito mais familiaridade com a menina do que procura demonstrar.

— Sim. Cara legal. Me deu essa foto.

— Posso olhá-la novamente?

Entrego-a novamente. Ela a embala com ambas as mãos.

— Qual a idade do garoto?

— Trinta e dois anos.

Lane olha para o lado enquanto faz as contas.

— Ah. Novo assim? — Há algo em seu tom que indica que ela repentinamente perdeu o interesse. Ela devolve a foto.

Por que ela estaria mais interessada se o garoto fosse mais velho? Seria por pensar que, talvez, ela conhecia o pai?

— A Sarah tinha um namorado? — pergunto.

Os olhos de Lane se estreitam.

— Não permitíamos esse tipo de coisa. As garotas moravam no andar de cima e os garotos ficavam no alojamento perto do celeiro.

— Certo. Não quis insinuar nada.

— Éramos muito rigorosos aqui. Meu marido, Jack, não poupava a cinta, tanto com os meninos quanto com as meninas.

Começo a sentir uma vibração assustadora. Embora eu não queira causar desconforto à sra. Lane, temo ter que pressionar para obter mais informações.

— Você sabe o motivo de Sarah ter fugido?

— Não — ela responde duramente. — Era perturbada. Sempre causando confusão e irritando os garotos. Jack tentava ao máximo, mas ela era muito selvagem.

Há algo de inquietante na maneira como ela diz o nome de Jack, com convicção e quase reverência.

Começo a ter a sorrateira suspeita de que as punições de Jack poderiam envolver abuso de menores e a sra. Lane sabe bem disso. Se eu insistir muito no assunto, ela provavelmente me expulsará.

Recuo o questionamento.

— Quando Sarah estava aqui, quem eram os garotos?

— Sr. Cray, isso é sobre genealogia ou Sarah Eaves? — Sua voz está séria. — Acho que está na hora de você ir.

— Na verdade, quero apenas saber sobre as cicatrizes nas costas dela. Ela as adquiriu quando estava aqui, não foi?

— Foi um acidente. Ela caiu sobre algumas ferramentas. O pessoal do conselho tutelar sabe disso. Não sei o que você ouviu, mas com certeza é mentira. Está na hora de você ir embora. — A mulher amigável que me recebeu à porta desaparecera.

Tenho apenas mais uma carta para usar antes que ela possa fazer com que a polícia me prenda por invasão.

Se o assassino era uma das crianças que estavam aqui junto com Sarah, ou próxima o suficiente no tempo para conhecê-la, ele poderia muito bem já estar brincando com suas garras de metal naquela época. Deslizo a foto de uma *bagh nakh* de minha pasta e a seguro em frente ao seu rosto.

— Você já viu algo parecido com isso antes?

Ela não diz nada, mas seus olhos aumentam ao avistar a arma.

Preciso mantê-la agitada, fora de equilíbrio.

— Foi Jack, seu marido, que usou isso na Sarah?

Seu rosto fica branco.

— Jack? Deus, não! Ele jamais faria isso!

Ela está protegendo alguém.

— Quem? Quem mais era seu favorito? Foi ele quem fez isso com Sarah? Ele estava bravo com ela? Com ciúmes do seu marido?

— Já chega. — Ela se levanta e indica a porta. — Já devia ter ido embora. Se você não sair agora, vou ligar para o... delegado.

— Espere, para quem você estava prestes a dizer que ligaria?

— Para ninguém. Agora saia!

Sua voz é tão estridente que temo que ela vá ter um ataque cardíaco.

Tão perto! Quase consegui um nome!

Tenho uma ideia repentina. Derrubo meus papéis e ajoelho para recolhê-los.

Ela avança até a porta e a segura aberta para mim.

— Já!

Recolho-os e sigo em direção à saída.

— Perdão. Não quis aborrecê-la.

Ela bate a porta na minha cara e, então, me observa da janela conforme dirijo para longe.

Terei que pensar em uma desculpa boa o suficiente para retornar dentro de algumas horas e pegar o celular que deixei embaixo do sofá, com o gravador ligado.

Capítulo 64

CÚMPLICE

Após ficar cerca de uma hora sentado no meu carro, a meio quilômetro pela estrada, faço o retorno e sigo de volta na direção da casa de Julie Lane. Invento diversas mentiras diferentes em minha cabeça para dizer a ela, mas não consigo escolher uma que não soe muito forçada. Decido apenas bater na porta e dizer que talvez tenha esquecido alguns papéis do governo. Sem enfatizar o que eram, além de serem papéis do governo.

Sinto-me um tipo de vigarista tentando enganar idosas com enciclopédias duvidosas ou apólices de seguro impossíveis de serem coletadas. Então me recordo que ela talvez esteja acobertando o assassino. E existe a possibilidade de que ela esteve de braços cruzados enquanto seu marido abusava sexualmente das crianças.

Acho que estou tranquilo em mentir para ela agora.

— Falei para você ir embora — ela diz do outro lado da porta.

— Acho que esqueci alguns papéis.

— Não esqueceu. Agora tchau!

— Por favor, é importante. — Impulsivamente seguro a maçaneta e a giro.

Quando abro a porta, ela pula para trás com um olhar aterrorizado em seu rosto. Isso tecnicamente se configuraria como invasão, mas finjo o contrário.

Dou meu maior sorriso para ela.

— Obrigado por me receber. Levará apenas um segundo.

Passo por ela e fico de quatro próximo ao sofá, colocando minha pasta perto de onde deixei o telefone. Ela passa para o outro lado do cômodo, de modo que deslizar o celular para dentro do bolso se torne uma tarefa fácil. Puxo uma folha para fora da pasta e a seguro conforme levanto.

— Achei! Desculpe pelo incômodo.

— Espere até que... — Ela não termina a frase.

Paro na porta.

— Espere até o quê? Você ia contar pra alguém?

— Pra polícia! Vou já ligar para o delegado! — Ela tira o celular do bolso e segura no ar como se fosse um tipo de talismã, reforçando o quão vazia é sua promessa.

Retorno às pressas para o carro e dirijo de volta ao meu ponto de espera inicial, na estrada, para ouvir a gravação.

Aperto o "Play".

Lane esperou apenas um minuto após eu sair para fazer uma ligação.

— Droga. — Ela chora ao telefone. — Que bom que me atendeu. Um homem esteve aqui fazendo perguntas sobre Sarah e você e o pai. Você me disse para ligar caso isso acontecesse. Bom, aconteceu. Falei para ele ir para o inferno e não respondi a suas perguntas. Tenho o número dele se você quiser dar um jeito.

Depois de desligar, há o som de passos à medida que ela anda pela casa e resmunga para si mesma. Acho que ela se sentou na mesa da cozinha, em frente à sala de estar.

Vinte minutos se passam e há o som de um telefone tocando.

— Alô? Ai, graças a Deus... Sim, cerca de quinze minutos atrás. O nome dele? Kay... Leo Kay, eu acho... Que nome era mesmo? Theo Cray? Sim, é esse mesmo! Homenzinho desagradável... Vai falar com ele? Ah, obrigada... Obrigada!

Até o momento não há nada que me indique quem é essa outra pessoa, mas eu poderia apostar que era uma das crianças que moravam com os Lane ao mesmo tempo que Sarah. Uma pesquisa nos registros deve resultar em alguns nomes.

É um pouco desconcertante ouvir que ele sabe meu nome, mas eu não deveria estar surpreso.

Há um longo silêncio; então, Lane diz:

— Certo... certo. E quanto aos carros? Você disse que mandaria uns homens para movê-los? Certo.

Após desligar, há apenas sons de passos até eu surgir novamente. Pareço um vigarista de porta em porta, mas serviu ao propósito. Sei que ela ligou para alguém.

Talvez até mesmo para ele.

Além de roubar seu celular, o que considero brevemente, não sei como agir diretamente com essas informações. Mas é uma pista. Uma grande pista.

Droga. Posso estar extremamente perto de descobrir quem é, presumindo que o homem que marcou Sarah é o mesmo que matou todas as outras pessoas.

E os carros? O que ela quis dizer com isso?

Havia apenas uma carroça velha na entrada. Não vi mais nada. *Havia algo no celeiro, ou talvez na floresta? Qual é a conexão com ele?*

Minha curiosidade está me matando. Tenho que visitá-la novamente.

Espero até o anoitecer para retornar à casa dela mais uma vez. Estaciono na estrada e percorro o resto do caminho a pé. Sigo uma cerca de arame farpado em direção aos fundos da propriedade, mantendo um olho atento na casa, caso alguma luz acenda ou alguém apareça.

Tento convencer a mim mesmo de que ele não virá imediatamente, talvez nem chegue a vir, especialmente se suspeitar que eu o esteja seguindo.

Isso pode ser mais uma ilusão do que um pensamento racional.

Passo o celeiro e piso por entre algumas espessas plantas no outro lado. Estou tentado a usar minha lanterna, mas não quero alertá-la de minha presença.

No momento em que alcanço a floresta, mal consigo distinguir meus próprios sapatos em meio à escuridão. Provavelmente teria sido melhor ter feito isso de manhã cedo na luz cinza do amanhecer. Simplesmente não tive a paciência de esperar tanto tempo.

O bosque é uma mistura de árvores altas e arbustos cobertos. Tenho que andar pela beira para achar uma brecha nos espinheiros e penetrar mais fundo.

Encontro uma pequena trilha de pés e serpenteio através da mata e dos arbustos. A casa já não está mais visível quando olho para trás, o que significa que posso ligar minha lanterna.

Algo imediatamente reflete em meio às plantas. Aproximo-me e percebo que estou encarando o farol de um carro. É um Chevy Citation azul e enferrujado.

Não há placas na frente ou na traseira, mas vejo outro carro, um Datsun, a cerca de três metros de distância. Laranja com ferrugem, também sem placas.

Quando giro minha luz ao redor, percebo que há ao menos oito ou nove carros à minha volta. Todos eles datando pelo menos trinta anos e cobertos por ferrugem.

Nenhum deles tem placa. Abro as portas de alguns deles e reviro os porta-luvas em busca de qualquer coisa que possa identificar de onde vieram, mas não há nada a ser encontrado.

Estranho.

Muito estranho.

Uso meu celular para tirar fotos e tentar encontrar os números de identificação dos veículos. Os dos painéis foram todos arrancados. Verifico embaixo das portas e nos blocos dos motores e não encontro nada.

O que está por trás desses carros sem identificação? O velho Jack comandava uma quadrilha de roubos de carro?

Não.

Não é por isso que estão aqui.

Minha respiração fica rasa à medida que entendo onde estou pisando.

Droga.

Puta merda.

Preciso sair daqui rápido.

Isso não é um ferro-velho.

É outro de seus cemitérios.

Capítulo 65

CALHAMBEQUE

Tenho que sair daqui. No piscar de um flash, tudo passou de uma teoria para algo muito real. A misteriosa criança da Lane poderia ter sido um entre diversos potenciais suspeitos, mas os carros me dizem o contrário.

Como disse Elizabeth, os carros de todos aqueles que viajavam pelo país e desapareceram em Cougar Creek deveriam estar empilhados em algum lugar.

E estavam.

Ele os trouxe aqui.

Corro pela floresta, enfiando-me por entre os escombros enferrujados, e tento encontrar o caminho da brecha para fora daqui. Meu pé atinge uma peça de metal enterrada e tropeço.

Uma dor congelante domina meu corpo conforme meu cotovelo destrói um espelho retrovisor de um Toyota Celica. Quando solto meu braço, há fragmentos de vidro na minha pele e sangue na porta.

Droga.

Tento limpar o sangue com minha manga, mas acabo apenas manchando o painel. Vejo uma luz acender no andar de cima. Nada bom. Ela havia me ouvido.

Dane-se o carro. Enrolo a jaqueta em volta do corte no braço e disparo a correr novamente.

Chego à beira da floresta e corro pela linha da propriedade, seguindo a cerca de volta para a estrada. Faço muito barulho conforme piso forte pela grama seca. Meus joelhos atingem a beira de uma pilha de madeira, derrubando-a.

Ouço o som de uma porta batendo à distância e luzes surgem na beira do jardim.

— Sei que está aí! — Julie Lane grita. Então, ela diz algo realmente arrepiante. — Espere até ele descobrir! Apenas espere!

Consigo chegar à estrada de cascalho, ombros curvados, temendo que minhas costas sejam preenchidas pelo chumbo do tiro de uma espingarda.

Com os pulmões agitados, começo a oscilar conforme minha visão passa a embaçar nas bordas. *Droga. Perdi mais sangue do que imaginei.*

Apoio-me em uma estaca da cerca, respiro fundo e olho por cima dos ombros, checando.

Vejo a silhueta da sra. Lane na varanda, observando-me.

Cambaleio para mais longe, usando o trilho de madeira como apoio para me manter em pé. Eventualmente ando longe o suficiente para perdê-la de vista. Não que faça diferença de fato – mas mentalmente faz.

Continuo seguindo, com medo de em algum momento dar um passo em falso e desabar.

De alguma forma consigo chegar até meu Explorer. Quando abro a porta, vejo meu braço na luz interior, coberto de sangue.

Quero dirigir e largar esse lugar maldito, mas temo desmaiar atrás do volante e atingir uma árvore. Isso precisa de cuidado imediato.

Usando meu braço bom, abro o compartimento atrás do Explorer e pego meu kit de primeiros socorros. Consegui cortar minha veia basílica. Será necessário um torniquete no cotovelo para estancar o sangramento.

Puxo o pedaço de vidro que a mantém aberta e pressiono a abertura. Por sorte, a veia não rompeu, foi apenas cortada como uma coleta de sangue malfeita. Enquanto sento no meu para-choque esperando que minhas plaquetas de sangue coagulem e selem por dentro, mantenho um olho atento à estrada.

Deslizo a arma de Gus da cintura para o chão para o caso de precisar pegá-la com pressa. O único problema é que sou destro e, nesse instante, essa mão está fora de serviço.

Paciência, Theo. Paciência.

O ritmo das batidas de meu coração diminui e o sangue para de pingar das pontas dos meus dedos. A veia ainda goteja um pouco quando a solto, mas não é nada que um curativo apropriado não resolva.

Apenas para ter certeza, preciso que um médico examine o corte, para se certificar de que não terei que levar pontos.

Quarenta minutos depois, estou sentado na sala de emergência do Hospital Fairfax, aguardando até que meu nome seja chamado. As luzes fluorescentes e o cheiro de antisséptico são estranhamente suavizantes para mim.

Meu curativo é vermelho brilhante, e o sangue voltou a correr pelo meu braço. Quero dizer algo à recepcionista, mas tenho certeza de que preciso beber mais alguns copos de cerveja antes de ter coragem suficiente para fazê-lo.

O braço fraco não é o que mais me incomoda. É a confirmação de minha suspeita.

Enquanto sento aqui, sangrando, uso minha mão esquerda para operar o celular e navegar por todos os registros que pude encontrar sobre pessoas desaparecidas próximas de Cougar Creek.

Seis dos carros que encontrei na floresta são da mesma marca, modelo e cor dos carros pertencentes aos desaparecidos.

É ele.Com certeza é ele.

Escrevo uma mensagem de texto para a polícia de Red Hook e encaminho à dra. Mead. Providencio o endereço de Lane, uma lista dos carros, e sua conexão com Sarah e os assassinatos.

Com essa informação, podem obter os nomes daqueles que moravam lá e conseguir o nome *dele.*

Aperto "Enviar" e sinto uma onda de alívio que pode ser também a desencarnada euforia de desmaiar.

Capítulo 66
ÁLIBI

A subdelegacia do Condado de Poitier, em Red Hook, é um pequeno prédio anexado ao correio. As paredes estão repletas de folhetos e avisos. Há duas mesas atrás de um pequeno balcão, e o restante da delegacia fica atrás de uma segura porta de metal onde presumo que haja uma cela ou um cofre.

Sargento Graham, uma oficial que ostenta uma séria expressão sobre o que seria, geralmente, um rosto amigável, está fazendo anotações à medida que conto a ela como fui à casa de Lane e descobri os carros.

Tive que mudar um pouco a história, ou melhor, florescer alguns detalhes, pois eu claramente havia invadido.

— Quando bati na porta, não houve resposta. Então contornei pelos fundos para ver se ela estava lá.

— Você tinha permissão para fazer isso?

— Nós havíamos conversado pelo telefone. Ela disse que eu poderia passar lá. — Essa parte é verdade, até ela me mandar para o inferno.

Graham escreve em seu minúsculo, conciso roteiro.

— E foi então que descobriu os carros?

— Vi o bosque e decidi olhar mais de perto.

— Por quê?

— Sou biólogo. Não se veem tantos pinheiros dessa altura por aqui.

Ela encosta sua caneta na ponta do queixo.

— Hum... Nunca reparei nisso.

Tenho a impressão de que ela reflete profundamente sobre muitas coisas e penso comigo mesmo que seria melhor tentar não ser muito esperto.

— Acho que tem algo a ver com o solo. Essa área é composta de planície aluvial glacial. A camada superior é boa para o cultivo, mas alguns metros abaixo é muito rochoso.

— E foi aí que você viu os carros?

— Sim. Vários. Pareceu estranho. Anotei o número dos modelos e as marcas e comparei com uma lista de carros pertencentes às pessoas desaparecidas nos anos 1980.

— E você acha que isso está ligado aos corpos que têm surgido?

— Sim. Todos possuem marcas de garras similares. Me disseram que uma órfã sob cuidado dos Lane havia sofrido algo similar e, por isso, resolvi tentar investigar.

Ela se inclina na cadeira para me avaliar.

— É um belo salto.

— Uma das vítimas em Cougar Creek tinha um ferimento similar. Aparentemente, valia a pena dar uma olhada.

— Por conta própria...

Há algo na maneira como ela diz isso que é levemente condescendente.

— Digamos que as outras autoridades com quem falei não foram tão proativas.

— Isso provavelmente deve ser verdade, e não digo que serei muito melhor do que elas. Tenho uma pilha de relatórios e incidentes que continua a crescer.

— Compreendo. Mas estamos falando de assassinato.

— E levo isso muito a sério. — Ela puxa o microfone do seu rádio de ombro. — Aqui é 163. Temos alguém próximo à Rodovia 30 e Harris Road? Câmbio.

— Ei, Graham — um homem responde. — Finley está a uns dez minutos de lá.

— Pode me passar pra ele?

Segundos depois, uma voz mais velha se pronuncia.

— Finley falando. Câmbio.

— Ei, Fin. Aqui é a Graham. Estou com uma testemunha aqui que tem uma pista interessante. Poderia dar uma passada na Harris, número 848, e verificar alguns possíveis carros roubados nos fundos da propriedade? Apenas pergunte ao proprietário se permite que você faça uma busca. Caso não permita, perguntaremos ao delegado o que devemos fazer a seguir.

— Sem problemas. É a casa da Lane, certo?

— Positivo.

— Ela não parece o tipo.

— Talvez um de seus órfãos.

— Órfãos? Pensei que morasse sozinha.

— Isso é coisa do passado.

— Entendido.

Sua atenção retorna a mim.

— Vejamos o que ele vai encontrar. Se o proprietário não nos deixar conduzir uma busca, providenciaremos um mandado. Se chegarmos a esse ponto, precisarei que você converse com o delegado.

— Farei tudo para ajudar.

— Então você acha que um dos órfãos é o cara que estava matando todas essas garotas?

— Eu afirmaria que definitivamente há uma conexão. Os carros me convenceram disso. — Já que ela está ao menos interessada na teoria e não me prendeu ou expulsou, decido ir um pouco mais longe. — Consegue puxar uma lista de nomes dos órfãos que ficaram lá?

— Precisaria ligar para os serviços familiares. — Ela verifica o relógio. — Mas... até que não me parece uma má ideia ser um pouco proativa.

Ela pega o telefone da mesa e disca.

— Oi, Bonnie, é a Graham ligando do escritório do delegado do Condado de Poitier. Queria saber sobre obter registros para alguns pais adotivos datando do fim dos anos 1970 e o início dos anos 1980... uh-huh... Helena? Você não consegue fazer eletronicamente? Não? Bom, se não for muito incômodo, será que poderia puxá-los e separá-los para mim? O departamento tem um contato lá.

Ela dá de ombros quando desliga.

— Metade do que faço durante o dia é pedir coisas que eu deveria ser capaz de encontrar em um segundo. Meu amigo está ligando para Helena para que puxem os registros. Se sua história bater, seremos capazes de ir um pouco mais a fundo.

Não tenho dúvidas de que vai bater. Não tem como o assassino ter removido aquela quantidade de carros durante a noite sem deixar provas.

O rádio explode em vida com um comunicado urgente da central.

— Atenção, todas as unidades! Dirijam-se para um incêndio na Harris Road, 848.

Graham e eu nos entreolhamos em choque. O dela é mais moderado que o meu.

O rádio dela estala.

— Graham, é o Fin. A testemunha está com você neste exato momento?

— Bem na minha frente.

— Que horas ele disse que saiu da casa da Lane?

— Doutor Cray? — ela pergunta.

— Ontem à noite. Fui para o hospital em seguida. Pode verificar — respondo.

Graham repassa essa informação para o rádio.

— Ele disse que esteve lá na noite passada. O departamento também recebeu um e-mail dele na última noite.

— Certo. Bom. Droga. A floresta está em chamas. Parece ter começado há pouco tempo. Acho que precisamos de você aqui.

Graham se coloca de pé em um salto.

— Doutor Cray, preciso trancar a delegacia, mas seria de grande ajuda se pudesse ficar pela redondezas.

— Claro. Qualquer coisa.

Jesus. Ele incendiou a floresta inteira para impedir que chegassem aos carros. Mas quanto isso vai ajudar?

Perplexo, sigo Graham para fora e a observo trancar o local.

Conforme ela vai em direção ao seu carro, consigo ouvir claramente outro chamado em seu rádio.

— Central, Finley aqui. Estou na Harris, 848, e tenho um 10-54.

Graham vira-se e me encara por um momento ao lado da sua viatura, a mão hesitando no puxador.

Forço-me a assentir para ela.

— Estarei na Darcy's Bolos Quentes & Café se precisar de mim — digo.

— Certo. Fique por perto — ela diz, saltando para dentro da viatura e partindo.

Espero até que ela dobre a esquina para cair de calcanhar e respirar fundo. O fato de ter aguentado tanto me impressiona. O último chamado no rádio me causou um pânico que exigiu um esforço extra de cada célula de meu corpo para ser suprimido.

Um 10-54 é o código da polícia para um possível cadáver.

O assassino não somente dificultou a investigação dos carros como também assassinou a sra. Lane, a mulher que o criou e única pessoa que poderia conectá-lo ao passado.

Capítulo 67

DESAMPARADO

Caminho até meu Explorer esperando que Graham volte rasgando a rua, sirenes ligadas, pronta para saltar da viatura com a arma em punho, mandando-me beijar o chão.

Apenas quando estou na estrada, seguindo na direção oposta, que sinto o mínimo de alívio.

Tento processar o que aconteceu quando deixei a casa de Lane. O assassino deve ter ficado preocupado sobre eu ir às autoridades e, então, tentou cobrir uma conexão que há tempos já havia sido esquecida.

Ele provavelmente presumiu que fosse mais seguro deixar os carros na floresta do que tentar movê-los. E provavelmente era. Mesmo se alguma outra pessoa tivesse esbarrado neles, carros abandonados não são nenhuma exceção à regra por aqui. Quando faço buscas no Google Maps, encontro carros velhos o tempo inteiro, jogados em jardins ou semienterrados nas plantas, com os pneus já apodrecidos.

Os carros na propriedade da Lane não seriam nada de mais, a menos que se saiba a quem pertenceram. Foi isso que assustou o assassino.

Incendiar o bosque apenas atrasaria a identificação, mesmo que ele tivesse colocado termite nos blocos dos motores.

O motivo real de suas ações era matar Julie Lane. Fazer isso não apenas a silenciaria, mas atrairia mais atenção para mim e desviaria o foco das autoridades. O assassino não estava apenas cuidando de uma ponta solta. Pode ser que também estivesse tentando me incriminar.

Fui a última pessoa a ver Lane. Também sou o cara com uma história bizarra envolvendo o Monstro de Cougar Creek e os assassinatos recentes... e deixei uma trilha de sangue do bosque até a estrada.

Se o assassino a estrangulou e passou uma das facas de cozinha dela no meu sangue para parecer que ela tentava se defender, terei sérios problemas em provar minha inocência.

Em vez de retornar para a pousada do Gus, pego a saída que leva a Helena. Tenho que pegar os registros dos pais adotivos e descobrir com quem estou lidando. Em seguida, precisarei procurar um advogado.

Também preciso alertar Gus e Jilian. Ligo para ela primeiro.

— Oi! Como está? Como foi a pesquisa? — ela diz assim que atende.

Minhas palavras saem às pressas.

— Jilian, acho que descobri quem ele é, ou pelo menos de onde é. Acho que ele acabou de matar a mãe adotiva para cobrir seus rastros.

— Em Red Hook?

— Sim. Estive lá ontem para conversar com ela. Encontrei os carros dos viajantes desaparecidos na floresta. Cerca de dez deles.

— Ah, meu deus!

— Não é tudo. Ele sabe sobre mim. Sabe meu nome. Isso significa que pode saber sobre você e Gus.

— O que está dizendo?

— Não sei. Me desculpe. Não era minha intenção arrastá-la para o meio disso tudo.

— Não arrastou. Pare de se culpar.

— Ele pode ir atrás de você.

— Por quê?

— Porque ele faz o que faz?

— Onde você está? Venha até aqui para conversarmos sobre isso.

— Preciso fazer algo primeiro. Preciso conseguir o nome dele.

— E depois virá direto pra cá?

— Sim, mas ligue para Gus para avisá-lo e ligue para o DP de Hudson Creek. Diga o que for necessário. Merda, diga a eles que está com medo de mim.

— Não posso fazer isso.

— Você precisa fazer algo.

Espero não estar tendo uma reação exagerada. Não sei o que faria se algo acontecesse a Jilian.

Passo o resto da viagem a Helena preocupado com duas coisas. *E se ele estiver usando o incêndio e o assassinato como uma distração para fugir?* No instante em que as autoridades perceberem que deveriam estar em seu encalço, ele pode já ter desaparecido há tempos.

A outra preocupação é: *e se ele não estiver usando isso como uma isca para escapar? E se estiver imóvel e matando qualquer um que possa ligá-lo aos crimes?*

O filho de Sarah Eaves estava convicto de que sua mãe foi assassinada. *E se esse fosse o assassino eliminando mais uma testemunha?*

Quando chego ao escritório de Serviços Sociais, sinto meu estômago se converter em um nó de pura agitação. Não sei qual lado é para cima. Para piorar minha ansiedade, tenho que entrar no prédio e mentir.

Estaciono em uma vaga na frente do compacto prédio e passo um instante me acalmando. O nome dele está lá dentro. Tudo isso pode acabar bem rápido. Tenho apenas que ir até lá e pegar os papéis que Graham solicitou.

Sim, isso provavelmente é um delito, mas agora é a menor das preocupações.

Saio do Explorer e me certifico de que estou usando uma camisa limpa, sem manchas de sangue, antes de entrar no saguão.

Um segurança sentado na mesa frontal desvia o olhar do seu telefone.

— Posso ajudá-lo?

— Vim buscar uns registros para o Condado de Poitier.

Estou preparado para tentar blefar com minha carteirinha de pesquisa dos Parques Nacionais e meu crachá da universidade, na esperança de que esses documentos que parecem oficiais me deem alguma credibilidade.

— Terceiro andar. Sala quatro.

— Obrigado.

Dois minutos depois, estou parado diante da mesa. Minhas pernas tremem tanto que tenho que pressioná-las contra a mesa para que parem.

— Posso ajudá-lo? — uma mulher pergunta ao se sentar atrás da mesa.

— Olá. Estou aqui para pegar alguns registros de adoção solicitados pelo Condado de Poitier.

— Quando foi feita a solicitação?

— Esta manhã.

— Desculpe. Isso leva cerca de dez dias. Estou surpresa que não tenham te falado.

Droga. Droga. Droga.

A essa altura, já estarei preso ou morto.

Uma voz chama de um escritório:

— É o Departamento do delegado do Condado de Poitier?

— Sim — a mulher à frente responde. — Disse a ele que levará pelo menos dez dias.

— Estão na minha mesa — diz a pessoa na outra sala. — Recebemos outra ligação uma hora atrás, urgente. Aparentemente, há uma investigação de assassinato.

Uma mulher vestindo um fino paletó sai de seu escritório segurando um espesso fichário.

— Acabei de reuni-los. Aqui está.

Tento evitar que minhas mãos tremam à medida que pego o fichário de suas mãos. Abro-o casualmente. Está repleto de fichas e fotos de crianças. Há ao menos trinta delas aqui.

— Obrigado.

Quase dou de cara na porta conforme analiso os rostos, tentando encontrar aquele que pertence ao assassino.

Capítulo 68

CONTRAMEDIDA

— Vai atender isso? — pergunta o guarda conforme passo pela mesa de recepção.

— Perdão? — Desvio o olhar do fichário.

— Seu celular. — Ele aponta para o meu bolso.

Somente agora percebo que esteve tocando.

— Ah, sim. — Enfio a pasta embaixo do braço e pego o aparelho.

É um número de longa distância cujo código de área não consigo reconhecer. Estou tentado a atender, mas decido fazê-lo quando sento em um banco fora do prédio.

— Alô? — digo, sem prestar atenção. Estou tentando organizar as dezenas de faces e encontrar aquelas que correspondem com quando Sarah Eaves esteve na casa dos Lane.

— Theo? — pergunta uma voz grave e profunda.

— Sim... — Viro as páginas em direção ao final do arquivo quando percebo que lá estão agrupadas as fotos do fim dos anos 1970 e início dos anos 1980. Paro no rosto de Sarah. Está mais jovem do que a que havia visto.

— Tenho sua atenção? Pois você certamente tem a minha.

O tom de voz faz com que eu desvie meu olhar da pasta.

— Quem é?

— Quem você acha?

Sinto um dedo gelado tocar meu coração.

— Não sei ao certo...

— Vamos direto ao ponto e ao que você deve fazer.

— Sobre o quê?

— Antes de mais nada, você vai destruir todas as suas anotações e tudo que ainda não entregou à polícia.

Caralho, não... não pode ser...

— Espera um pouco...

— Eu ainda não acabei, Theo. — A voz dele é firme, como um instrutor de cão policial dizendo a um pastor-alemão para sentar. — Depois que você destruir todas as suas anotações, vai gravar um vídeo confessando o assassinato de Julie Lane.

— Mas eu não a matei...

— Claro que não matou. Eu matei. Ela era como uma mãe para mim, e olha o que você me obrigou a fazer.

Minha respiração está rasa.

— Por quê?

— Por que você acha? Ela ainda estaria viva se você não tivesse ido bater à porta dela. Foi você quem fez isso.

— Não, você fez — digo fragilmente.

— Posso ter sido o instrumento, mas você foi a causa. Você sabe disso. É apenas mais uma bagunça que você fez e que agora teremos que limpar.

— Todas aquelas pessoas...

— Todos vamos morrer. Que diferença faz?

— Como você... como pôde?

— É o que sou. Agora vamos falar sobre o que você vai fazer. Após destruir as anotações e confessar o assassinato de Julie Lane, eles vão querer saber sobre os outros corpos. É por isso que você também dirá, em sua confissão, que os manipulou para esconder o fato de que foi você quem matou Juniper Parsons.

— Isso é loucura. É impossível.

Tudo parece um sonho. Tenho que encarar os carros passageiros e sentir o cheiro da brisa para me convencer de que isso realmente está acontecendo.

— Confie. Eles vão acreditar no que você diz. Eles já suspeitam de tudo isso. Apenas use seu cérebro para pensar em métodos e explicações convincentes. Você é um homem esperto. Esperto demais.

— Não acreditarão em mim.

— Acreditarão, em partes. Fica a seu critério convencê-los do resto. Confie em mim, eles querem uma explicação simples. Sempre.

Por algum motivo, eu não reclamo. Apenas faço perguntas, como se isso fosse inevitável.

— E se não acreditarem?

— Se você não conseguir convencer a todos? O que você acha, Theo?

Hesito.

— Não sei...

— Estou te enviando uma foto.

Meu telefone apita quando a mensagem chega, e uma imagem em preto e branco se abre. A princípio preciso cerrar os olhos para tentar ver os detalhes. Quando finalmente reconheço o que estou vendo, o mundo para.

É uma imagem de Jilian, tirada com uma câmera de visão noturna.

Ela está dormindo em sua cama.

— Estive lá na noite passada, Theo. Fiquei cerca de uma hora próximo a ela, observando tudo. Sou muito silencioso. Mas não preciso visitá-la em casa novamente. Poderia sentar em uma mesa de seu restaurante e enfiar uma faca em suas costelas enquanto ela serve meu café. Poderia pegá-la enquanto caminha até o carro durante a noite. Poderia dar um tiro nela a noventa metros de distância. Tenho várias maneiras. E seu amigo, o velho, quão difícil você acha que seria? Eu poderia matar ambos em vinte minutos e depois seguir até a Flórida para fazer uma visitinha para sua mãe. Ou poderia ir ao Texas e começar a matar alunos aleatórios de sua faculdade.

Eu retorno do meu estado onírico e sinto meu sangue ferver.

— Seu desgraçado...

— Foi você quem começou tudo isso. Agora, é você quem deverá encerrar. Nesse momento, você é o peso das probabilidades. Você dirá à polícia tudo que contei? Ou fará exatamente o que pedi? Acha que pode proteger a todos? Eles nem sequer acreditam que eu existo.

— Sei o seu nome. Direi a eles. — Ainda não sei, mas sei que está na pasta.

— Não, não sabe. Você sabe um antigo nome que não uso há trinta anos. Aquele garoto, o garoto que... Ele não existe mais.

— Então é isso? Você é abusado por um caipira e então resolve se tornar um assassino em série?

— Não é tão simples, Theo. No fundo, todos somos animais. Mas isso não vem ao caso. Você sabe o que precisa fazer.

— Como sei que você não vai machucá-los de qualquer maneira?

— Não sabe. Mas você é um homem sensato. Fazer isso não é do meu interesse. Apenas quero ouvir sua confissão no noticiário de amanhã.

— E se eu fizer tudo que me pediu e não acreditarem em mim?

— É por isso que você terá que fazer uma última coisa para convencê-los. Não posso confiar que você não dirá nada no futuro. É por isso que vai usar essa sua arma para colocar uma bala na cabeça após fazer a confissão.

— Eu... eu devo me matar?

— Sim, Theo. Grave uma confissão. Espero que seja a melhor performance de toda sua vida. Em seguida, atire em si mesmo. Será rápido e garanto que você não vai sentir nada. Jilian estará segura. E, se não o fizer, alguém com quem se importa estará morto até amanhã à noite. Talvez ela. Talvez Gus. Talvez alguém que eu não tenha mencionado.

Não sei durante quanto tempo permaneço sentado aqui após ele desligar, encarando o balançar dos galhos de uma árvore, hipnotizado.

O toque do meu celular me desperta do estupor.

— Alô?

— Olá, doutor Cray, é a sargento Graham. — A voz dela está mais amigável que o tom profissional utilizado durante a manhã. — Não tivemos a chance de encerrar. Tenho mais algumas perguntas para você. Ainda está no lugar das panquecas?

— Tive... que fazer algo.

— Certo. Bom, se puder passar na delegacia, podemos finalizar. Consegue chegar aqui em uma hora?

— Claro — minto.

— Ótimo. Até logo, então.

Não sou o único mentiroso. Ela foi amigável demais, muito cordial. Tenho certeza de que ela visitou o lugar das panquecas e percebeu que eu não estava lá.

Querem falar comigo sobre a sra. Lane.

Neste exato momento devem estar pensando por que eu a mataria, incendiaria a floresta e, em seguida, os levaria uma história sobre o Monstro de Cougar Creek. Não faz sentido. É loucura. Mas todos os caminhos levam a mim.

Droga.

Devo pensar em algo se quiser manter Jilian e Gus a salvo.

Capítulo 69

ADMISSÃO

Joshua Lee Clark. Esse é o nome dele ou ao menos costumava ser. Quando viro sua página do fichário, os olhos entregam. Verde-escuro, abaixo de um esfregão de cabelos ruivos. São olhos inteligentes, embora incertos. Não é a foto de uma criança de onze anos assustada. É um atento animal registrado com um flash.

Foi colocado para adoção após sua mãe ter sido encontrada esfaqueada na cozinha. Joshua contou à polícia que havia sido uma disputa doméstica entre ela e seu pai distante. Ninguém viu o pai sair ou entrar, mas o histórico de violência familiar que havia fez com que a polícia acreditasse na história de Joshua.

Sabendo o que sei agora, não sei se consigo acreditar. A voz calculista no outro lado do telefone era capaz de qualquer coisa. Ele admitiu ter matado Julie Lane, sua mãe adotiva, em uma tentativa de silenciá-la e me incriminar.

Matar, por prazer ou por conveniência, é uma atividade que não requer nenhum tipo de esforço para ele. E, agora, está ameaçando matar pessoas que amo se eu não fizer o que diz.

Tenho que mentir e inventar frágeis explicações. Tenho que fazer tudo que puder para convencer as mesmas pessoas que tentei fazer acreditar que havia um assassino à solta que tudo era, na verdade, invenção minha.

É absurdo e não sustentará uma investigação, mas Clark está certo: se eu pontuar a mentira com minha própria morte, darão um jeito.

Se eu admitir ter matado Juniper, acreditarão em mim. Posso convencê-los de que planejei a morte de Chelsea se disser que aconteceu durante uma viagem que fiz no ano anterior.

O mesmo para os outros corpos. Se o período não bater porque eu estava fora do país quando foram mortas, inventarei alguma história sobre colocar os corpos em um freezer para durarem mais ou algo do tipo, para ter uma desculpa aceitável.

Direi que os corpos de Cougar Creek foram encontrados em outro lugar e plantados há anos na fonte termal.

Quanto vão se empenhar em derrubar o depoimento de um homem morto? Se eu der tudo que querem, ficarão contentes.

O que for necessário para manter Jilian segura.

Também vão exigir um motivo. Não posso apenas explicar como executei todos os assassinatos. Eles com certeza querem saber por que uma mente doentia desenvolveria um plano tão desequilibrado.

Direi que sempre tive um parafuso a menos. Obcecado com pensamentos de violência em relação às mulheres, o desejo de executar o assassinato perfeito. Direi que matei Juniper porque ver estranhos morrendo não havia sido o suficiente para mim; queria assassinar alguém que me conhecia.

Por que eu cometeria suicídio?

Se sou um sociopata, não pode ser por culpa. Seria porque quero regozijar abertamente? Ou seria por medo de estarem se aproximando de mim?

Quando prenderam Tom Bundy, ele disse ao policial que o pegou que teria sido melhor se ele tivesse sido baleado. Ele não sentia remorso, mas não era imune à ansiedade.

Precisarei fazer uma detalhada linha do tempo que explique quando cometi todos os meus crimes. Devo também preparar explicações para como burlei os métodos usados para datar os corpos, como a refrigeração. Posso nomear alguns conservantes e aceleradores enzimáticos.

Para tornar mais convincente, devo me preparar para que, quando meu carro for revistado, as ferramentas e produtos químicos necessários sejam encontrados. Provavelmente há uma ou mais empresas de suprimento químico nas proximidades que podem prover o que preciso.

Sim, acho que consigo fazer isso. Droga, vou postar minha confissão on-line para que todos vejam. Seria demais para os noticiários resistirem.

Isso deve convencê-los de minha sinceridade.

Há uma clareza que surge quando a vida lhe prende a uma situação binária.

Pode ser que eu tivesse mais escolhas se dispusesse de mais tempo. Independentemente da mudança de nome, tenho certeza de que poderia encontrá-lo. Mas fui lento e desastrado. Qualquer negociação que durasse mais tempo seria transparente para ele. Ele tem a vantagem.

Direciono minha energia mental aos produtos químicos e materiais que precisarei para convencer a polícia de que fui capaz de brincar com corpos por aí, atrapalhando a estimativa da data da morte.

Existe uma solução enzimática usada como produto de limpeza industrial que poderia causar necrose avançada antes que o corpo entrasse em decomposição. Alguns galões disso seriam convincentes. Um leve banho ácido em uma banheira causaria descoloração da pele e envelhecimento.

Poderia dizer que usei um tanque de gás carbônico para fazer com que os órgãos internos parassem de se decompor.

Se eu realmente quisesse ferrar com a forense, poderia dizer que levei sangue de um corpo e o plantei em outro para atrapalhar a análise de DNA.

Porra. Eu poderia, de maneira convincente, transformar um cadáver em um clone morto de alguém vivo caso transferisse sangue o suficiente, usasse um agente de coagulação para que as veias se solidifiquem e se encostem e, então, destruísse a arcada dentária, desgastando os dentes com ácido fluorídrico – como se tivessem sido atacados por uma agressiva bactéria.

Certo, sei o que dizer. Sei o que preciso fazer.

Vou escrever um resumo dos meus métodos, gravar o vídeo da confissão e, então, avisar a polícia onde encontrar meu corpo.

É a única forma de manter Jilian a salvo.

Capítulo 70

SUBSTITUTO

"Em minha solidão, ponderei muito sobre os assuntos incompreensíveis do espaço, eternidade, vida e morte."

—*Alfred Russel Wallace*

É mais fácil falar sobre forjar minha morte do que de fato fazê-lo, especialmente em tão pouco tempo. Embora fosse praticamente impossível que eu conseguisse convencer alguém que conduza um detalhado exame forense de que o corpo de outra pessoa é meu, isso poderia fazer com que eu ganhasse algum tempo. Tenho, no máximo, três ou quatro dias até que Mead e sua equipe examinem o cadáver e percebam minha farsa.

Tenho que encontrar Joshua Lee Clark antes disso. Ele ficará louco assim que perceber o que fiz, e Jilian e Gus estarão correndo risco.

Se eu achasse que Clark fosse deixá-los em paz, provavelmente atirasse contra minha própria cabeça, mas não confio nele. Assim que estiver morto, ele provavelmente vai matar Jilian só pelo gostinho. É o que ele faz. Mesmo tendo se apresentado no telefone como uma pessoa fria e racional, ele é um assassino que sente prazer em matar. Está em seu DNA.

Tenho que fazê-lo acreditar que estou morto para poder ganhar tempo. Para isso, precisarei de um corpo. Em Montana morrem, em média, vinte e quatro pessoas por dia. Por volta de duas a três dessas pessoas são homens que têm quase a mesma idade que eu.

De acordo com a revista *Montana Gazette*, Christopher Dunleavy, trinta anos, foi encontrado desacordado há dois dias e levado ao Hospital Memorial de Missoula, onde, assim que chegou, foi declarado morto por overdose. Autoridades dizem que estão tentando contatar membros da família. Tradução: o corpo dele está em um necrotério esperando que alguém faça os planos de enterro.

Uma busca pelo seu perfil nas redes sociais mostra um homem que, embora não se assemelhe muito a mim de rosto, possui um formato de corpo similar. É o suficiente para o que planejo fazer.

Disco o número do hospital e peço que a central telefônica me redirecione para o necrotério.

— Refrigeração — diz uma mulher amigável.

— Olá, estou ligando do escritório do delegado de Hudson Creek. Você ainda tem os restos de Christopher Dunleavy?

— Sim. Aguardamos contato dos familiares. O que foi?

— Surgiu algo. Acho que o laboratório criminal do estado quer dar uma olhada.

— Da parte de quem?

— Mead, acredito eu. — Melhor jogar o nome dela por aí.

— Ela não confia no nosso examinador forense?

— Não. Não. Pode haver um toque de criminalidade. Estão tentando identificar a fonte dos comprimidos.

— Ah, entendi.

— Sim. De qualquer forma, a Narcóticos pediu um exame.

— Peça a alguém que venha retirar o corpo e podem fazer o que quiserem com ele.

Após preparar o solo para a retirada do corpo, tenho que fazê-lo de fato. Infelizmente, não posso simplesmente dirigir ao hospital na minha SUV e pedir que carreguem o corpo no porta-malas.

Felizmente, encontro uma agência de aluguel de caminhonetes em Helena que dispõe de um novo modelo de van preta, exatamente o tipo de coisa que se espera que uma agência do governo use.

Coloco o veículo no meu cartão de crédito, presumindo que, no momento em que a polícia verificar tais registros, eu estarei morto ou Clark terá sido capturado.

Quando chego ao hospital, minhas mãos estão úmidas e não tenho certeza se conseguirei finalizar o plano. Precipitadamente comprei uma jaqueta azul-escura com o objetivo de parecer algum tipo de pessoa oficial. Minha história, caso perguntem, será a de que sou um examinador federal solicitado pela Narcóticos.

Estaciono nos fundos, próximo à zona de carregamento. Conforme caminho em direção à porta, detecto um jovem policial encostado em seu carro, fumando um cigarro. Fico imediatamente apreensivo, mas, em seguida, inspirado.

— Com licença — chamo.

— Pois não?

Perfeito, um policial bem-educado.

— Sabe me dizer onde fica o necrotério? Vim buscar um corpo para o laboratório do estado.

Ele aponta para um par de portas.

— Acho que é por ali e depois à direita. Não costumo trabalhar aqui. Estou apenas aguardando meu parceiro falar com uma testemunha.

— Bom, se tiver um segundo, poderia me ajudar? Tenho que carregar a coisa. Seria de grande ajuda se alguém pudesse segurar as portas. A esposa do meu colega entrou em trabalho de parto em Bozeman, e ele teve que ir para lá.

— Claro — ele diz, descartando o cigarro. — Contanto que eu não tenha que tocar em nada.

— Obrigado, senhor... Patel — respondo, após ver sua identificação. — Sou Bill Doff. — Dou a ele o nome do meu professor de álgebra do ensino médio.

— Nick — ele diz, apertando minha mão.

À medida que entramos, me certifico de que o papo furado não se torne profissional, chamando a atenção dele para uma atraente enfermeira que passa por nós pelo corredor.

— É por isso que gosto de vir para cá — diz Nick.

Quando chegamos à mesa de recepção, somos recebidos pela mesma voz amigável com quem falei ao telefone.

— Olá, estamos aqui para pegar Christopher Dunleavy. Acredito que alguém tenha ligado.

— Ah, é do laboratório do estado? — O sorriso que ela lança para Nick deixa a entender que ele talvez seja um visitante mais frequente do que aparenta.

— Sim.

Ela desliza uma ficha em uma prancheta.

— Preencha isso.

Blefo e coloco o nome de Mead no campo da solicitação oficial.

Ela dá uma olhada e assente.

— Preciso apenas da ficha de transferência.

Precisa do quê? Eu temia que houvesse alguma burocracia da qual eu não soubesse.

— Certo — hesito. — Mead não me mandou uma dessas.

Estou prestes a perguntar como uma ficha se parece para tentar forjar uma no escritório da FedEx, mas a balconista cede, provavelmente porque tenho um policial ao meu lado, o que claramente indica que sou um oficial fazendo coisas oficiais.

— Tudo bem. Então me envie a ficha por fax o mais rápido possível. Pedirei que alguém coloque o corpo numa maca e dentro de dez minutos ele estará aqui.

— Maravilha.

Quinze minutos depois, estou dirigindo com um corpo roubado. Faço mais uma parada para adquirir o máximo de suprimentos médicos que posso conseguir legalmente e, em seguida, roubar o restante de uma ambulância estacionada usando meu truque secreto para abrir as portas.

Capítulo 71

FATALIDADE

Os olhos sem vida de Christopher Dunleavy me encaram por trás do volante do meu Explorer. Há um pouco mais de cor em sua pele. Era o esperado, já que bombeei duas jarras do meu sangue em seu corpo. Eu já estava com pouco após meu último acidente e não tenho certeza se deveria ter colocado tanto.

Mas, para que as coisas funcionem, é absolutamente crucial que o legista que aparecer na cena para declarar o corpo morto não perceba sinais imediatos de manchas de hipóstase. Para minimizá-las, coloquei um diluente sanguíneo chamado heparina no sangue doado e usei uma seringa para injetar o líquido em seu corpo. Em seguida, massageei as áreas ao redor.

Conforme fazia isso, mantive o aquecedor ligado na potência máxima e coloquei aquecedores de bolso em volta do pescoço e nas axilas, para que, ao verificarem a temperatura, julguem que ele morreu há pouco tempo, em vez de recentemente retirado de uma geladeira de hospital.

É um trabalho malfeito e tenho consciência disso. Se eu conseguir ao menos confundir o exame inicial, ganharei tempo até que Mead ou seja lá quem for corte o pobre Christopher e veja todo meu artesanato de má qualidade.

Tive que soltar os membros já enrijecidos por conta da rigidez cadavérica para que ele coubesse no assento do motorista. Uma seringa de ácido muriático injetada no maior grupo de músculos descalcificou os filamentos o suficiente para torná-lo maleável.

O resultado final é um corpo semirrígido sentado no meu Explorer, com as mãos preparadas na espingarda de Gus, pronto para puxar o gatilho e explodir seu rosto, algo que é mais fácil de dizer do que de fazer de fato.

Além da dificuldade emocional de literalmente destruir o rosto de outro ser humano, me dou conta do problema prático. Como eu poderia puxar o gatilho e fazer parecer que ele puxou? Se a porta estivesse aberta e eu ficasse ali, deixaria uma estranha mancha de sangue com uma parte faltando. O mesmo aconteceria se eu sentasse no banco do passageiro.

Considero tentar amarrar algo no freio do carro, mas acabo por usar meus braços envoltos por um saco de lixo pela janela para puxar manualmente o gatilho.

Tenho certeza de que um técnico forense competente perceberia algo de errado, mas, novamente, preciso apenas de alguns dias, não de um mistério não resolvido que perdure durante anos.

Também flertei com a ideia de incendiar Christopher. Enquanto isso definitivamente complicaria o exame forense, talvez levantasse mais suspeitas em Clark. Se os noticiários dissessem que o corpo foi queimado o suficiente para não ser reconhecido, estou certo de que ele suspeitaria de que havia algo errado.

Tenho que dar a ele exatamente o que pediu.

Trabalhei até tarde na noite passada para fazer com que Christopher pareça fresco e plantar todas as provas de identificação que tornem nítida a identidade da pessoa no carro. Também o vesti com minhas roupas e coloquei minha carteira em seu bolso.

À medida que amarrei os cadarços dos meus sapatos em seus pés, tomo consciência de todas as coisas que eu provavelmente estava fazendo errado, como dar o nó de ponta-cabeça. Fiz o melhor para consertar todos esses detalhes e passei uma hora obcecado com tudo, tentando me certificar de que nada seria imediatamente óbvio.

No fim, tive que me acalmar e dizer a mim mesmo que seria o suficiente para convencer os primeiros no local e chegar aos jornais com informações suficientes para que Clark tire a conclusão que quero.

Além de todos os detalhes forenses, o elemento mais importante será minha confissão. Enquanto preparava Christopher, defini o que iria dizer na minha cabeça. Tal esforço desviou meu pensamento das coisas terríveis que estava fazendo ao corpo desse homem.

Eu já havia trabalhado com vários cadáveres antes de vir a Montana, mas isso passava dos limites. Quão diferente é minha atitude do que Clark faz? Sim, Christopher já estava morto, mas, de certa forma, eu o violava. A última coisa que podia querer quando sofreu aquela overdose era que um babaca profanasse seu corpo. *E quanto a sua família? O que acontece quando eles finalmente vierem buscá-lo para o enterro e verem o que fiz?*

Isso me atinge em cheio e preciso sentar para fazer uma pausa.

Sentado na dura terra em que estacionei meu Explorer, encaro o rosto de Christopher. O luar refletindo sobre suas bochechas brancas e vermelhas o fazem parecer uma criatura que está metade presente nesse mundo, metade não.

Que porra você está fazendo, Theo?, pergunto a mim mesmo. A resposta vem quase imediatamente. *Sobrevivendo. Estou sobrevivendo.*

Mesmo se eu der um jeito de sair dessa bagunça, estou certo de que ninguém jamais entenderia por que fiz o que fiz. "Por que não disse à polícia? Por que não avisou a todos?".

Caso as coisas não saiam da forma que planejo, essas perguntas me assombrarão pelo resto de minha vida.

Toda essa preparação e planejamento foi uma distração do problema real. Supondo que as coisas funcionem e eu crie um suicídio convincente, ainda resta um enorme problema: ainda não faço ideia de quem é ou onde está Clark.

Ele me disse para cometer suicídio, pois temia que eu estivesse perto. Mas a verdade é que não sei nada além do que ele suspeitava que eu já havia dito à polícia.

Estou no mesmo beco sem saída que eles.

Minha única esperança é a de que Clark me temia não por conta do que ele achava que eu soubesse, mas por conta do que ele achava que eu estava próximo de saber.

Capítulo 72
URGENTE

Às sete e vinte e dois da manhã, foi encontrado um corpo em um carro estacionado em um projeto de habitação inacabado, situado a noroeste da cidade. Relatos não oficiais dizem que a vítima, um homem de aproximadamente trinta e cinco anos, pode ter morrido com um tiro autoinfligido de espingarda na cabeça. Enquanto o motivo segue desconhecido, podemos confirmar que mais cedo nesta manhã nosso gabinete de notícias recebeu o link de uma suposta confissão no YouTube de uma pessoa envolvida com a série de assassinatos que a polícia de todo o estado havia anteriormente identificado como ataques de animais. O vídeo da confissão foi feito em um veículo no que parece ser a mesma área onde o corpo foi encontrado.

Capítulo 73

HOMEM MORTO

Bebo um gole do meu café já velho e observo o estacionamento da pousada a partir do meu quarto, no segundo andar. Ainda não estou paranoico. Só estou cansado de olhar para a tela do computador por horas a fio.

Um grande caminhão é atracado às bombas de diesel, e um homem robusto em um escuro casaco de couro sai e entra na loja de conveniência. Deve ser o oitavo cara que vejo fazer a mesma coisa. É como se houvesse uma agência de figuração no fim da estrada que os enviasse.

Os noticiários anunciaram meu nome e morte há cerca de dezoito horas, junto com o vídeo da confissão que enviei às emissoras. Passei as últimas doze horas enfiado nesse hotel, localizado a cerca de trezentos e vinte quilômetros de Helena, tentando decifrar o comportamento de Clark. A cada hora que passa, verifico nervosamente a internet para checar se já me descobriram.

Mantenho a TV ligada ao fundo com o volume baixo, ansiosamente aguardando outra reportagem "urgente". Vi partes da minha confissão irem três vezes ao ar no noticiário noturno, assim como cenas da minha morte forjada, gravadas ao longe. Ainda não houve uma coletiva de imprensa, apenas uma nota da polícia dizendo que a investigação está em andamento.

Andamento... Certamente está.

Tento não pensar no que as notícias causaram a Jilian ou Gus, isso sem mencionar meus pais. Diversas vezes tive que resistir ao impulso de pegar o telefone para informá-los de que estou bem.

Não posso ainda.

Preciso encontrá-lo.

Sei que não fará nada contra Jilian ou Gus tão cedo após minha morte. Isso apenas iria atrair mais atenção e notificar as autoridades de que há outro assassino à solta por aí. Ele é esperto e paciente. Vai esperar e, então, irá atrás deles para encerrar esse capítulo do livro.

Verificar as notícias constantemente estava se tornando uma distração. Por isso, criei um pequeno código que procura meu nome na web e me manda uma mensagem a qualquer momento que ele aparecer nos jornais de Montana.

Também tenho um rádio da polícia que me permite saber o que os policiais estão fazendo por aqui, ao menos aqueles que não usam um canal criptografado. Se foram capazes de desvendar meu truque e estiverem se aproximando, acho que essa será uma forma eficaz de me alertar com antecedência.

A van está estacionada nos fundos, próxima à escada de incêndio. Consigo alcançá-la pela porta da frente ou através da janela dos fundos que já deixei aberta, com uma corda amarrada à privada. Provavelmente prudente demais, mas a polícia não é a única que temo que me encontre.

Clark é um caçador formidável. Enquanto estou certo de que não fará nada a Jilian e Gus, tenho certeza de que virá atrás de mim se achar que estou à solta.

É por isso que é crucial encontrá-lo primeiro, enquanto estou morto.

Infelizmente, minha caçada tem sido um fracasso.

Joshua Lee Clark desapareceu nos anos 1980, não muito depois do Monstro de Cougar Creek parar de ser visto. A próxima vez que sei que ressurgiu foi quando a vítima mais antiga que encontrei foi morta, seis anos atrás.

Minhas suspeitas são de que ele estivesse ativo no estado antes, mas não me surpreenderia se tivesse ido a outro lugar por uma década ou duas.

Utilizando um software de antropologia projetado para reconstruir traços faciais a partir da estrutura óssea, criei uma versão adulta de seu rosto e, em seguida, usei como comparação para avaliar fotos de criminosos que encontrei on-line. Então separei milhares de possibilidades e descartei aquelas que tinham conexões familiares rastreáveis.

Isso reduziu a busca a apenas duzentas pessoas. Para separá-las, verifiquei seus antecedentes criminais e os crimes cometidos e fui por instinto.

Isso resultou em uma dúzia de incertezas, embora nenhum deles pareça certo. Sei que não é exatamente algo científico a se seguir, mas suspeito que Clark seja muito esperto e focado para ser pego por coisas simples, como roubar uma loja de conveniência ou vender metanfetamina em seu carro. No entanto, dadas suas tendências violentas, considerei altamente possível que ele tivesse sido preso em algum momento que seu temperamento tenha fugido do controle; então, continuei verificando. Quando o método utilizado começou a parecer menos provável de identificar seu paradeiro, passei a tentar pensar fora da caixa. Pelas últimas duas horas estive hipnotizado por sua faixa roxa de atividade que a MAAT havia isolado para mim.

Observando todos os grandes caminhões que paravam, tenho uma inspiração e tento encontrar uma rota de caminhão que bata com os assassinatos. Nada combina.

Também há o problema de que a MAAT insiste com veemência que o terreno de caça de Clark é baseado na disponibilidade de vítimas. Isso sugere que ele ajusta suas rotas às vítimas, o que seria difícil se ele tivesse que trilhar uma rota predefinida. Eu veria aglomerados em volta de datas específicas, mas não vejo.

Cada beco sem saída com que me deparo faz com que meu senso de pavor aumente. Estou percorrendo todos os conjuntos de dados públicos aos quais tenho acesso. Paguei por dúzias de inquéritos pessoais, mas não é suficiente. Talvez tivesse mais sorte se possuísse recursos do nível do FBI e um mandado sem restrição.

Talvez não. Pode ser que eu ainda esteja encarando tudo por um ângulo errado.

Tive algumas pistas empolgantes que me deram esperança, mas elas rapidamente desapareceram.

Quando estava no banheiro do posto de gasolina, percebi pela primeira vez que havia máquinas de vendas automáticas vendendo preservativos e balas de menta. Eu havia visto essas máquinas por todo o estado.

Corro de volta para o quarto e vejo se consigo encontrar uma conexão, pensando que talvez a pessoa que as recarregue seja Clark, mas acabo de mãos vazias. A MAAT considerou tal probabilidade tão grande quanto a de que Clark seja apenas uma pessoa aleatória dirigindo longas distâncias para matar.

É óbvio. Claro que é. Apenas não sei qual é a conexão. Farei algumas suposições e vejo se a MAAT retorna algum dado que me chame a atenção.

De certa forma, Clark tem familiaridade com suas vítimas. Ele as vê, sabe suas rotinas. Tem a oportunidade de observá-las e esperar até que estejam vulneráveis.

Digito esses fatores na MAAT, convertendo-os em código. Familiaridade com a vítima implicaria que ele tem a chance de ver a maioria mais de uma vez. Saber suas rotinas significa que ele tem uma ideia de seus circuitos, seus padrões sociais e profissionais. Vulnerabilidade é codificada em procurar por quando ele pode estar sozinho com elas em uma situação profissional, caso fosse, por exemplo, um motorista de táxi ou um carteiro.

Leva uma fração de segundo para que a MAAT retorne com uma sugestão de alta probabilidade que me arrepia. Sob esses critérios, a profissão mais provável de Clark é a de policial rodoviário.

Capítulo 74

BANHO DE REALIDADE

É uma teoria maravilhosa e explicaria muita coisa. Porém, ela funciona apenas na realidade limitada que programei na MAAT. Clark deve estar próximo dos sessenta agora. Não existem policiais dessa idade no estado de Montana.

Ele pode ser um funcionário de alto escalão, mas isso me parece um tanto quanto duvidoso. Não sei se ele gostaria de arriscar a verificação de antecedentes que é necessária. Não descarto essa possibilidade por completo, mas a coloco abaixo da categoria "talvez".

Estou ficando inquieto e decido dar uma volta de carro. É arriscado pegar a estrada. Mas caçar um assassino em série também é.

No fundo da minha mente, algo me diz que preciso começar onde tudo teve início. Faço um retorno e sigo em direção ao Condado de Filmount, onde Juniper foi assassinada.

Esse é o último lugar em que consigo colocar Clark. Ele estava lá na noite em que Juniper foi morta.

Algo uniu os dois. *Teria ele observado Juniper por dias? Teria sido um impulso?*

Conforme dirijo em direção à noite, avalio os outros padrões criados pela MAAT quando inseri assassinos em série conhecidos. Um fato obviamente gritante de repente se fez perceber, uma possibilidade que eu deveria ter considerado antes.

A MAAT viu três padrões distintos de assassinatos. Havia o tipo de vasta gama como Ted Bundy, que causou uma onda de assassinatos pelo país. Ele era um andarilho que se movia frequentemente de um lugar a outro. Ainda assim, às vezes ficava muito tempo e chamava atenção, a ponto de ser preso apenas para fugir e continuar matando.

Andarilhos como Bundy não são muito cuidadosos. Eles confiam que a polícia não os alcançará antes de chegarem ao próximo destino.

Clark não é um andarilho. Ele frequenta as mesmas áreas durante vários anos. Assassinos que ficam em um lugar são capazes de fazer isso se forem invisíveis, alguém na comunidade que jamais levantaria suspeitas e que escolhe vítimas que são ignoradas socialmente: prostitutas, viciados em drogas, mendigos.

Assassinos realmente prolíficos que ficam em apenas um lugar ou caçam exclusivamente um grupo, como as prostitutas, ou possuem métodos bem elaborados para encobrir seus crimes.

Jeffrey Dahmer vivia em uma vizinhança pobre, e suas vítimas eram, em sua grande maioria, jovens garotos homossexuais que se separaram de suas famílias.

Durante mais de duas décadas, o Grim Sleeper, assassino em série de Los Angeles chamado Lonnie David Franklin Jr., assassinou em sua maioria prostitutas afro-americanas envolvidas com drogas.

John Wayne Gacy quebrou esse padrão ao caçar vítimas de contextos socioeconômicos variados. Algumas de suas vítimas eram homens jovens que trabalhavam em sua empresa de construção; outras eram homens gays que ele pegava andando e levava para a sua casa a fim de matá-los.

Tanto o Grim Sleeper quanto John Wayne Gacy eram bem conhecidos em suas comunidades, o que causava o paradoxal efeito de contribuir para sua invisibilidade. Mesmo com pessoas desaparecendo ou sendo sequestradas, às vezes literalmente na frente de suas casas, eles permaneciam acima de qualquer suspeita.

Um tema recorrente nesses casos é de que os culpados eram pessoas com quem a polícia falou cedo. Bundy foi interrogado diversas vezes. A polícia devolveu uma vítima adolescente proveniente do Laos ao apartamento de Jeffrey

Dahmer, com medo de interferir no que acharam ser uma briga de casal. Os pais de uma das vítimas de Gacy ligaram para a polícia mais de cem vezes, implorando que ele fosse investigado a fundo após o desaparecimento de seu filho, que tinha uma conexão com Gacy. Não investigaram. Três anos depois, o garoto era uma das vinte e sete vítimas encontradas enterradas sob a casa de Gacy.

É extremamente provável que Clark já tenha falado com as autoridades em algum momento, como uma testemunha ou como um suspeito em potencial.

Dado o fato de que ninguém nem sequer admite que há um assassino em série operando em Montana, é possível que os pais de algumas das garotas desaparecidas tenham apontado Clark, mas foram ignorados.

Estou deixando algo passar...

Algo importante...

Preciso voltar ao básico.

Quando achavam que Juniper havia sido morta por um humano, antes da besteira de urso, tinham dois suspeitos: eu e o mecânico, Bryson.

Fomos ambos facilmente descartados. Sei por que isso aconteceu no meu caso, mas e quanto a Bryson?

Ele tinha um álibi consistente? Ou eles não se empenharam tanto?

Bryson parece se encaixar bastante no perfil. Lembro que estava ao fim dos seus cinquenta, próximo à idade de Clark.

Isso é muito para lidar. Pego a próxima saída e paro no estacionamento de um extinto posto de gasolina a dezesseis quilômetros do Condado de Filmount.

Vejo os registros de propriedade da oficina de Bryson e pego seu nome completo. Philip Joseph Bryson. Uma investigação de antecedentes revela que ele tem a oficina há vinte anos. É casado com sua segunda esposa, e sua mãe ainda vive em Missoula. Ele tem duas irmãs.

Droga. Quem dera.

Ele não pode ser o Clark.

Não significa que ele não possa ser o assassino, mas jogaria no lixo tudo que me levou a Lane e aos carros.

Os carros.

Os malditos carros...

O carro de Juniper estava na oficina sendo consertado, e foi por isso que ela resolveu passear pela floresta.

Jesus Cristo.

O assassino de Juniper não é alguém que a viu na cidade ou a encontrou enquanto caminhava pela estrada.

Ele viu o carro dela na oficina.

Ele sabia que ela estava sem meio de locomoção.

Ela falou com ele. Pode até ser que Bryson o conheça.

Os carros na fazenda Lane... por que ainda são tão importantes?

PORRA.

Eu entendo o padrão agora!

Sei o que Clark é. Ele está em toda parte. É invisível. Pode fazer o que faz a céu aberto sem que ninguém lhe dê o mínimo de atenção.

Jesus, preciso alertar Jilian e Gus.

Capítulo 75

CAÇADOR

Todas as luzes da casa de Jilian estão acesas, mas ela não está atendendo o telefone. Também tentei ligar para Gus, mas a ligação cai direto na caixa postal. Experimento dizer a mim mesmo que é apenas porque não estão reconhecendo o número do meu celular descartável. Rezo para que esse seja o motivo.

Quase liguei para o 190 para alertá-los, mas decidi que seria melhor desistir dessa ideia quando percebi que, no máximo, mandariam uma viatura para rondar, o que poderia levantar suspeitas caso Clark esteja observando a casa.

No melhor dos casos, a polícia pode ficar por perto por algumas horas e vigiar a casa. Mas, se ele quiser pegá-la, ele conseguirá. É impossível que a força policial de Hudson Creek despache o pessoal necessário sem provas mais credíveis. Mesmo assim, não sei quanta fé tenho em Whitmyer.

Meu medo é que conheçam Joshua Lee Clark pessoalmente e deem risada da minha sugestão do que ele realmente é sem mais evidências. Para ter certeza de que não poderão ignorá-lo, tenho que gritar seu nome em toda parte, o mais alto que conseguir. Mas, primeiro, preciso me certificar de que Jilian e Gus estão seguros. É uma aposta arriscada.

Estaciono abaixo do quarteirão da casa dela, um imóvel de dois quartos em frente a uma propriedade revestida de madeira. É isso que me assusta. Um homem como Clark poderia facilmente se esconder ali, como um atirador de elite, e nunca ser encontrado.

A rua está quieta. O carro de Jilian está na entrada. Nenhum outro carro está na rua.

A floresta me deixa nervoso. Temo que ele esteja ali observando. Então, decido dar a volta pelo caminho mais longo e me aproximar da casa por trás, cortando pela propriedade vizinha e pelo quintal dos fundos.

Essa parte da rua também está quieta. Um cachorro late em algum lugar ao longe, mas não há sinal de movimento.

A casa inteira está brilhantemente iluminada. Agacho atrás de um arbusto próximo a uma pilha de lenha e observo por um instante, esperando para ver se ela está bem. A luz da varanda está acesa, assim como a da cozinha e a da sala de jantar.

Após cinco minutos sem movimentos, decido ligar novamente.

Toca cinco vezes e cai na caixa postal.

Droga.

Decido ligar novamente, mas paro quando vejo uma notificação de um dos meus scripts.

URGENTE: CRESCEM SUSPEITAS DE SUPOSTO SUICÍDIO.

Não. Não tão cedo! Clico no artigo. Uma pessoa não identificada do Departamento de Polícia de Helena diz que estão hesitantes em confirmar minha identidade por conta de "discrepâncias periciais".

Porra.

Ele sabe.

Ligo para Jilian novamente. Dessa vez, coloco o celular no silencioso e escuto. Do outro lado do quintal, consigo ouvir seu telefone tocando dentro da casa.

Por que ela não atende?

Não posso mais esperar.

Disparo em direção à varanda dos fundos, o que faz com que a luz de sensor de movimento se ative.

Quando chego à porta de correr, pressiono o rosto contra o vidro e espio dentro. Não consigo ver os quartos, mas essa parte da casa está vazia.

Tento a porta, mas está trancada. Quero bater, mas estou preocupado com a possibilidade de o som funcionar como um aviso para que Clark saiba que estou ali.

Escalo por cima da grade da varanda e vou para a lateral da casa. As sombras estão desenhadas, mas consigo ver a luz por trás delas.

Inclino-me em direção à janela do quarto e coloco meu ouvido no vidro gelado.

Acho que escuto a voz dela.

Levanto a mão para bater gentilmente no vidro, mas congelo quando algo estala na floresta, bem à minha direita.

Tem alguém ali.

Pressiono meu corpo inteiro contra a parede e analiso as sombras em busca da origem do som. Vejo apenas escuridão.

Se eu for até lá, ele vai me ver. Se ele tiver um rifle apontado na direção da casa, vai me derrubar antes que eu saiba o que me atingiu.

Tiro meu celular do bolso e agacho, usando minha jaqueta para isolar o brilho, o que acaba com a minha visão noturna.

Tento ligar novamente para Jilian.

Seu celular toca a apenas alguns metros de distância.

Ela atende no terceiro toque.

— Alô?

— Jilian, sou eu!

— Theo!

Consigo ouvir sua voz pela janela.

— Preste atenção. Você está em perigo.

Algo se move atrás de mim. Ainda cegado pelo brilho do celular, tudo que consigo distinguir é uma distante luz de quintal.

— Não se mexa — diz uma voz nas sombras.

Deslizo o braço para trás para pegar minha arma, mas um homem de máscara corre em minha direção e dispara algo.

Meu peito explode em dor, e eu desabo.

Capítulo 76

PROTEÇÃO

Há uma luz brilhante direcionada nos meus olhos e alguém está falando comigo.

— Você está bem, Theo?

Começo a focar e vejo um paramédico puxando minha pálpebra para trás e verificando se minha pupila não está dilatada.

Tento mover meus braços, mas não consigo. Por um momento acho que estão paralisados e, então, percebo que estão algemados contra minhas costas.

— O que aconteceu?

— Do que você se lembra? — o paramédico pergunta.

— Eu... estava verificando a Jilian. Jilian! Cadê ela?

— Ela está em casa.

— Preciso falar com ela.

O paramédico dá um passo para trás e retira as luvas.

— Vai depender dessas pessoas.

Os detetives Glenn e Whitmyer estão parados do lado. Há um terceiro homem que não reconheço.

Lembro por que vim até aqui. A piscante luz vermelha da ambulância reflete nas árvores do bosque ao fundo e meu estômago embrulha, fazendo com que eu me sinta repentinamente exposto. Quero gritar, quero avisá-los, mas temo que isso apenas fará com que eu pareça ainda mais louco.

Minha camisa está rasgada até o peito, e há um Band-Aid bem onde senti a dor explosiva. Alguém, provavelmente um dos policiais camuflados na rua, me acertou com uma arma imobilizadora. Acho que deveria estar feliz por não ter sido uma arma de verdade, mas ainda sinto dor por toda parte.

Deviam estar esperando por mim. E isso significa que eles nunca acreditaram na minha morte forjada ou não demoraram para perceber.

Um homem que não conheço senta-se no chão da varanda, próximo a mim. Ele veste uma jaqueta preta e tem um rosto realmente respeitável. Se tivesse que chutar, diria que é algum tipo de agente federal.

— Doutor Cray, acha que consegue falar?

— A Jilian está a salvo?

— Sim. Está lá dentro.

— E quanto ao Gus?

— Lá dentro também. Se importa em nos dizer o que está fazendo aqui? Ou melhor, por que está vivo?

Meus olhos ainda estão fixos na floresta.

— O assassino. Ele disse que se eu conversasse com vocês ele iria machucá-los.

— Disse, é? Quando foi que ele disse isso?

— Há dois dias.

— Isso foi pessoalmente ou ele escreveu uma carta?

Viro-me ao homem.

— Por que está me tratando com indulgência?

— Estou? Estou apenas tentando entender algumas coisas. Vamos conversar sobre sua confissão.

— Quem é você?

— Sou o Agente Especial Seward, do FBI. Você me chamou a atenção após começar a encontrar todos aqueles corpos. Os que você agora diz ter plantado.

— Era mentira.

— Sério? Foi uma mentira bem convincente.

Minha mente finalmente foca.

— Seward, preste bastante atenção — falo alto para que Whitmyer e Glenn possam me ouvir. — Sei quem é o homem que matou todas aquelas mulheres. O homem que matou Juniper Parsons.

— Joshua Lee Clark — diz Seward.

— Sim, mas esse não é mais seu nome agora. Ele deixou Montana e retornou com uma nova identidade.

— Certo, qual é seu nome agora?

— Não sei.

Seward dá um sorriso forçado e arrogante e se vira aos outros.

— Bom, não é de grande ajuda.

— Eles sabem quem ele é — digo. — Eles provavelmente falaram com ele uma dúzia de vezes.

— Senhores? — Seward diz sarcasticamente. — Têm algo que queiram me contar?

Whitmyer vira os olhos e balança a cabeça, mas Glenn está ouvindo atentamente.

— Quem é ele? — ele me pergunta.

Ignoro Seward e falo diretamente a Glenn:

— Ele sabia que Juniper estava vulnerável. Ele passou por Chelsea e pelas outras. Ele sempre sabia quando alguém era de fora da cidade e não possuía conexões.

— E como isso é possível? — Seward pergunta, tentando recuperar o controle da conversa.

Eu o encaro, inabalado.

— Porque ele é a porra do motorista do guincho. Ele é a primeira pessoa para quem ligamos quando estamos presos no meio do nada com um pneu furado ou quando a gasolina do carro acaba. É pra ele que você conta toda sua história assim que se senta na cabine. — Olho para Whitmyer. — Você encontrou o carro de Chelsea?

— Não...

— Não. Mas encontramos o corpo dela. Alguém rebocou o carro.

Seward se levanta e caminha em direção a Whitmyer e Glenn para conversar. Posso afirmar que isso o pegou de surpresa. Sua atitude arrogante me passa a sensação de que ele acreditou em minha confissão, mas não em minha morte. Ele não esperava que eu nomeasse alguém.

Glenn está assentindo. Whitmyer está negando. Eles têm um nome em mente. Sabem de quem estou falando. Apenas não querem aceitar.

— Quem é ele? Qual o seu nome? — grito.

Seward se vira para me encarar.

— Apenas espere.

— Esperar? Minha família não está segura. Ninguém está! — Estou frenético. — Me deixe falar com a Jilian. Jilian!

Ouço passos atrás de mim. Viro-me e vejo Jilian parada na porta.

— Theo! — Ela leva uma mão à boca quando vê as algemas.

— Volte para dentro! — grita Seward.

— O que está acontecendo? — ela pergunta.

— Ele está vindo atrás de mim, de você, de Gus e de qualquer outra pessoa — grito.

— Quem?

— O cara do guincho. Seja lá quem for o responsável por essa área e por Filmount.

— Joe Vik? — ela diz e, em seguida, olha para os policiais reunidos. — Isso é verdade?

— Não sabemos nada sobre isso — diz Whitmyer. — Enviaremos alguém para falar com Joe.

— Vocês o chamam pelo primeiro nome? — pergunto, incrédulo.

— Cala a boca, doutor Cray. — Whitmyer perde a paciência. — Ou usaremos a arma de choque novamente.

— Você não entende.

Whitmyer se aproxima, empurrando Seward, e agacha na minha frente. Ele enfia um dedo no meu rosto.

— Estou de saco cheio das suas besteiras. Fique com a boca fechada!

— Você não sabe com quem está mexendo.

— Ah, sério? E o que você vai fazer?

— Não eu, otário. Ele! Esse Joe Vik. Ele é um assassino!

— Conheço Joe há vinte anos. Há quanto tempo você esteve aqui? Duas semanas? Eu sei muito bem com quem estou lidando.

Glenn interfere e tenta apaziguar as coisas.

— Doutor Cray, nós vamos interrogá-lo e verificar se a história bate. Está tudo sob controle.

Balanço a cabeça.

— Você não entende. Você não faz ideia com quem está lidando. Eu vi os padrões dele. Não é um homem. É um monstro que possui excelência em fingir ser um de nós, mas quer apenas matar. Os corpos que encontrei são apenas uma parte. É apenas o começo.

Um rádio da polícia estala no ar fresco, e todos congelamos conforme a central diz:

— Policial ferido! Reforços necessários na Valley Pine, número 239. Repito: policial ferido.

Whitmyer olha para o policial de Hudson Creek que está mais próximo e, chocado, diz:

— É a casa do Joe. — Ele corre para sua viatura e indica que seus outros policiais o sigam. — Vamos!

— Quer ajuda? — pergunta Seward.

Whitmyer gesticula para um policial e aponta para mim.

— Fique de olho nesse babaca!

— Seu tolo. Idiota — respondo. — Ele não entende. Nenhum de vocês consegue entender. Joe Vik esteve à espera desse dia. Durante todos esses anos, matou em segredo. Se escondeu. Agora, ele já não precisa mais disso. Ele tem a chance de mostrar quem realmente é.

— O que quer dizer? — Glenn questiona.

— Ele quer apenas matar.

— Acho que nossos policiais dão conta disso — diz Seward.

— Quanto tempo passou? Dez minutos? Vocês já têm um, provavelmente dois policiais mortos. Vik estava esperando por eles. Ele vai matar Whitmyer e os outros. E, em seguida, virá aqui.

Capítulo 77

DEFESA PERIMETRAL

Seward anda pelo quintal em ritmo acelerado, indo de um lado para o outro, pressionando os punhos cerrados contra seu quadril à medida que ouve o rádio dos policiais de Hudson Creek que ainda restavam na casa de Jilian.

Os relatos têm sido esporádicos. Uma segunda unidade policial se aproximou da casa de Joe Vik e encontrou um policial caído na entrada e outro agachado atrás de sua viatura, com o pescoço sangrando.

Tudo que ouvimos de Whitmyer foi que se aproximavam da casa e se posicionavam ao redor dela, em uma tentativa de contê-lo.

Glenn estivera no telefone falando com o Condado de Filmount e atualizando-os sobre o que aconteceu até agora. Eu o ouvi dizer "Joe Vik" ao menos três vezes. Não acho que ele o conheça tão bem quanto Whitmyer, mas parece estar ciente do homem.

A porta abre e Jilian sai à varanda, sentando-se ao meu lado.

— Senhora, precisamos que você volte para dentro da casa — diz Seward.

— Tecnicamente, acho que posso pedir que você se retire da minha propriedade.

— Interferir com uma prisão é um crime — ele responde.

Jilian assente às minhas algemas.

— Parece que você o prendeu. No que mais há para interferir?

Seward vira-se para verificar o rádio.

— Formamos um perímetro. Vou pegar o megafone e pedir que Joe saia — diz Whitmyer pelo rádio.

— Peça que ele espere e chame uma unidade da SWAT — grito.

— Talvez possamos deixar Whitmyer fazer sua mágica? — diz Seward.

Glenn para de falar para ouvir o rádio.

— Talvez Whitmyer deva esperar?

— Ele e Joe têm um passado. Provavelmente é melhor que tudo seja resolvido dessa forma — diz um policial de Hudson Creek.

— O que está acontecendo? — Jilian sussurra para mim.

— Joe Vik abriu fogo contra a polícia. Pelo menos dois policiais foram mortos.

— Joe Vik... huh.

— Quem é ele?

— Joe administra o serviço de reboque. É dono de um ferro-velho e alguns outros negócios. Patrocina a Little League.

— Tá, mas quem é ele?

— Todo mundo o conhece, mas não sei se alguém de fato o conheça. Ele tem uma esposa e duas filhas, acho que do primeiro casamento.

Droga. Então, grito para o policial:

— Peça a alguém que conheça a esposa e as filhas ligar para elas!

Ele me acena em ignorância. Seward me encara.

— Você não acha que ele vai machucá-las? — pergunta Jilian.

— Elas provavelmente já estão mortas. Eram apenas um disfarce, mas agora já não são mais necessárias...

As pessoas estão além da minha compreensão, mas não os animais.

— Indo... — a voz de Whitmyer é interrompida pelo som de um intenso tiroteio.

— Isso foi uma TAR-21? — pergunta o policial, com uma expressão de choque estampada em seu rosto. — Preciso ir pra lá.

Ele corre para sua viatura, liga as luzes e pisa fundo.

— Você consegue acessar o canal deles? — Seward grita ao paramédico, ainda parado.

— Vou ver — ele diz e, em seguida, começa a navegar pelas frequências de seu rádio.

Seward vira-se para Glenn.

— Jesus. Quão longe está o seu pessoal?

— Vinte minutos. — Ele aponta na minha direção. — Vamos todos entrar e tentar descobrir com o que estamos lidando. — Glenn me segura pelo braço, me ajuda a levantar e me guia pela porta.

— Você não pode tirar as algemas? — Jilian pergunta, nos seguindo.

— Esse homem é um suspeito — Seward responde. Ele fecha a porta atrás de nós. — Elas permanecem.

— Então ao menos coloque-as na frente — diz Glenn. Ele tira as chaves e destranca um dos lados da algema para que eu possa levar as mãos à frente do corpo. — Sente-se.

Sento no sofá de Jilian e percebo o quão doloridos estão meus braços. Ela senta-se ao meu lado. Seward lança um olhar de censura, mas ela o ignora.

— Qual é a aparência de Joe Vik? — pergunto.

— O cara é grande — diz Glenn. — Talvez um metro e noventa e cinco, por aí. Estrutura de *linebacker*. Cabelo ruivo e barba. Quieto. Difícil imaginá-lo como um assassino furtivo.

— Bom, quando era mais magro, costumavam confundi-lo com um puma. Agora, ele finge que é um urso.

— Finge que é um urso? — Seward está balançando a cabeça. — Ainda não sei se compro essa sua ideia.

— Então, você acha que um urso-pardo acabou de matar aqueles policiais com uma metralhadora?

Glenn me interrompe:

— Por que você acha que ele está vindo atrás de você? Por vingança?

— Não. Não acho que ele sinta as coisas da mesma forma que nós sentimos.

Ele disse que mataria Jilian e Gus se eu não fizesse o que mandasse. Acho que ele valoriza bastante o cumprimento desse tipo de ameaça, mas isso poderia ser hoje ou daqui a dez anos. Até onde sei, ele me quer morto por um motivo muito prático. Assim que fugir, quer ter a certeza de que não poderá ser encontrado novamente.

— E você é o único cara que pode fazer isso? — Seward diz, ironicamente.

Encaro o babaca.

— Sou o único cara que sabia da existência dele. Onde estava o FBI durante tudo isso? Onde estava qualquer um de vocês? Eu tive que literalmente desenterrar corpos e jogá-los aos seus pés para provar meu ponto. E mesmo assim...

— Corpos que você disse ter adulterado — Seward corta.

— Jesus Cristo. Ainda está pensando nisso? Olhe ao seu redor! Eu inventei tudo aquilo para que ele não fosse atrás de Jilian. Não tive escolha.

— Poderia ter entrado em contato conosco.

Resmungo.

— Pra fazer o quê? Você acha que Whitmyer está brincando de esconde-esconde pelo rádio? O cara já está morto. Tentei avisá-lo, mas ele não quis ouvir!

— Certo — diz Glenn. — O que precisamos saber agora?

— Assim que ele passar pelos policiais, provavelmente virá pra cá.

— Supondo que ele passe pelas unidades de reforço — responde Seward.

— Ele provavelmente já deixou a casa. Atirou em Whitmyer como forma de atrair todos para lá. — Indico as ruas. — Os policiais de Hudson Creek já partiram.

— E você acha que ele está vindo pra cá? — diz Glenn.

— Ele está indo pra onde acha que estou. Aqui ou a delegacia de Hudson Creek.

Seward balança a cabeça.

— Ele não vai atacar uma delegacia.

— Quantos policiais você acha que estão lá agora? Um? Dois?

O paramédico entra com uma expressão atormentada no rosto.

— Acabei de ouvir o rádio. Cinco feridos, possivelmente mortos, incluindo Whitmyer. Entraram na casa e encontraram a esposa e as filhas também já mortas. Mortas em seus quartos, com tiros na cabeça.

— Ele fez isso antes mesmo de os policiais aparecerem — digo, sentindo um peso atrás da garganta. Culpa. — Vik provavelmente fez isso no momento em que ficou sabendo que minha morte havia sido forjada.

— E quanto a Vik? — Seward pergunta ao paramédico.

— Sumiu. Não sabem como, mas disseram que sumiu.

— Certo, levaremos meu carro, a ambulância e o seu carro para meu escritório — diz Glenn.

— É cinco vezes mais longe que o DP de Hudson Creek — diz Seward.

— Fique à vontade para passear por lá quando Vik aparecer. Eu prefiro arriscar em algum lugar em que possamos nos defender.

Seward faz um som de revolta.

— Ele é apenas um homem.

Capítulo 78

ABRIGO SECRETO

A sirene da ambulância soa à nossa frente, conforme aceleramos pela estrada em direção ao Condado de Filmount. Glenn dirige, Seward está no banco do passageiro e Jilian está atrás ao meu lado, suas mãos envolvendo meus punhos algemados.

Ela ainda está tentando ligar os pontos.

— Então ele realmente está vindo atrás de você? — ela pergunta.

— Se ele acha que pode chegar até mim, então sim. Ele teria me matado antes, mas achou que tinha a forma perfeita de consertar tudo e ganhar tempo.

— Ao pedir a você que se matasse?

— Sim. Acho que ele esperava que eu corresse até você se eu não fosse à polícia ou fizesse o que pediu. Pode ser que estivesse esperando próximo à sua casa.

— Por que ele simplesmente não foge? — Seward pergunta. — Ao menos, era isso o que eu faria.

— Como eu disse, ele tem medo de que eu vá ajudar a capturá-lo; mas ele me superestima.

— Então ele vem diretamente até nós? Não consigo entender isso.

— Não será direto. Seremos pegos de surpresa.

— Reunirei mais pessoal do que ele imagina durante as próximas duas horas, e então veremos quem será surpreendido.

— Espero que esteja certo, mas não acho que ele cairá facilmente. Ele derrubou os policiais de Hudson Creek porque o subestimaram. Quando vier atrás de mim, será indireto.

— Você acha que conhece esse cara? — pergunta Glenn.

— Tudo que sei é um bando de números e equações que se relacionam a ele. Aqueles corpos que encontrei na floresta não são seus únicos assassinatos ou seu único tipo de vítima. Você não disse que ele administrava negócios diferentes? Sabe quem tem traficado metanfetamina pelos seus condados? Quantos mandados vocês emitiram para traficantes que não conseguem localizar?

— Está dizendo que ele também é um traficante de drogas? — pergunta Seward.

— Alguém viu os dois viciados que me ajudaram a encontrar o corpo de Chelsea Buchorn? Acham que eles poderiam ter chegado tão longe sem terem sido parados por alguma pequena infração?

— Ele os pegou? — pergunta Glenn.

— É minha aposta. Acho que matar é, ao mesmo tempo, uma diversão e um trabalho para ele.

— Pode ser que seja assim — diz Seward —, mas assassinos em série fogem. Eles não tentam dar uma de Exterminador do Futuro.

— O que você sabe sobre um homem como Vik? Quantos assassinos em série já encontramos que fossem prolíficos dessa forma?

— Prolíficos de que forma? — pergunta Glenn.

— Não saberemos até começarmos a reconstituir seus passos. Mas uma estimativa conservadora? Trezentas.

— Trezentas pessoas? — Seward zomba. — Alguém tem um problema de exagero aqui.

— É? Dez ou mais por ano durante trinta anos. Faça as contas. Em seguida, dê uma olhada no número de desaparecidos em Montana e questione a si mesmo por que são mais altos que na Flórida ou na Califórnia. Não são apenas anomalias. É uma indicação da presença de um assassino em série altamente ativo.

— Sim, mas trezentas? — diz Glenn.

— Gary Ridgway, o assassino de Green River, matou quarenta e duas mulheres em um período de apenas dois anos. Não foi preso durante duas décadas. Ele tinha 82 de Q.I. Quão inteligente Joe Vik parece ser para você?

— Muito.

— Então se um necrófilo de baixo Q.I. que gostava de voltar à floresta para transar com suas vítimas pode matar esse tanto de mulheres em uma janela tão curta de tempo e se manter impune durante vinte anos, quanto estrago você acha que alguém como Vik poderia causar?

— Trezentas pessoas? — diz Seward, ainda revirando o número.

— Conservadoramente.

— Nunca vimos nada assim.

— Não que você saiba. Ridgway deixou toneladas de provas de DNA. Gacy deixou corpos embaixo de sua casa. Robert Hansen, o cara que sequestrava prostitutas e as caçava na floresta do Alasca, fez isso mais de trinta vezes e foi descoberto somente quando uma de suas vítimas conseguiu escapar. Verifiquei os números, e aqui vai um duro fato para vocês: estatisticamente falando, a maioria dos assassinos em série altamente organizados não é pega. E os que são realmente peritos, os assassinos que não deixam DNA, não matam dentro de um raio de oito quilômetros de onde moram, e selecionam cuidadosamente suas vítimas e os métodos de enterro, de modo que nem se saiba que elas existem. Não existem perfis para eles no Quantico porque você nunca encontrou um de modo consciente.

— Mas você tem todas as respostas — diz Seward.

Que babaca.

— Apenas os números. Eles contam uma história terrível. Há pelo menos trinta ou mais Joe Vik operando por aí.

— Vamos pegar esse, depois nos preocupamos com os outros — diz Glenn.

— Isso dará algo para você pensar na cadeia — adiciona Seward.

— Você ainda vai prosseguir com essa prisão? — pergunta Jilian. — Depois de tudo que ele fez?

— Fale isso para a família de Christopher Dunleavy após verem o que seu namorado fez com o cadáver do filho deles — diz Seward.

— A palavra-chave é *cadáver* — retruco, mas não posso fingir que ele não tem um ponto. Lanço um olhar de tristeza para Jilian. — Não achei que houvesse nenhuma outra opção.

Ela aperta minhas mãos.

— Eu acredito em você.

— Foi meio estúpido, pensando bem. Eu deveria ter tentado atraí-lo até mim.

— Vamos ficar bem...

Ela não completa a frase.

— Merda! — grita Glenn, conforme ele joga o veículo para o lado.

Olho pelo para-brisa a tempo de ver a ambulância tombando e derrapando em nossa direção.

O teto da ambulância bate na parte dianteira de nosso veículo e giramos violentamente, amassando a defensa metálica e caindo descoordenadamente em uma vala.

Conforme derrapamos para fora da pista, vejo um enorme caminhão de guincho preto passar em alta velocidade, piscar suas luzes de freio e, em seguida, fazer um barulhento e agressivo retorno.

Capítulo 79

ACIDENTE

Nossa SUV desliza ladeira abaixo até atingir uma linha de árvores. Minha nuca se desloca rapidamente, jogando meu rosto na direção de meus pulsos algemados e quebrando meu nariz. Vejo estrelas por um breve momento e sinto o picante aroma do meu sangue.

— Você está bem? — Jilian pergunta, soltando seu cinto de segurança e deslizando-se para perto.

— Sim... estou bem.

Ela se estica e segura Seward pelo ombro.

— Pode tirar as malditas algemas dele?

Ele não se mexe.

Sua cabeça está caída para o lado. A janela ao seu lado está estilhaçada.

Seguro o pescoço dele com ambas as mãos para sentir o pulso.

— Está vivo.

Glenn massageia as próprias têmporas.

— Puta merda! Está todo mundo bem?

Jilian estica a mão em frente ao rosto dele.

— As chaves da algema. Já!

— Só um segundo... — Ele ainda está abalado pelo impacto. — Deixe-me pedir ajuda.

Ele pega o celular e começa a discar. Frustrada, Jilian inclina-se para a parte dianteira e começa a vasculhar os bolsos de Seward.

— Cuidado. Ele pode estar ferido — diz Glenn.

— Você acha? — ela diz.

Algo se move por trás dos brilhantes feixes de luz sobre a beira da estrada, próximo ao vão que abrimos na defensa metálica.

Em um reflexo, agarro Jilian pela gola de sua jaqueta e a jogo para trás.

— Abaixe-se!

— O que foi? — pergunta Glenn.

Meio segundo depois, uma barragem de tiros perfura o para-brisa, fazendo com que fragmentos de vidro caiam sobre nossa cabeça.

Pressiono Jilian contra o assoalho e jogo meu corpo sobre ela.

Ouvimos uma segunda rajada que produz sons opacos na caminhonete, à medida que as balas penetram o capô e o para-choque.

— Alguém atingido? — Glenn grita da frente, provavelmente agachado como nós também estamos.

— Estou bem — sussurra Jilian.

— Estou bem.

O feixe de luz pisca novamente.

— Ele está se movendo.

— Fiquem abaixados — diz Glenn. Ouço-o retirar a munição de sua arma e colocá-la de volta. — Vou contar até três e devolver os disparos.

— Ele não estará lá — digo.

— Quê?

— Ele vai tentar driblar. Provavelmente pelo seu lado.

— Por que diz isso?

— Porque ele sabe que você está armado e precisa derrubá-lo primeiro.

— Você...

BANG! BANG! BANG! BANG! BANG! BANG!

Balas voam por cima de nossa cabeça, fazendo com que uma nova chuva de fragmentos de vidro ocorra, como pequenos granizos de ódio.

— *PORRA!* — Glenn grita.

— Foi atingido?

— De raspão. Atravessou a porta. Vou atirar de volta. Vocês dois saiam pelo outro lado e fiquem atrás do veículo.

— Espere — diz Jilian. Percebo que ela conseguiu as chaves de Seward. Seus dedos nervosos encontram a fechadura das algemas e ela me liberta. — Pronto.

Glenn começa a atirar, preenchendo o veículo com um barulho ensurdecedor.

Atrapalho-me com o puxador da porta e saio, mantendo-me abaixado, com Jilian deslizando logo atrás de mim.

— Vocês saíram? — Glenn grita.

— Positivo.

— Ele está deitado na grama. Acho que o peguei.

— Ou está tomando posição de atirador de elite — Jilian responde.

— Talvez. Vou atirar novamente. Quando o fizer, corram para dentro da floresta.

Tenho um mau pressentimento sobre isso. A floresta é seu território nativo, mas não consigo pensar em uma ideia melhor.

— Vão! — Glenn grita e começa a atirar novamente.

Jilian e eu começamos a correr pelo bosque, mas congelo no momento em que os tiros de Glenn cessam.

— O que foi? — pergunta Jilian.

Estamos a aproximadamente três metros de distância da caminhonete. Consigo ver pedaços de grama além dos troncos de árvore, mas não vejo Joe em lugar algum.

— Pro outro lado! — Puxo-a pelo abraço. — Ele já está lá!

Corremos ao redor da caminhonete, colocando-a entre nós e a floresta, e escalamos a colina em direção à rodovia.

Olho para trás e vejo a ponta da pistola de Glenn acima do painel. Grito:

— Ele está nas árvores, está vindo atrás de você!

Glenn põe a cabeça para fora e nos vê correndo em direção à estrada. Sem hesitar, ele rasteja pelo para-brisa aberto, rola pelo capô e vem atrás de nós.

Vejo-o parar e olhar para Seward, com medo de deixá-lo.

BANG! BANG! BANG! BANG! BANG! BANG!

Tiros de fuzil emergem da floresta, e balas ricocheteiam pela caminhonete.

— CORRA! — grito.

Jilian está puxando meu braço, tentando fazer com que eu ande também.

Saltamos por cima da defensa metálica à medida que balas a perfuram, produzindo um alto som metálico. Glenn chega à colina, vira-se e devolve o fogo na mesma direção de onde originaram-se os tiros.

Os disparos de fuzil cessam, ele se levanta e corre para o topo do monte até nos alcançar.

Corremos até a ambulância, tombada para o lado do passageiro. As luzes ainda estão piscando e as rodas traseiras ainda giram, por ter sido capotada há apenas alguns minutos.

O paramédico está recurvado sobre a porta do passageiro, de joelhos.

Puxamos o paramédico para o outro lado do veículo, para longe da floresta.

— Você está bem?

— Sim. Eu acho.

Aponto para a estrada.

— Então leve-a e fuja.

— Não — Jilian diz e se vira para o paramédico. — Vá!

Já assustado pelo tiroteio, ele inicia uma corrida.

Luzes azuis e vermelhas piscam atrás de nós conforme uma viatura da polícia de Hudson Creek para, derrapando. Um policial mais velho sai do assento do motorista.

— O que está havendo?

— Homem armado na floresta! — diz Glenn.

O policial começa a avançar em nossa direção, exposto às árvores.

— Para trás! — grita Glenn.

BANG! BANG! BANG!

O ombro do policial abre e ele cai no chão, gritando.

— Me ajude a pegá-lo — digo a Glenn esticando-me e apressando-me na direção do homem caído.

— Vamos levá-lo ao carro e usá-lo para sair daqui — responde Jilian.

BANG! BANG! BANG! BANG! BANG! BANG!

Uma onda de disparos automáticos atinge a viatura, perfurando o radiador e criando uma nuvem de vapor.

— Merda! Estamos presos aqui! — diz Glenn. — Vou abrir fogo para dar cobertura. Pegue o policial e leve-o à ambulância.

Glenn dispara a arma duas vezes. Em seguida, agacha-se atrás da viatura, usando-a como escudo.

Jilian me ajuda a arrastar o policial caído para dentro da ambulância. Ele corajosamente tenta abafar seus gritos enquanto o levantamos pela porta lateral.

Começo a vasculhar os suprimentos médicos jogados pelo chão, que antes era uma parede, em busca de algumas bandagens. Preciso encontrá-las para começar a enrolar a ferida no ombro do homem. Está uma bagunça.

Pela janela dos fundos, vejo Glenn entrar na viatura e pegar a espingarda.

Ele se move em direção ao capô e leva um dedo à boca quando nos vê o observando. Ele aponta para seus olhos e em seguida para nossas costas.

Joe trocou de posição novamente e está se aproximando sorrateiramente por trás de onde estamos escondidos.

Capítulo 80

CORAJOSO

Durante esses momentos, minha impressão de Glenn entra em conflito. Pensei que ele fosse bruto quando o vi pela primeira vez e guardei rancor da maneira como ele me manipulou em dizer o que eu sabia, constrangendo-me com minha própria ingenuidade. Ele sabia de minha inteligência, mas a usou contra mim como num golpe de judô. Por toda minha inteligência teórica, seu conhecimento veio por meio de conversas com pessoas de verdade durante o dia todo, detectando, entre elas, os mentirosos e ladrões.

Ele tem sido meu antagonista, mas, nos últimos minutos, ele colocou a própria vida em risco diversas vezes para tentar proteger a mim e a Jilian.

Glenn está verificando a espingarda que pegou emprestada da viatura e preparando-se para um ataque de Joe.

Nesse instante, Glenn tem a ambulância e o carro como forma de proteção e poderia facilmente fugir e nos abandonar. Mas ele não vai. Ele não está nem tentando chegar ao nosso esconderijo, onde estamos protegidos do ataque de fuzil.

Ele pode criar uma resistência final melhor daqui, mas no momento está em uma posição mais vantajosa para atirar em Joe caso ele venha até nós.

É um ato altruísta que está fazendo. Ele conseguirá o melhor disparo dali, mas provavelmente será seu único.

Ele me flagra encarando-o. Ele assente a Jilian e trava os olhos nos meus.

Proteja-a.

É primitivo. É chauvinista. É o que estamos biologicamente programados para fazer. Bom, ao menos os melhores de nós.

Volto minha atenção ao nosso paciente. Ele está inclinado contra a porta, segurando seu braço abaixo do ferimento.

Percebo pela primeira vez que essa ambulância é, na verdade, um centro médico móvel, com um estoque refrigerado e uma minifarmácia.

— Como você está, sargento Bryant?

— Uma maravilha — ele resmunga. — Tinha a noite de folga.

Abro um painel e encontro as drogas mais fortes.

— Quer algo para a dor?

— Deus, sim.

Dou a ele uma dose de morfina, e seu rosto afrouxa.

— É uma boa ideia? — Jilian sussurra a mim.

— Ele ainda estava em choque, mas estava a um minuto ou dois de gritar até explodir os pulmões. Perdeu grande parte do ombro.

Estou com medo de tentar aparar a ferida sem o ambiente cirúrgico apropriado. Se eu mover a bandagem, corro o risco de soltar o que quer que esteja impedindo-o de sangrar até a morte. Em vez disso, coloco outra camada sobre seu ombro, certificando-me de que tenha bastante pressão.

As primeiras bandagens que usei tinham um agente de coagulação integrado que parece estar funcionando bem.

Para me prevenir, deixo uma seringa com medicação coagulativa preparada, assim como uma bolsa de sangue sintético para o caso de Bryant perder muito de seu próprio sangue. A função do sangue sintético não é substituir seu sangue; ele apenas dilui melhor do que soluções salinas, ajudando a manter a pressão sanguínea.

— O que vamos fazer? — Jilian pergunta.

— Glenn pediu ajuda. Tenho certeza de que estão vindo.

Ambos estamos bem cientes de que Joe está próximo e chegará antes de qualquer reforço.

Glenn caminha lentamente em direção à frente da viatura e aponta a espingarda para um ponto à nossa direita.

BOOM! Ele atira em algo.

Glenn move-se para o outro lado do capô e atira novamente. BOOM!

BANG! BANG! BANG! BANG! BANG! BANG!

As balas saem, tinindo, e atingem o carro de polícia.

Glenn cambaleia para a frente e geme alto. Uma bala o atingiu na lateral.

Corro em direção ao fundo da ambulância para ajudar.

— Para trás! — Ele rosna pelos dentes cerrados e carrega novamente a espingarda.

Ele se levanta e dispara outra rajada. BOOM! BOOM! BOOM!

BANG! BANG! BANG! Seu peito está coberto de aberturas avermelhadas, e ele cai no chão.

Pulo para fora da ambulância e pego a espingarda. Quando tento correr de volta para a porta, minha perna desaba debaixo de mim, e antes mesmo de cair na estrada já sei que levei um tiro.

Meu queixo bate primeiro, abrindo-se no duro asfalto.

Quando olho para cima, com os olhos vagos, vejo-o pela primeira vez, a cerca de dezoito metros de distância.

Minha reação inicial não é terror ou choque.

É surpresa.

Joe é enorme. Ele está revestido com uma armadura da cabeça aos pés, e sua máscara é um escudo de metal com pequenas aberturas e uma pintura de guerra. No peito de sua armadura de Kevlar pende um colar de garras de urso.

Em sua cintura vejo as inoxidáveis garras de aço, aguardando para serem utilizadas.

Ele caminha lentamente em minha direção com seu fuzil apontado para meu peito. Já poderia ter disparado, mas está se divertindo com a situação. Em me observar conforme o vejo pela primeira vez.

Levanto-me utilizando o joelho bom e fico amolecido contra a ambulância. Assim que me aproximo, Jilian me agarra por baixo dos braços e me puxa para dentro.

Vejo quando seus olhos arregalam ao pegar um rápido vislumbre de Joe.

— Você o viu? — pergunto.

— Sim. — Ela rasga minha calça e examina o ferimento. — Me ajude com isso. O que eu devo fazer?

— Ele... — Fico sem palavras.

— Theo! Me ajuda com isso! — ela grita.

Estou encarando a sombra de Joe por fora da janela conforme ele se aproxima. *Como deve ser ter causado tantas mortes? Será que você já não é mais humano? Você se imagina um deus preso em carne? Você ainda sente algo? Ou é apenas uma criatura de pura reação - como linhas de código?*

Tantas perguntas.

Capítulo 81

CAÇADO

Joe levanta o fuzil e atira na janela do fundo. Jogo-me para cima de Jilian e Bryant, dando as costas à rajada.

O interior da ambulância vira um caos conforme as balas estilhaçam o vidro, passando pelas paredes de metal e preenchendo as portas com buracos.

Sinto uma dor ardente na minha coxa e outra na lateral do corpo.

O barulho do fuzil para, e o único som que ouvimos é o da nossa respiração. Sinto Jilian sob meu peito, sua cabeça enfiada abaixo do meu queixo.

Ela protege o policial ferido com seu corpo. Mais uma camada de humanidade tentando protegê-lo.

Há um profundo e ofegante som à medida que alguém tenta, com dificuldade, respirar.

Jilian vira-se para me olhar, joga para o lado partes do cabelo loiro e murmura:

— Você está bem?

— Acho que sim — tento dizer, mas apenas cuspo sangue.

Percebo que o som ofegante sou eu. Uma das balas de Joe pegou de raspão em uma de minhas costelas, fraturando-a.

— Espere — diz Jilian. Ela rasteja por baixo de mim e vai em direção à porta.

Tento pedir que não saia, mas começo a tossir.

Ela pega a alavanca da porta inferior aberta e a fecha, trancando-nos dentro.

A janela superior, embora repleta de buracos, está intacta em grande parte. No entanto, não sei dizer que diferença isso fará. Mais uma rajada de balas de Joe e o vidro aparentemente cederá.

Segundos depois, a alavanca começa a mexer enquanto Joe tenta abrir a porta.

Jilian e eu observamos ansiosamente; então, o barulho para.

— Acho que ele se foi — diz Jilian.

— Não foi, não — gorgolejo.

— Theo, me diga o que devo fazer! — Ela percorre a mão pelo meu corpo e encontra a ferida na minha costela.

— Como ele está? — pergunto entre suspiros.

Ela encosta no pescoço do policial e mede o pulso.

— Vivo. Agora, me ajude a costurar você. — Ela me auxilia a sentar.

— Não dá tempo...

— Besteira. Me diz o que fazer!

— Luvas — digo, entre difíceis respirações.

Ela vasculha uma pilha de suprimentos até encontrar uma caixa de luvas azuis e as coloca.

— E agora?

— A ferida é profunda? — pergunto.

Ela sonda o ferimento, tentando gentilmente verificar se há algum buraco de bala e insinuando que pode haver uma bala dentro de mim.

— Porra! — grito quando meu corpo é atacado por uma incandescente e ardente dor.

Ela recua.

— Desculpa!

— Tudo bem... Isso é um bom sinal.

— Consigo sentir sua costela. Acho que está fraturada.

— Sem buraco. Pegue... a bandagem... coagulativa — sussurro.

A hemorragia interna é apenas um sintoma temporário, espero. Se tivesse um buraco de bala cortando meu peito e os pulmões, eu estaria morto dentro de alguns minutos.

Jilian rasga um pacote de bandagens semelhantes às que usei em Bryant e as coloca sobre minha pele. Os agentes coagulativos misturam-se com meu sangue e começam a formar um selo, interrompendo o fluxo de sangue da ferida.

Ainda assim, me sinto tonto.

— Theo? — Jilian levanta sua mão do chão. Está coberta de sangue. — Acho que você foi atingindo na perna, em dois lugares diferentes.

Ela vasculha meu corpo e pressiona minha coxa. Sinto como se acabasse de ser apunhalado.

— Desculpa! Acho que atravessou, pelo menos. — Ela encontra uma tesoura e corta minha calça jeans. — Devo enrolar também?

— Encaixe... — falo através de dentes cerrados. — Como um tampão...

Às vezes, a melhor forma de preservar os órgãos internos é com uma tampa redonda que preencha a ferida. Dependendo do tipo de ferimento, pode ser o suficiente para salvar uma vida ou para piorar as coisas. Para um buraco pelo músculo da minha coxa, é a solução mais vantajosa.

— Assim? — ela pergunta, segurando um aplicador em forma de seringa.

— Sim...

Sem aviso, o que provavelmente foi o melhor a se fazer, ela o enfia na ferida. A intensidade da dor é tão forte que por um momento chego a desmaiar.

Volto com Jilian me dando tapas e dizendo meu nome.

Sinto-me frio e fraco.

— Sim.

— Você perdeu muito sangue.

— Porque estou sangrando — respondo ironicamente.

— Devo te dar sangue artificial? — Ela segura uma embalagem.

— Você... consegue... achar uma veia?

— Sim. Provavelmente.

Estou tão cansado que nem sinto vontade de responder.

— Theo! Fica comigo! — Ela me dá outro tapa no rosto.

— Tão... violenta.

As coisas começam a escurecer na borda da minha visão. Sinto uma dor aguda no braço e gradualmente começo a recuperar o foco.

Jilian suspendeu uma bolsa de sangue artificial em uma maçaneta acima de nossa cabeça. A extremidade está presa ao meu braço.

— Assim? — ela pergunta.

— Sim. Ainda estou pingando sangue?

— Acho que não.

Ela enrola uma bandagem ao redor da agulha no meu braço para mantê-la no lugar.

— Joe? — pergunto.

— Faz alguns minutos que ele sumiu. Acho que a ajuda está a caminho.

Eu queria poder acreditar que isso fosse verdade. Tenho a sensação de que estamos longe de sermos resgatados por alguém. Não faz sentido ele simplesmente ir embora.

Tento me colocar na vertical, mas mal consigo me mexer. Caio de volta à parede lateral e tento recuperar o fôlego.

Jilian se aproxima para verificar minhas bandagens e depois se certifica de que o policial ferido ainda está bem.

Ela congela e olha para cima à medida que se inclina sobre mim.

Estou prestes a perguntar a ela "O que foi?", mas, então, ouço o som de passos pesados caminhando em direção à traseira da ambulância.

Através do vidro estilhaçado podemos ver uma sombra passando.

Um som horrível preenche o ar quando Joe liga algum tipo de dispositivo mecânico. A ambulância é inundada pelo barulho conforme ele usa uma serra para cortar as portas.

Jilian se vira e se esparrama por cima do meu corpo para me proteger.

— Veja se o policial tem uma arma — sussurro entre dolorosas respirações.

Ela se estica ao meu redor e começa a apalpar em busca do coldre.

— Não consigo achar...

As palavras congelam em sua boca enquanto a parte superior da porta cai no chão.

Por trás de seu ombro consigo visualizar a montanha que é Joe.

Uma enorme mão entra e puxa Jilian pelo tornozelo.

— Theo! — ela diz enquanto é puxada.

Tento pegar suas mãos e segurá-la, mas, antes que eu consiga me mover, ela já está fora do meu alcance.

Ela se agarra ao batente da porta, tentando não ser levada. Joe é muito forte. Ele a puxa e a arrasta para fora de vista.

Ele a levou.

Ele a levou primeiro.

Ele sabe que estou aqui dentro, quase morto, sem poder fazer nada.

É assim que ele me faz sofrer.

Capítulo 82
VIGILANTE

Ela se foi.

Tento levantar. O mundo começa a se mexer ao meu redor. Minhas pernas cedem e eu caio novamente, aterrissando em Bryant.

Ele solta um gemido.

Ele precisa de ajuda. Merda, eu preciso de ajuda.

Tento fazer com que minhas mãos e joelhos rastejem, mas descubro que meus braços não estão fortes o suficiente para aguentar meu peso.

Ele levou Jilian. E a pior parte disso é que ela nem ao menos tentou gritar. Ela sabia que eu estava ferido demais para fazer qualquer coisa.

Perdi tanto sangue. Ainda estou pingando.

Estou autorizado a desistir.

Não há problema se eu jogar as mãos para o alto e dizer que fiz o melhor que pude.

Não posso salvá-la.

Não pude salvar Juniper.

Eu mereço morrer.

Não vou reclamar quando Joe vier.

Não posso continuar sabendo que fiquei imóvel e indefeso enquanto ele levava Jilian embora.

Não posso continuar...

Percebo que realmente não tenho motivo para viver se eu deixá-lo matar Jilian.

Minhas mãos caem em uma pilha de frascos.

Sulfato de dextroanfetamina.

Velocidade.

Lidei com mais de um paciente viciado nisso quando era paramédico. Foram necessários vários policiais para tentar segurá-los, e mesmo assim parecia que não era o suficiente. O cérebro deles não sabia que eles não deveriam prosseguir.

Não deveriam prosseguir...

Por fim, o corpo deles pagava o preço. Parada cardíaca ou pior.

Mas o que pode ser pior que isso?

A bolsa de sangue pendurada sobre minha cabeça me dá uma ideia. Para ser mais exato, surge em minha mente um plano suicida que, no entanto, pode me render mais alguns minutos...

Encontro uma seringa e injeto anfetamina na bolsa.

Vasculho pelos gabinetes e encontro adrenalina. Adiciono isso também.

Uso bastante.

Não se usaria essa quantidade em um cavalo de corrida, a não ser que você odiasse o animal e desejasse que seu coração explodisse durante a última volta.

Mas é exatamente isso que quero.

Meu corpo já desistiu.

Vou morrer de um jeito ou de outro nesta noite. Que seja lutando.

Uso uma bandagem para prender o suprimento de sangue ao meu peito e movo a agulha para uma artéria na minha coxa, a centímetros de distância de onde fui atingido.

Tento empurrá-la para dentro da pele, mas estou fraco demais. Sinto como se estivesse escorrendo para dentro de um sonho.

— *THEO!*

Não sei se era Jilian gritando ou alguma voz na minha cabeça. De qualquer forma, faz toda diferença do mundo. Encontro a artéria e a agulha entra...

Já estou começando a sentir um formigamento. Ondas de formigas elétricas começam a marchar pela minha pele.

Minha respiração retorna. Meu coração começa a bater mais rápido.

PUTA MERDA.

TÔ PEGANDO FOGO.

A sensação que tenho é de que minha cabeça é como uma daquelas bolas de plasma de lojas de presente.

Em um momento de clareza, pego algumas seringas do chão, encho-as com diferentes misturas e as enfio nos bolsos da jaqueta.

Tem muito sangue meu no chão. Prendo mais duas bolsas ao meu peito e grudo uma pequena bomba na minha lateral. Não farão efeito até que minha pressão sanguínea caia ainda mais. Por precaução, injeto adrenalina em ambas.

Isso é uma parada biônica estilo Lance Armstrong que atingiu outro nível.

Estou mais forte agora. Não apenas levanto, mas dou um pulo para ficar de pé.

Saio da ambulância sentindo que sou feito de pura energia. Corro na direção em que vi Jilian pela última vez.

Estou me movendo rápido. Subconscientemente estou ciente do fato de que minha perna esquerda está sendo arrastada por conta da perfuração, mas os estimulantes mantêm meus nervos em chamas, e as fibras musculares fazem o que eu peço. Todo seu sistema de segurança foi desligado.

Os nazistas costumavam bombear merdas como essa em seus soldados para transformá-los em supersoldados. Eles sofriam graves consequências físicas por esses atos, mas, para começo de conversa, os médicos nazistas estavam longe de ser bem-intencionados.

Há um instante eu estava desanimado, pronto para deixar Joe acabar comigo. Agora... quero que isso se foda. Sou a *PORRA DE UMA LOCOMOTIVA PRONTA PARA RASGÁ-LO AO MEIO.*

Uma parte de mim está dizendo que são as drogas que falam por mim nesse instante.

FODA-SE ESSE BARULHO.

VOU RASGÁ-LO EM PEDAÇOS.

Parabéns, campeão. Agora pense por um instante. *Talvez você deva pegar a espingarda no corpo de Glenn? Pode ser que ainda haja uma ou duas balas.*

Pego a espingarda e corro na direção da floresta. Há uma quebra nas árvores por onde ele provavelmente a levou.

Verifico a câmara. Uma bala restante.

FAÇA VALER.

Corro para baixo da colina e pulo os últimos metros.

Minha perna se curva, mas continuo seguindo.

Ele quer que eu o siga. Ele me viu ferido na ambulância e quer ver do que sou capaz. *Eu o deixaria levar minha garota? Ou encontraria a força necessária para ser a porra de um homem?*

Piso forte pelos arbustos, usando o cano da espingarda para afastar os galhos.

Chego a uma pequena clareira.

Uma grande forma está parada na outra extremidade. Jilian está ajoelhada no chão. O sangue escoa de seu lábio e ela tem um hematoma ao redor de seu olho esquerdo. Joe está com uma mão em volta do pescoço dela e a outra com suas garras prestes a perfurar sua jugular.

Ele olha em minha direção. Calado, mas cheio de raiva.

Considero tentar dar um tiro, mas, então, percebo o quanto o cano está tremendo em minhas mãos.

Estou muito chapado para mirar direito.

Eu teria as mesmas chances de acertar Jilian do que ele, e ele está usando uma armadura.

Jogo a espingarda no chão.

Rápido, rápido pra caralho, Joe joga Jilian para o lado e corre em minha direção.

Ele quer mostrar o quão rápido é. Quer que eu perceba que ele realmente é um espírito animal que possuiu o corpo de um homem.

Quer que eu morra sabendo que ele não é apenas um maluco depravado.

Quer que eu acredite que ele é um semideus.

Por uma fração de segundo, acredito nele. Acho que nenhum homem do seu tamanho seja capaz de se mover rápido assim. Acho que nenhum humano poderia reagir tão rápido.

Então, lembro que sou um cientista.

E ACABEI DE INJETAR EM MEU CORPO UMA MERDA PODEROSA QUE VAI ME MATAR.

MAS POR UM BREVE MOMENTO... SOU UM SOLDADO COM O DEMONÍACO PODER DA VINGANÇA.

E tenho uma série de seringas das quais ele não sabe.

Capítulo 83

ADAPTAÇÃO

Eu tinha uma amiga que era bióloga marinha e trabalhava na identificação de tubarões-brancos. Perguntei a ela como diabos se fazia isso.

Primeiro, ela explicou, pegamos um grande mastro e enfiamos o tranquilizador na outra extremidade. Então, jogamos alguma isca e fazemos com que o tubarão se aproxime do barco. Quando o tubarão está mastigando os blocos de peixe, nós o apunhalamos. Depois que fica fraco, nós o mantemos parado na água usando uma rede especial. Alguém conta os minutos restantes na dose e fazemos nosso trabalho.

O problema, ela disse, não eram os tubarões-brancos.

Era o que acontecia quando a coisa estava imobilizada e indefesa na água.

Você tinha que proteger o tubarão dos golfinhos.

Os pequenos e espertos malandros não perdiam uma oportunidade de atacar os tubarões. Eles vinham em alta velocidade e batiam o nariz contra os buracos das brânquias do tubarão, tentando danificá-las.

Não os culpo.

Os pesquisadores tinham que ficar de olho e certificar-se de que não havia um torpedo de trezentos e sessenta quilos apontado na direção de seu paciente.

Os tubarões nadam pelo oceano há mais de quatrocentos milhões de anos, enquanto os golfinhos existem há menos de um décimo desse tempo. Ainda assim, nesse curto período, os golfinhos se adaptaram para tornarem-se seus mais ferozes inimigos.

Embora os golfinhos tenham dentes de bebê, sem corte em comparação a um tubarão-branco, eles têm uma vantagem em relação aos tubarões: o cérebro. Golfinhos são incríveis improvisadores.

Tubarões têm milhões de anos de estratégias pré-programadas. Golfinhos têm códigos de trapaça.

Apesar dos esforços de Gus, não sou um lutador. Mas Joe também não é. É um assassino. É um tubarão-branco sobre duas patas e, assim como um tubarão, ele usa a mesma estratégia de novo e de novo. Ele caça os assustados, os fracos e os vulneráveis. Tenho que pensar como um golfinho.

Joe salta sobre mim e caio de joelhos. Seus braços balançam por cima da minha cabeça, cortando o ar com suas garras. Movendo-se rápido demais para conseguir frear, ele bate a perna direita no meu ombro e tropeça.

Eu rolo para o lado.

Antes que possa me recompor, Joe já fez a curva.

Puta merda, ele é rápido.

Quatro cimitarras vêm em minha direção. Abaixo a cabeça e sinto quando elas cortam minhas costas. Estou tão chapado que a dor não passa de uma curiosidade sobre a sensação de ser aberto por uma lâmina.

Estico meu braço em um disparo com a seringa e miro em sua panturrilha. Há sedativo suficiente ali dentro para parar o coração de um urso-pardo.

A agulha entra no couro. Começo a apertar o injetor, mas Joe dobra a perna e a ponta quebra no meio.

PORRA!

Essa é a última vez que ele me deixará chegar perto.

Aproveito sua distração para pular para trás e, por um segundo, sair de seu alcance.

Seguro outra seringa na minha frente, com minha mão esquerda.

Ele pausa por um momento e me observa. Não consigo ver nada por trás de sua máscara, mas posso afirmar que ele está me avaliando.

Tenho que tentar uma nova tática.

Tenho que fazer algo que suas vítimas nunca fizeram.

— Noite ruim, Joe?

Sei que sua única resposta está no ataque e, então, salto para o lado assim que acabo a frase.

Joe dá o bote onde eu estava, golpeando o ar e expondo seu deltoide esquerdo. Arremesso-me em sua direção e me penduro em seu braço como um macaco em um galho.

Antes de a agulha entrar, as garras de Joe penetram meu ombro, e ele me apunhala.

Um gêiser de sangue espirra em sua máscara.

Porra. Ele acertou minha artéria.

O sangue continua jorrando.

Desgrudo-me dele e caio, aterrissando de costas, pesado.

Joe para sobre mim. Triunfante. Ele me esmagou como o King Kong.

Meu sangue ainda está espirrando, cuspindo no ar e formando uma poça ao redor da minha cabeça.

Ele apenas observa.

Esse é o seu lance, ferir alguém e, depois, esperar que sangre.

É assim que ele sente prazer.

Estou tão fodido que meu cérebro está muito pilhado para saber que não está mais recebendo sangue.

A fonte se transforma em gotas e para.

Meu coração deve ser o próximo.

Minha última imagem será a do homem que me matou.

O homem que está prestes a matar Jilian.

Capítulo 84

TROMBOSE

Joe se aproxima de mim, tirando uma silenciosa satisfação com minha morte, deixando-me secar como um porco preso.

Permaneço deitado, indefeso, encarando a sequoia de um homem, esperando que minha visão borre e que o barqueiro me leve para atravessar o rio Estige.

Ainda esperando...

E esperando...

Merda, morrer leva tempo.

O tempo está mais devagar?

Estou experimentando minha morte remotamente, como o Observador dos meus quadrinhos da Marvel, que está lá para o fim das coisas.

Seria a morte como o horizonte de eventos de um buraco negro, onde você cai eternamente?

Sei que é subjetivo e tal, mas, porra, eu realmente deveria estar morto agora.

Não importa quantas drogas estão no meu sistema. Quando você sangra dessa forma de um ferimento arterial, é tudo uma questão de física. Você deveria estar morto.

Mas ainda estou vivo. Ou, ao menos, consciente.

Joe começa a se ajoelhar. Posso ouvi-lo respirando por baixo da máscara. Ele sente algo.

— Theo... — sussurra Jilian.

Ela é um trapo amarrotado na beira da clareira.

A cabeça de Joe se vira para encarar o som que ela fez.

É aí que me dou conta.

Joe não acertou uma artéria.

Ele cortou uma bolsa de sangue.

Tenho certeza de que também fui perfurado, mas o gêiser não era meu sangue.

Minha pressão sanguínea está caindo, certeza... o que também significa que a qualquer momento...

BUZZZZZZZZZZZ.

Minha pequena bomba de sangue ganha vida. Joe vira o pescoço para me olhar.

Continuo me fingindo de morto.

A bomba soa bastante como um *pager*.

Ele se inclina sobre mim para tentar identificar a fonte da vibração.

Eu.

Não.

Respiro.

Porra.

Nenhuma.

Joe retira sua luva direita e a segura com a mão esquerda. Sua massiva mão revista minha lateral.

Detecto seu grosso e rosado pescoço por baixo de sua máscara. É seu ponto fraco. O buraco em suas brânquias.

Como um golfinho oportunista, bato a seringa que estou apertando forte contra seu pescoço.

— FILHO DA PUTA! — ele urra.

— Tirei você do personagem, otário.

Seu punho acerta meu rosto, pulverizando meu nariz.

Joe começa a vestir suas garras novamente. Em seguida, inclina-se para trás, apoiado em seus calcanhares. Ele fica na vertical e oscila.

Rolo para longe e fico de joelhos. Agora sou eu quem oscila.

Joe cambaleia para o lado e para. Ele coloca a luva novamente e avança em minha direção.

Fraco, mas levemente mais coordenado que ele, desloco-me para o lado. Ele passa reto e desaba como um bêbado.

Minha perna ruim cede e eu caio, de joelhos, com a cara na terra.

O sangue percorre meu pescoço e dentro da minha boca. Não consigo ver Joe.

Não consigo ver merda nenhuma.

Acho que estou desmaiando.

Uma mão me segura pelo antebraço e me coloca na vertical.

Tento golpear meu atacante, mas não consigo dizer onde ele está.

— Theo! — Jilian grita.

Merda. Quase a acertei.

Paro de resistir e deixo que ela me arraste até um tronco e me posicione sentado.

— Você está bem? — ela pergunta, agachando-se na minha frente.

Há sangue escorrendo pelo seu rosto, de onde Joe a nocauteou.

— Você está? — pergunto.

— Melhor que você. Espera aí. — Ela manca até onde derrubei a espingarda e a pega. — Fique comigo.

Ela senta e, com uma mão, embala minha cabeça em seu colo, enquanto mantém a outra mão na espingarda, virada para o corpo inconsciente de Joe.

Começo a adormecer.

— Theo! — Ela me dá tapas para acordar. — A ambulância está a caminho. Fique comigo.

Olho para ver se o corpo de Joe ainda está lá. Tento fazer as contas e avisá-la de que, se ele não estiver morto, se levantará a qualquer instante. Precisamos pensar como golfinhos.

Entro num transe antes de conseguir dizer qualquer coisa.

Acho que estou sonhando.

BOOM!

Acordo com o susto e procuro o corpo de Joe. Ele havia sumido.

— Jilian!

— Tudo bem — ela diz.

— Ele sumiu!

— Pro inferno, Theo. Ele foi pro inferno.

É então que vejo o corpo de Joe estendido contra uma árvore. Sua máscara está quebrada, e uma pasta ensanguentada se encontra onde seu rosto deveria estar.

Não sei se ele estava indo ou vindo, mas ela derrubou o filho da mãe.

Gosto dessa mulher.

Estão me carregando.

Luzes azuis e vermelhas lavam as árvores.

Paramédicos puxam minhas roupas e desprendem os tubos.

Espero ver que o rosto de um dos paramédicos seja o meu próprio, mas não é.

Acho que nem estou aqui.

Decido que não estou.

Estou de volta à pizzaria com meus alunos e Juniper está me olhando. Ela se inclina, nossos dedos quase se tocando no banco à nossa frente.

Ela tem o rosto de Jilian.

Eu não a afasto dessa vez. Aproximo-me e cubro sua delicada mão com a minha.

Ela sorri.

AGRADECIMENTOS

Agradeço a Erica Silverman-Spellman por garantir que Theo não se perdesse na floresta. Agradeço especialmente a Jacquelyn BenZekry, pela sua ajuda para que Theo encontrasse um lar, e a Liz Pearsons, por fazê-lo se sentir bem recebido. Também gostaria de agradecer aos meus pais, Jamie e Zory Harter, Justin Robert Young, Kenneth Montgomery, Hannah Wood, Mary Jaras, Peter J. Wacks, Steven L. Sears, à família Winner, Chris Brennan, Brian Brushwood, Paul Zak, Jack Horner, David Sands, Richard Friedman, James Randi, e a todos aqueles com quem tive o prazer de conversar sobre nosso mútuo amor pela ciência.

Este livro foi impresso
pela Gráfica Eskenazi
em papel lux cream 60g
em maio de 2019.